1930년대 중반 한반도 및 만주철도 지도

興安北省

蒙古

興安西省

熱河省

察哈爾省

FEIPING 平北

河北省

黃河

河南省

山東省

渤海

海峽

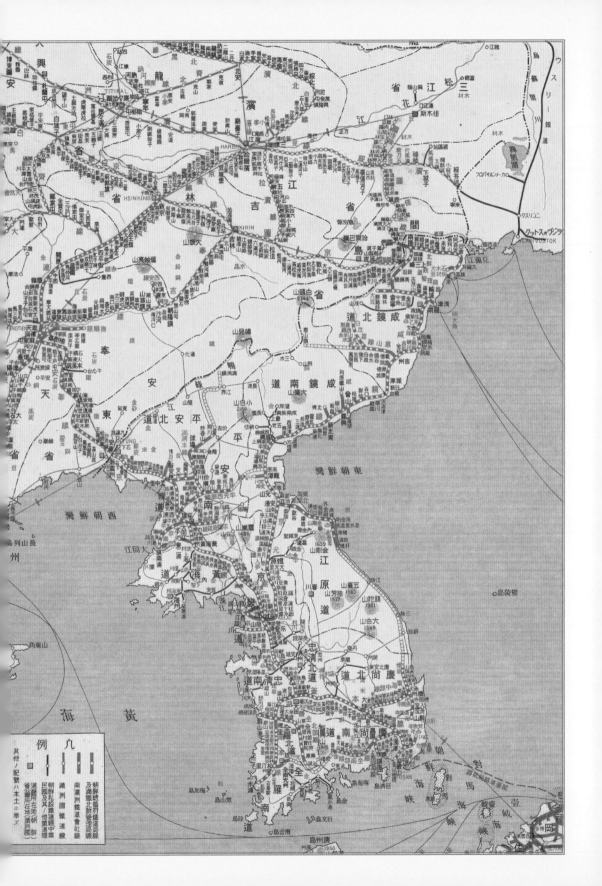

서울에서 원산까지 경원선 따라 산문여행

명사십리에 해당화 필 무렵

서울에서 원산까지 경원선 따라 산문여행
명사십리에 해당화 필 무렵

초판 1쇄 인쇄 2020년 07월 15일
초판 1쇄 발행 2020년 07월 20일

엮은이 | 방민호
편집 | 난류
디자인 | 봄길

펴낸곳 | 예옥
펴낸이 | 최병수
등록 | 2005년 12월 20일 제2005-64호

주소 | 서울시 서대문구 신촌로 1 쓰리알 유시티 606호
전화 | 02)325-4805
팩스 | 02)325-4806
이메일 | yeokpub@hanmail.net

ISBN 978-89-93241-69-3   03800

ⓒ방민호, 2020

2019년도 서울대학교 통일평화연구원의 재원으로 통일기반구축사업의 지원을 받아 수행된
결과물임.

This research was part of the project "Laying the Groundwork for Unification"
funded by the Institute for Peace and Unification Studies (IPUS) at Seoul National
University.

서울에서 원산까지

경원선 따라 산문여행

명사십리에 해당화 필 무렵

방민호 엮음

예옥

경원선,
끊어진 남과 북을 새로 잇기 위하여

경원선은 1911년 용산-의정부, 1912년에 의정부-연천-철원, 1913년에 철원-복계-검불랑, 고산-용지원-원산, 1914년에 검불랑-세포-고산 구간이 완공됨으로써 전 구간 개통되었다.

1941년 현재 경성 역부터 원산 역까지 226.9km 내에 경성-용산-서빙고-한강리-수철리-왕십리-동경성(청량리)-연촌-창동-의정부-덕정-동두천-전곡-연천-대광리-신탄리-철원(101.8km)-월정리-가곡-평강-복계-이목-검불랑-성산-세포(154.8km)-삼방협-삼방-고산-용지원-석왕사-남산-안변-배화-갈마-원산 역 등 모두 35개의 역이 있었다.

해방과 전쟁 이후 경원선은 또 하나의 남북 종단 철도 경의선과 함께 휴전선을 경계로 나뉜 삶을 살아와야 했던 한국인들의 가슴 아픈 사연을 간직한 '가지 못하는 철로'가 되어 오늘에 이르렀다.

남과 북이 새로운 삶과 질서를 창조해 가야 할 지금 이 끊어진 경원선의 연결을 위한 계획들이 제출되고 있으며, 이 이음이야말로 남과 북의 새로운 연결과 통합을 상징하는 일이 될 것이다.

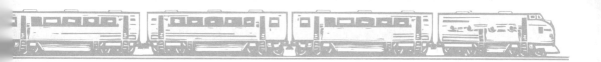

차례

경성역

서울에서 원산까지 경원선 따라 산문여행 01

원산
갈마
배화
안변
남산
석왕사
용지원
고산
삼방
삼방협
세포
성산
검불랑
복계
이목
평강
가곡
월정리
철원
신탄리
대광리
연천
전곡
동두천
덕정
의정부
창동
녕촌
동경성(청량리)
왕십리
수철리
한강리
서빙고
경성
용산

경성역 (출처: 서울역사박물관 / 朝鮮鐵道局, 『京城·仁川, 水原, 開城』, 1939)

★ 전통全通된 경원선에 제1발의 기적 소리 ★

이번에 새로 개통한 경원선은 본월 16일 오전 10시 5분에 원산
에서 떠나 경성으로 향한 열차에 경성과 내지 방면으로 가는 일선인
(日鮮人) 130명과 짐이 많아 정거장은 비상히 복잡하였으며 그 차
안에는 철도국 각 고등관들이 타고 차 가운데에서 샴페인 주를 들
어 경원선 전통 됨을 축수(祝手)하였고, 경성으로부터 원산 가는 열
차에 내린 승객은 일백육십 명에 달하였다더라.

—『매일신보』, 1914년 8월 18일

경성역 1925년 경성역 사진 엽서. (출처: https://commons.wikimedia.org)

경성은 염병染病 도시

　작년 여름에는 장질부사, 금년에는 적리(赤痢)로 언제나 전염병이 그칠 줄 모르는 경성부 내의 전염병은 작금에 더욱 창궐하여 칠월 중의 부내에 발생된 전염병 환자는 2백8십 인에 달하고 있다.

　그 중에도 적리가 더욱 만연하여 적리병 신환자만이 2백6명인데 작(昨) 30일 부내 청엽정(靑葉町) 어떤 집에서 가족 5인이 전부 적리병에 걸려 있다고 한다.

—『동아일보』, 1936.8.2.

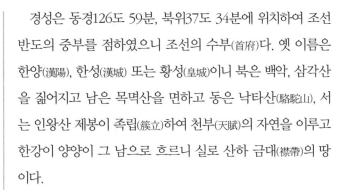

경성은 동경126도 59분, 북위37도 34분에 위치하여 조선 반도의 중부를 점하였으니 조선의 수부(首府)다. 옛 이름은 한양(漢陽), 한성(漢城) 또는 황성(皇城)이니 북은 백악, 삼각산을 짊어지고 남은 목멱산을 면하고 동은 낙타산(駱駝山), 서는 인왕산 제봉이 족립(簇立)하여 천부(天賦)의 자연을 이루고 한강이 양양이 그 남으로 흐르니 실로 산하 금대(襟帶)의 땅이다.

성의 주위는 9,575보(步), 즉 4리 26정(町)여, 높이는 40척 1촌이요 또 여덟 문을 설치하였으니 남은 숭례(崇禮), 북은 숙정(肅靖), 동은 흥인(興仁), 서는 돈의(敦義), 동북은 혜화(惠化), 서북은 창의(彰義), 동남은 광희(光熙), 서남은 소의(昭義)니 지금에 흥인(興仁), 숭례(崇禮), 창의(彰義), 혜화(惠化), 광희문(光熙門)이 겨우 잔존할 뿐이요 기타는 훼폐(毁廢)되고 성벽도 대개 퇴패(頹敗)하야 지난날의 면목을 보기 어렵다.

연혁으로 말하면 경성은 본래 마한의 땅이니 백제 온조왕 건국할 즈음에 북한(北漢) 주치(州治)에 들었다가 백제로 남천(南遷)한 후로 고구려 장수왕이 취하여 남평양이라 칭하고 신라 진흥왕이 점하여 신주(新州)라 칭하다가 또 북한주(北漢州), 한산주(漢山州)를 치(置)하고 경덕왕이 한양군(漢陽郡)이라 고치고 고려 초에 양주(楊州)라고 또 칭하다가 성종이 좌신책군(左神策軍)이라 칭하고 문종이 남경(南京)으로 승(陞)하였더니 충렬왕이 한양부(漢陽府)라 고치고 이태조 개국 초에 왕사(王師) 무학 대사의 설을 채택하여 이에 국도(國都)를 정하

고 한양부(漢城府)를 두고 이래 500여 년간 조선의 수부가 되었다가 합병 후에 경성부(京城府)라 개칭하여 금일에 이르렀다.

행정구역은 5서(署) 49방(坊)으로 나뉘어 중서(中署)는 8방, 동서는 12방, 남서는 11방, 서서는 8방, 북서는 10방으로 하였더니, 병합 후 신구 용산을 경성부에 속하게 하고 186정동(町洞)으로 나누었다. 넓이는 동서 1리 33정, 남북 3리 12정, 면적 2.35방리, 일주 이정(里程)은 7리 26정이요, 현재 호수는 조선인 44029, 일본인 18936, 중국인 745, 기타 외국인 153, 총계 63,863이요 인구는 조선인 207,496명 일본인 76,188명 중국인 4,130명 기타 446명으로 총계 288,260명이다.

기후는 한서의 차가 심하니 연중 최고 기온은 섭씨 36도 3분이요 최저 기온은 영하 21도다. 우설의 연량(年量)은 1171.9밀리니 국내 최다 우역(雨域)의 부산, 원산에 비하면 약 8할에 상당하고 최소 우역의 함경북도의 1배 반이 되며 1주야의 최다량 355밀리는 조선 및 일본 각지에 그 견줄 바가 적다. 연중 기후는 눈 26일, 뇌전(雷電) 16일, 안개 24일, 서리 103일, 쾌청 82일, 흐림 121일, 폭풍 9일이요 첫서리는 대개 10월 12일, 첫눈은 11월 3일이니 겨울에는 한강이 얼음이 얼어 1척여에 달하고 눈도 1척여에 이르는 일이 있다.

교통은 비교적 편리한 중 최근에 일층 발전되어 시가에 수평과 같이 탄탄한 대로가 종횡하였으니 그 중 남대문통, 종로통, 광화문통, 태평통, 황금정통은 최대의 도로요 각처에 전차, 자동차, 기타 각종 차량 편이 있고 정거장은 경성, 용산 두 역이 있어 경부, 경의, 경원선을 연락하고 또 한강에 수운이 있어 수륙이 나란히 모든 도의 요충에 해당한다.

교육은 조선인을 교육하는 공립의 사범학교 1, 보통학교 16, 실업학교 4와 사립의 보통학교 6, 고등보통학교 5, 여자고보 3, 실업학교 2, 전문학교 2, 일반학교 15, 종교학교 17, 유치원 8, 서당 97이 있고, 일본인 교육으로는 공립의 소학교 9, 고녀 2, 실업 2, 사립의 각종학교 7, 실업 1, 유치원 3이 있고 또 그 외에 몇 개의 관립 중학교, 전문학교가 있고 경성대학은 금년에 비로소 개교하였다.

　의료기관은 관립 총독부 의원을 위시하여 공립의원 1, 사립의원 23이 있고 의사 23, 의대생 231, 치과의 27, 산파 160, 간호부 291, 제약사 59, 약종상 605가 있고 또 종교는 기독교, 불교, 천도교, 시천교 기타 종교단체가 모두 있으니 기독교의 포교소는 52, 불교의 사찰은 3, 천도교당 1, 시천교당 2, 천주교당 1이니 그 중 천도, 천주 두 교당은 경성 내에 유수한 대건물이요 도서관은 부립 1, 사립 2개소가 있으니 소장 도서 수가 63,657권에 이른다.

근대 서울의 중심가 한성전기회사(漢城電氣會社) 위에서 담아낸 종로일대의 전경이다. 사진의 중간 왼쪽에 전차선로가 분기점을 이루는 곳에 종각(보신각)이 자리하고 있다. (출처: 서울역사박물관 / T. Fisher Unwin, 『THE STORY OF KOREA』, 1911)

시장은 공설 식료품시장 5, 시탄(柴炭) 시장 3, 가축시장 1 외에 사설시장 9가 있으니 남대문 내 시장과 이현(梨峴) 시장은 예로부터 이름난 것으로 아침 시장이 특히 긴(緊)하고 또 근일에는 춘기로부터 추기에까지 야시를 특설하여 각종 물화를 매매하며 점포는 지난 시절 정부에서 종로에 육의전(립전, 백목전, 명주전, 청포전, 저포전, 지전) 외에 어물전, 혜전을 특설하고 각도 물품을 나누어 쌓아 각각 전매권을 허하고 일단을 결합하여 왕가의 관혼상제 등 물품을 분배 공헌(供獻)하더니 그 후 주단, 포목 등속을 자의로 매매하게 되니 이것이 이름하여 산전(散廛)이요 또 시대 변천의 결과로 천상(賤商)의 관념이 점차 타파되어 일반의 상점이 증가되니 전일 육의전에 번창하던 상업은 마침내 영체(零替)의 비운을 당하였다.

회사 수는 249, 은행 11, 공장 수는 738, 금융조합은 6이니 이는 별항에 상론하겠고, 최후에 일언할 것은 군경 상황이니 대정 12년 4월 현재 부내 경찰서는 6, 파출소 67, 경시 조선인 2, 일본인 9, 경부 일본인 34, 조선인 16, 경부보 일본인 54, 조선인 4, 순사 일본인 66, 조선인 497, 합계 일본인 765, 조선인 519요, 군대는 조선 보병대 320인, 일본 보병 제78연대, 제79령대, 기병 제28연대, 야포병 제26연대, 그 외에 주차군(駐箚軍) 사령부 제20사단 사령부, 보병 제40여단 사령부, 헌병대 사령부, 육군 창고, 육군병 기지창, 경성 헌병대, 경성 헌병 분대, 용산 헌병분대, 전매국이 있고 또 소방조(消防組)는 3, 조두(組頭) 조일인(朝日人) 각 1, 소두(小頭) 일본인 4 조선인 2, 소방수 일본인 100, 조선인 60 합계 조선인 63, 일본인 106이다.

—「개벽」 68, 1924년 6월

빈자의 여름과
부자의 여름

차상찬(車相瓚)

있는 놈과 없는 놈은 언제든지 생활상 차별이 심하지만 특히 여름에는 그 차별이 우심하다. 있는 놈은 대하거옥(大廈巨屋)에 광대한 정원을 가지고도 산정수각(山亭水閣)을 또 지어놓고 낮이면 장기, 바둑으로 소일하고 맥주, 사이다로 목을 축이며 미첩(美妾)의 부채바람과 전풍기(電風機) 바람에 흑흑 느끼다시피 하고 밤이면 생초(生綃) 모기장 안에 그물에 걸린 고기 모양으로 멀뚱멀뚱 누워서 빈대가 무엇인지 모기가 무엇인지 알지도 못하되, 없는 놈은 협착하고 냄새나는 관방(貫房) 한 칸이나마 마음대로 얻지 못하고 동서남북으로 유리표박(流離飄迫) 하여 더위에 울고 장마에 울며 모기, 빈대, 벼룩에게 다 뜯겨서 온몸에 만신창이 된다. 있는 놈은 삼시(三時)로 육개장 연계(軟鷄) 찜에 배가 부르고도 입맛이 있느니 없느니 하고 일요리, 양요리를 때때로 갈아 먹되 청요리는 느끼하고 냄새난다고 먹지도 않는다.

없는 놈은 삼시에 버리죽, 양밀가루 범벅 한 그릇도 잘 얻어먹지 못하고 배가 고파서 허리띠를 자국이 나도록 잔뜩 졸라 매며, 있는 놈은 잠자리 날개 같은 한산 세저(細苧) 청양 생저(生苧), 무슨 사(紗), 무슨 초

(絹) 등으로 살이 다 비치도록 입고도 옷이 몸에 감기느니 휘죽은 하니 하고 잔소리를 하되, 없는 놈은 쇠덕석 같은 사승포(四繩布), 오승포(五 繩布)나 광당포(廣唐布) 옷도 잘 입지 못하고 벌건 살이 울근불근하다. 또 있는 놈은 인천이나 원산 같은 데 가서 해수욕도 하고 삼방, 강서 등지에 가서 약수를 먹지만, 없는 놈은 제 몸에서 쏟아지는 땀으로 제 물 해수욕을 하고 미지근한 수돗물도 물값을 주지 못해서 잘 얻어먹지 못하고 한다.

금일 우리 조선에 이러한 비참한 사정이 어느 곳인들 없으리요만 특히 경성이라는 도회지에 더욱 많다. 향촌의 빈민은 대개 농민인 고로 남의 품앗이 김을 매주고라도 삼시에 보리밥은 마음대로 먹고 정 더운 때는 나무 그늘에서 거적을 깔고라도 편히 누워 쉬고 또 좔좔 흘러가는 맑은 물에 자유로 목욕을 하여 자연의 피서를 하지만 소위 도회지에 있는 빈민은 대개 공장생활을 하는 고로 여름이면 더욱 곤란하다. 그 중에도 아침부터 저녁까지 불 앞에서 노동하는 사람은 보다 더 곤란하다. 이제 그들의 곤란한 실태의 수례(數例)를 들면 대략 다음과 같다.

숯불로 생명을 삼는 철공장(鐵工匠)

조류 중에는 불을 먹는 식화조(食火鳥)가 있다더니 우리 빈민 중에는 숯불(炭火)로 생명을 삼는 철공장이 있다. 철공도 외국인 모양으로 자본이 상당이 있어서 공장의 설비도 완전하고 기계가 상당히 구비하였으면 비록 뜨거운 여름날에 노동을 할지라도 그다지 심한 곤란이 없을 것이다. 그러나 우리의 철공장은 자본이 없으므로 공장도 없고 기계도 없다. 그들은 대개가 두어간 되는 명색 가공장을 지어놓고 기계라고는 단지 골풀무 한 개와 모루, 메 등속뿐이다. 아침저녁까지 쉴 새가 없이 풀무로 숯불을 벌겋게 피워 놓고 불보다 더 뜨거운 철물을 메로 치며 손으로 만진다. 그들에게는 더위도 없고 뜨거움도 없다. 적도 직하(直

下)에 사는 인족(人族)보다도 열에 대한 저항력이 더 강하다. 그러나 그들인들 어찌 더운 것을 모르리오만 배고픈 것이 피땀 흘리는 것보다 더 괴로운 까닭이다. 그나마 봄과 가을 모양으로 공사나 많았으면 돈 버는 취미나 있지만 여름에는 만반(萬般)의 일이 모다 휴식상태와 같이 불경기인 까닭에 철공도 또한 일이 적다 한다. 그와 같이 뜨거운 숯불 앞에서 죽도록 노동을 하여도 하루 수입이 7,80전에 불과하다. 즉 있는 놈의 맥주 두 병 값도 못 번다. 그의 생활이 얼마나 비참하냐.

황(黃) 냄새에 골이 터지는 고무 여직공

보통 사람은 여름에 고무신만 신어도 황내가 나느니 발이 물어 터지느니 하지만 있는 놈은 신지도 않는다. 여직공들은 그 독한 황냄새와 더운 증기 기운을 무릅쓰고 이와 같이 뜨거운 날에 구슬땀을 흘리면서 노작(勞作)한다. 특별히 조선의 습관으로 말하면 문밖에도 잘 나서지 않던 여자가 기한(飢寒)에 쫓기어서 불과 4,50전의 임금을 얻으려고 공장주의 학대와 모욕을 당해 가면서 직공노릇을 한다. 경성 내만 하여도 30여개소의 공장에 수천의 여직공이 초저녁에도 모기, 빈대 등쌀에 단잠 한잠을 잘 못자고 오전 네 시부터 공장에서 노동을 하다가 오정에 집으로 돌아간다. 그 중에 시간으로 임금을 주었으면 조금 쉬어가면서도 할 수 있으나 공작물을 표준하여 임금을 주는 까닭으로 진소위 목구멍이 포도청이라고 한 푼의 임금이라도 더 얻을 욕심에 더위도 다 잊어버리고 노작을 한다. 그의 곤란한 것이야 말할 수 없지만 열 손가락을 움직이지 않고 남의 등골만 빼먹는 첩류배(妾類輩)에 비하면 자기의 노작으로 벌어먹는 것이 얼마나 신성하랴.

기름주머니를 뒤집어쓰고 노동하는 기관차 소제부

천생 만민은 필유기식(必有其職)이라. 다 각각 벌어먹는 길이 달라 어떤 사람은 이 뜨거운 여름날에 소제부의 생활을 한다. 먹는 밥은 조그마한 변또 밥이요 입은 옷는 기름 주머니다. 그들은 밤낮 동서남북으로 왔다 갔다 하는 기차의 기관차를 쉴 새 없이 기름걸레로 닦으며 또 화구(火口)에 불을 땐다. 가뜩이나 석탄 연기에 온몸이 숯검댕이가 된다. 옛날에 예양(豫讓)은 자기의 군주인 지백(智伯)의 원수를 갚기 위하여 칠신위라(漆身爲癩) 하더니 이 소제부들은 목구멍 원수를 갚기 위하여 날마다 숯등걸이 되고 기름투성이가 된다. 그나마 일본사람은 임금이나 많이 받지만 가련한 조선사람들은 동일한 노동을 하고도 최저가 1원 내외 최고가 1원 50전 내외의 임금을 받는다. 그들은 날마다 불과 기름으로 싸우는데 단지 낡은 집에 가서 새옷 갈아 입는 것하고 임금 받는 것뿐이란다. 있는 놈은 돈만 내면 이등차나 일등차를 마음대로 타고 편히 누워서 천리만리를 가는 고로 아무 걱정이 없지만 그 차가 내왕하는 이면에는 이렇게 무한한 땀과 눈물을 흘리는 사람이 있다.

불보다 더운 담배기운에 고읍(苦泣)하는 연초(烟草) 직공

여름날에도 편히 앉아서 담배나 먹는 사람들은 연초를 망우물(忘憂物)이니 소수초(消愁草)니 하고 한담을 하지만 그 궐련 한 개에는 여러 사람의 피와 땀이 뭉쳤다. 향촌에서 농민이 힘으로 갈고 수확하여 그 이익을 전부 전매국에 착취 당하는 일은 그만 두고 다만 공장에서 궐련을 제조하는 데도 여러 사람의 노력이 심히 많다. 원래 연초는 냄새가 독할 뿐 아니라 기운이 더우므로 동절에 유행하는 사람이 손이나 발을 연초로 싸매고 가면 동상이 없는 법이다. 그런데 여름에는 공장에 다수한 사람이 있고 기계의 증기 기운에 더워서 견딜 수 없는 중 연초 냄새가 또 지독하고 그 기운이 훈훈하여 그 공장이 한증막보다 더 덥다. 그런데 그 직공은 사소한 임금으로 인하여 이 고열 중에 노동을 한다. 특히 연초 공장에는 소년소녀가 다수한데 그들은 연약한 몸에 종일토록

동아연초주식회사 조선제조소 종로 배오개 옛 어영청(御營廳) 자리에 위치했던 일본의 관영(官營)담배회사인 동아연초주식회사(東亞煙草株式會社) 조선제조소(朝鮮製造所)의 외관과 내부 사진. (출처: 서울역사박물관 / GOVERNMENT-GENERAL OF CHOSEN, 「ANNUAL REPORT」, 1916)

노동을 하다가 어떤 때는 연초 독기에 어지러워져서 혼도하며 눈과 코가 아파서 집에 돌아가서도 울기만 한다. 아 원수의 돈아. 사람들아, 특히 소년소녀들을 살려라.

　이상에 몇 가지 예만 보아도 우리 빈민 생활에 여름이 어찌나 곤란한지 가히 알 것이다. 그런데 이와 같이 땀흘리고 일하는 이는 생활이 극히 곤란하고 편히 노는 불한당 무리들은 여름에도 반대로 안락한 생활을 한다. 형제여. 이것이 다 누구의 죄이며 무슨 까닭인가. 각각 그 생각을 하면 흉중에 뭉친 열화가 삼복의 태양보다도 더 떠오른다. 우리는 과연 이러한 불공평한 일을 바로 잡을 수가 없을까. 여름이라도 다만 덥다는 말만 할 것 없고 제갈(諸葛) 무후(武侯)의 5월 도로(渡瀘)하던 용기보다 더 몇 백배의 용기로 전진치 아니하면 시원한 바람은 우리의 가슴에 불게 못할 것이다.

—「개벽」 50, 1924년 8월

칠낭팔낭
속는 사람이 바보

웅초(熊超)

"서울이 낭(狼)이라니까 시골 사람이 서울 오자면 왕십리서부터 긴다."

이러한 말이 있다. 어느 때 어느 사람의 입에서 터져 나온 말인지 모르나 시골 사람을 몹시 깔보고 바보시한 것만은 사실일 것이다.

왕십리라면 대경성의 인접지로서 남으로 한강이 멀지 않은 곳에 있어 광주(廣州), 여주(驪州), 이천(利川) 등지의 유명한 미곡 산지며 강원도 일부로 통한 수륙 교통의 요충지며 따라 물산이 모여드는 곳으로 유명하지만 더욱이 미나리와 담배쌈지 많이 나기로 유명한 곳이다. 전 조선의 간선 되는 철도망이 경성에 집중되어 있는 금일이나 여전히 은성한 소도시를 이루고 있다. 광희문(光熙門) 턱에서 굳은 길로 불과 몇 마장 안 되는 곳에 있는데 거기서부터 왕십리 끝닿는 데까지 가자면 십 리 잡고 기실은 확실무의하게 오 리는 될 것이다. 그 사이에 단선이나마 전차가 통하고 자동차 마차가 부절히 내왕한다. 하여튼 미곡, 채소, 시탄 그 외의 여러 가지 물자를 직접 간접으로 취차(取次)하는 경성의 물자 공급소의 하나라면 과히 틀리지 아니할 것이다.

그런데, 낭! 낭! 하고 얼마나 서울을 두려워하기에 시골 사람이 서울을 오자면 왕십리에서부터 용의주도하게 네 발 걸음을 친다는 말인가. 이 말이 필시 서울 사람의 입에서 만들어진 말이매 서울 사람이 제 잘났다고 버티는 우월감에서 나왔을 것이다. 경성이 조선의 수도요 수십 만의 인구를 포용한 곳이라 번잡한 생활환경에 따라 사람 되기를 농촌 사람에 비하여 민첩하고 경위 밝게 될 것은 사실이다. 그렇다고 해서 제가 제 잘났다고 덤비며 우리 농촌 사람에게 횡포 무쌍한 불경의 언사로 통한다는 것은 도저히 묵과할 수 없다. 지금이라도 당장 전선(全鮮) 일천 수백만의 시골 사람이 궐기에 일치단결하여 '반 서울 놈' 대 시위운동을 하는 것이 어떨까. 굉장한 기염이다. 어설픈 수작은 고만두고 서울 사람 똑똑한 것도 제 아는 것에나 똑똑했지 제 모르는 데서는 역시 바보요 멍텅구리다. 순 서울 토종으로 더구나 시골 바람 못 쏘여 본 사람은 쌀이 어디서 어떻게 생기며 그 풀이 어떻게 생겼는지도 모른다. 사실이다. 그러고도 아랫목에서 요강 타고 앉아서 배때기가 터지도록 흰밥을 꾸역꾸역 먹는다. 아차, 이러다가는 양편에 큰 싸움을 붙이게 될 터이니 고만두고!

낭! 서울 놈 시골 놈 할 것 없이 어리석은 사람 앞에는 어디든지 있는 것이 낭이다. 낭이란 무엇이뇨. 낭떠러지요 함정이란 말이다. 앞을 채 못보고 나가다가 한 번 실수하여 떨어지면 낭! 천만 길 되는 깊은 낭도 있을 것이요 한두 길 되는 낭도 있을 것이다. 따라서 목숨을 염마왕께 바치는 수도 있고 다리뼈가 부러지거나 관절이 어긋나는 수도 있을 것이다. 이 낭이 복잡한 인간 집단지인 경성에 더욱 많을 것이다. 이 무서운 낭 가운데서 그다지 심각한 의미의 낭을 빼놓고 비교적 유머러스한 조그마한 낭을 몇 개 들추어 보자.

번잡한 거리, 한 상점 앞에는 어수선하게 사람들이 많이 꾀여 있다.

문턱에는 텁석부리 영감님이 궤짝에 걸터앉아 요령을 흔든다. 덧문 짝에 써붙인 광고.

점사무(店仕舞) 대경매(大競賣)

수많은 사람에게 둘러싸여 한 사람이 단에 올라서서 양산을 펴든다.

"얼마!"

군중 속에서 한 사람이,

"십오 전." 한다. 이 말을 받아 단 위에 서 있는 친구는 입에서 바람이 나게 외친다.

"십오 전, 십오 전, 십오 전, 십오 저-ㄴ, 십오 전."

군중 속에서 또 한 사람,

"이십 전."

"이십 전, 이십 전, 이십 전, 이십 전-ㄴ, 이십 전."

"이십오 전."

"이십오 전, 이십오 전, 이십오 전, 이십오 전……."

차차 액수가 올라간다. 서로 경쟁적으로 불러올린다. 오르고 오르다 같이 부르는 사람이 없으면 이 우산은 제일 많이 부른 사람에게 팔리는 것이다. 서로 남의 눈치만 보며 기민하게 불러 올린다.

오십 전까지 올라갔다. 더 부르는 사람이 없다. 양산 한 개에 오십 전이면 여간 싼 것이 아니라 돈 있으면 낙찰되기 전에 일 전이라도 더 올리고 볼 일이다.

"오십일 전."

이렇게 급히 부르니 오십 전 부른 사람이,

"오십삼 전."

"오십오 전."

오십삼 전 부른 사람은 호주머니 밑천이 그뿐인지 낙망한 태도로 속수방관만 할 뿐.

"에, 매득이다."

일금 오십오 전에 낙찰이 되었다. 돈을 치르고 양산을 들고 좋아라 하고 경매소를 나오는데 꽃을 재촉하느라고 봄비가 시름없이 죽죽 내린다.

"마침 잘 되었다."

하고 새 우산을 펴들고 의기양양 걸어가는데, 말씀 맙시요. 새하얀 옥양목 겹두루마기에 먹물이 뚝뚝 떨어져 다 버렸지요.

낭! 낭!

"값 싸고 좋은 음식이지요. 이런 데서 한잔 합시다. 계집도 있으니."

돈 가진 것이 얼마 안 된다고 미리 이렇게 암시해 놓고 간다는 것이 내외 주주점 일명 색주가.

한 순배 삼십 전이란 바람에 마음 놓고 '닐리리야'를 불러가며 계집을 얼러가며 권커니 자커니 하는 통에 술이 담뿍 취했다. 그뿐 아니라 계집이 무릎 위에서 캑캑 소리를 치다가 제물에 지쳐서 잠잠할 때까지 초면 여성에게 대하여 갖은 외람한 행동을 다하였다.

"이제 그만 갑시다."

하는 친구의 말에 못 이기는 듯이 일어서며 혀 꼬부라진 소리로,

"얼마냐? 얘."

"모두 서른한 순배예요."

"응 서른한 순배?"

취중이나 가슴이 덜컥 내려앉는다.

"이런 죽일 년들 봤나."

"구환 삼십 전이지요, 뭐."

"어째서 서른한 순배란 말이야, 열여덟 순배지."

"생각해보시면 알지요. 영업하는 사람이 손님을 속이자면 속을 손님

이 어디 있어요. 괜히 그러지 말고 내놓으셔요."

정말 큰 일 났다. 시비가 오락가락 말소리가 점점 급해지니 주인이 다 나오고 길 지나던 사람들이 구경차로 모여든다. 주인 놈은 여전히,

"안 돼요. 안돼."

"해 볼 대로 해보구려."

주객 간에 서로 흥분이 절정에 달한 때 험상궂은 청년이 세 명이 나선다. 그야말로 장내 공기가 험하고 살기가 등등하다. 까딱 하다가는 주먹이 비 오듯 할 터이라 허, 웃고 일금 구원 삼십 전을 내뜨리고 나오는데 뒤통수가 벗겨지도록 내외주점에서는 욕, 웃음이 터져 나온다.

가엾어라. 노자 돈까지 다 털어 먹었으니 이 촌 양반 장차 어찌 하리요. 낭! 낭!

"이 양반 어디 가시겠습니까? 지금 차에 내리셨지요."

"네, 그렇습니다."

"저도 이 차에 내렸습니다. 아침 길이 돼서 생소하니 어디로 가시겠는지 여관으로 가신다면 저도 같이 가게 해 줍시요."

"그럽시요."

우연히 만난 두 사람은 이 이야기 저 이야기 해 가며 나란히 간다. 말 붙이던 사람이 뜻밖에 길바닥에서 종이에 싼 무엇을 집었다. 무엇인가 하고 펴 보니 금비녀 한 개 적어도 시가가 사오십 원짜리는 되는 것이다. 둘이 다 눈이 둥그레졌다.

"오, 이거 웬 횡재로구려. 얻기는 내가 얻었으니 내 물건이나 둘이 가다가 얻은 것이니 부재다언하고 같이 나눕시다."

나누자는 바람에 시골 친구 입이 떡 벌어졌다. 그러나 실제에 나누자니 나눌 도리가 없다. 섣불리 전당포로 가져가다가는 탈나기 쉽고 또 갑자기 헐값이라도 살 사람이 없고. 결국은 크게 양보 타협이 된 후 말

시장 풍경 (출처: 서울역사박물관 / 新光社, 「日本地理風俗大系」, 1930)

붙인 친구가 일금 십 원을 받고 그 사람에게 넘겼다. 사오십 원짜리 금 비녀를 십 원 내고 얻었으니 전당포에 잡히더라도 이삼십 원 이익은 떼어놓은 당상이다. 시골 친구 오죽 좋아 하였으리오. 그러나 이런 답답한 노릇이 있소. 금비녀는 진짜가 아니라 가짜 도금 비녀 낭! 낭!

"자, 표한 요것을 찾아 내시요. 일 원 걸고 하면 이 원, 이 원 걸고 하면 사 원, 사 원 걸고 하면 팔 원! 얼마든지 찾아내기만 하면 곱이요."

땅바닥에 주저앉아 이렇게 외치는 한 사람을 여러 사람들이 둘러서 있다. 앵두 씨 만하게 비벼 놓은 열 개의 종이 쪽. 거기에 누구나 다 알도록 먹으로 표한 종이 하나를 역시 앵두 씨 만하게 비벼서 섞어 놓는다. 이것을 찾아내면 건 돈의 곱을 낸다는 것이다.

"자, 봅쇼."

하고 표한 종이를 한 번 여러 사람에게 보이고 다시 비벼서 여러 개 가운데 떨어뜨렸다. 누구나 빤히 그것을 찾을 수 있다. 한 사람이 썩

나서서 일원 걸고 집어내는데 영락없이 표한 종이다. 이 사람 저 사람들이 달려들어 일득일실이 있는 판에 한 친구가 가만히 서보고 있노라니 갑자기 도박욕이 생긴다. 꼭 저것이다 생각하고 일 원을 낸 거렸다. 종이 환약을 펴 보니 꼭 들어맞았다. 불과 일 분이 못 되어,

"아, 내가 잘 못 본 게로군!"

하고 세 번째 걸었다. 땄다. 네 번째, 다섯 번째, 여섯 번째…… 이 원도 걸고 오 원도 걸고 하다가 마지막에는 그날 탄 월급 봉지를 축축 털어버리고 말았다. 그제야 정신이 나고 상열이 되어서,

"이놈, 야마시꾼이로구나. 경찰서 가자."

최후의 발악으로 덤벼들 때 자기와 같이 돈을 걸고 하던 놈들이 뜻밖에 주먹 발길질로 덤벼든다. 이 통에 돈 가진 놈 달아나고 때리던 놈들도 금시에 부지거처. 이것이 소위 '마루이치'패라는 것. 돈에 회가 동하여 섣불리 덤비지 말라. 표한 종이쪽은 언제든지 그 놈의 손가락 사이에서 노는 것이다.

낭! 낭! 돈 잃고 봉변하기 쉬운 낭의 한 낭이 마루이치 낭이다.

—『별건곤』 51, 1932년 5월

유선형流線型

이길용(李吉用)

때마침 경부간을 여섯 시간에 주파한다는 "유선형" 시운전에 시승을 하고 돌아온 뒤라 내 차례의 수필은 제하여 '유선형'이라고나 할까.

스피드 시대는 필경엔 "유선"이란 형을 만들어 놓아 이즈음 좀 새 냄새 나는 말을 하려는 이 언필칭 "유선형"을 운위한다.

하늘과 물위 또는 기타의 것은 잠깐 그만두고라도 육상교통의 유선형화는 참으로 놀랍다. 자동차의 유선형을 우리는 늘 서울 거리에서 보고 있지만 만주에는 유선형 열군(列軍)이 작년 가을 11월부터 생겨 있어 대련(大連)을 아침 아홉 시에 떠나면 오후 다섯 시 삼십 분에는 신경(新京)에 닿아 1천7백10여 리(701.4킬로)를 여덟 시간 반에 달리는 동양 대표적 쾌속을 뽐내고 있다.

명년 가을에 대형의 관부연락선이 새로 만들어지면 동경(東京)을 낮에 떠나 제돌 되는 이튿날 낮에 경성(京城)에 닿게 하자는 만(滿) 일일(1日) 운전을 계획하고 이에 따라 부산 경성 간을 단 여섯 시간에 달리자는 그 시운전을 일전에 행했다.

나는 이런 류의 시승에 누구보다도 구미를 바짝 붙이는 버릇이 있어

관할 철도국에 이틀 동안 태워 달라는 것을 졸랐다. 조르는 때문은 안 태워 주니까.

안 태우려는 이유는 사실엔 내년 가을에나 유선형 기관차가 완성될 것이므로 이번 시운전은 재래 써오던 것 중에 제일 낫다는 아메리카 제의 '퍼시픽' 형을 쓰자니까 가짜 유선형을 사용하다가, 또 게다가 현재의 노반(路盤)으로는 속력을 함부로 놓을 수 없는 등등의 관계로 해여나 만일의 불행이 돌발하면 어쩌나 해서다.

그러나 무던히 조른 결과 이윽고 시승의 제비는 뽑힌 셈.

경성에서 부산이 천백여 리 길, 이 사이를 단 여섯 시간, 그나마 대전과 대구에서 4분씩 정차를 빼면 다섯 시간 오십이 분이니 이렇게 달린다는 것은 경부선이 생긴 지 금년으로 31년째, 일찍이 꿈도 못 꾸어 본 쾌속이다. 그래서 어찌 생각하면 무시무시하여 내 머리에는 일찍이 S 씨의 비행기를 타볼 때 만일의 경우에도 생명을 나는 책임지지 않겠다는 정 떨어지는 말을 내게 해서 "에따, 비행기 타 본다"고 전날 밤부터 즐거워 했던 것이 그만 입맛이 써진 때가 있었는데, 꼭 그때 같지 않더라도 '준(準) 그때' 만하였다.

아닌 게 아니라 빠르다. 무던히 빠르다. 이렇게 세상이 빠른 것만 좋아 하다가는 귀결에는 어찌 될 것인가. 이렇게 부지러운, 이마 벗겨질 걱정도 없지 않다. 다시 말하면 "유선형", "유선형" 하니 이 뒤는 무슨 '형'이 올 것인가 말이다.

어찌 됐든 쾌속화가 가져 오는 축지법은 완연히 현저하다. 서울을 중심으로 따져 천여 리 길 부산이 대전 근처로 옮겨 온 것 같고 수원이 영등포 쯤 가까워진 것 같다.

이번에 느낀 건 유선형과 시분(時分)의 '초(秒)'의 관계다. 축지화 하는 데 따라 옛날에는 하루를 한나절이니 반나절이니 담배 한 대 피울 동안이니 하여 시간을 따지던 때로부터 최근 오전이니 오후니 좀 똑똑해져

경부선 급행열차 (출처: 서울역사박물관 / 朝鮮總督府, 『寫眞帖 朝鮮』, 1921)

서 분(分)을 따진다. 그러나 앞으로는 초로 따질 시절이 오리라고 본다. 아니 이번 시운전이 이것을 밝게 말하고 있다.

요는 시대가 쾌속화 하는 데 따라 우리의 일상생활은 초를 다투고 또 이렇듯 시간관념이 심각해진다. 지금도 우리가 혹은 개인끼리 약속 혹은 회합을 하는데 몇 시라고 정하면 보통이요 몇십 분까지 붙이면 구십 점쯤 똑똑한 편이요 몇 십 몇 분까지 약속을 한다면 이는 정말 정거장에 기차 타려는 외에 좀처럼 지키기 어려운 백 점에 가까운 똑똑이요 거의 불가능의 일이라고 할 것이다.

그러나 이러던 기차도 이제부터는 몇십 분 몇 초라는 시간이 생기게 되고 이것을 지키지 않으면 일상생활의 정확을 어그러뜨리게 되어 간다.

이번 시운전에 있어서 크나큰 용산역을 ×분 오십 초 또 어느 정거장 은 ×분 사십오 초 이렇게 '다이야'가 짜여져 있다.

우리의 시계에 초침의 필요를 절실히 느끼고 한 초 한 초를 아껴 쓸 때가 곧 이 "유선형"이 가져오는 앞날 시대상일 것이라고 본다.

—「동아일보」, 1935년 7월 7일

추억답지 못한 추억

주요섭(朱耀燮)

여름의 오아시스는 황혼에 있고 경성의 미도 황혼에 있다. 그러나 콧구멍만도 못한 좁은 뜰을 가진 서울 객사에서는 그 아름다운 황혼일망정 감상할 여유가 없다.

그러나 문을 활짝 열어젖히고 어두워 오는 하늘을 바라보고 앉았으면 생각은 과거를 하고 십 년 전 이십 년 전으로 헤엄쳐 올라간다.

어렸을 시절의 여름! 무엇보다도 먼저 누렁이 생각이 난다. 불쌍한 누렁이, 그는 나와 동갑이었는데 내가 소학교 입학하는 때 그만 죽고 말았다. 혀를 길게 빼물고 집 그늘에 앉아서 헐떡헐떡 하다가는 귀밑을 앞발로 벅벅, 아마도 진드기가 있는 모양이지.

팥알이 돌 아래서 삼 년을 묵으면 진드기가 된다지.

저녁 때 작은 고모가 방안에 깔았던 삿을 들고 뜰에 나와서 막대기로 툭툭 두드리면 빈대가 수천 마리 떨어진다. 그러면 닭들이 모여들어서 하나도 안 남기고 쪼아 먹는다. 이, 빈대가 닭들의 맛난 저녁밥이었다. 그리고 황혼이 이르면 뜰에다 멍석을 깔고 거기서 저녁밥을 먹었다. 노천식당이라고 할까? 모기쑥불이 뭉게뭉게 피어오르고 홰에 갇힌 닭들은 옥수수알이 먹고 싶은지 꿀꿀, 하고 울안의 돼지는 참외 껍질을 어서 달라고 꿀꿀, 한다. 노래기가 사방에서 기어오르면 할아버지는 빗자루로 가끔가끔 그것들을 쓸어내버린다.

나는 밥은 안 먹고 옥수수를 든다. 밥알이 툭툭 튀어 오른 커다란 옥수수 알은 뜯어먹고 속은 말려 두었다가 할머니 등 가려울 때 소용된다. 닭의 홰 옆에는 살구나무가 서 있다. 살구가 혹 한두 알 남은 것이 없나 하고 열심으로 쳐다본다.

나는 또다시 바구니에 손을 넣어 참외를 고른다. 커다란 놈을 골라서는 맡을 줄도 모르면서 코에다 갖다 대고 흥흥, 맡아본다.

"할머니, 나 참외 골라 줘, 응!"

"그놈의 새끼는 밥은 안 먹구." 하시면서도

"옛다, 이게 장익었다." 하고 하나 골라준다. 할머니 흉내를 내느라고 참외를 두 쪽에 쪼개 가지고는 고모가 눌은밥 퍼 잡숫는 숟가락을 빼앗아서 참외 속은 긁어서 할머니를 드리고 그 다음에는 벅벅 긁어 먹는다. 할머님은 진지를 잡숫다가도 내가 참외 속을 드리면 잘 받아 잡수시는 것이었다.

이런 추억답지 못한 추억도 잠깐 사이다. 어느새 나는 문군(蚊軍)의 공습을 받았다. 고사포가 없는 나는 별 수 없이 문군에게 쫓기어 모기장 밑으로 기어들어갔다. 모기장 안은 찌는 듯이 덥다. 그 안에서는 독서도, 공상도 다 귀찮아진다. 잠이 좀 들었으면 하나 또 밤새도록 빈대와 싸워야 한다.

서울의 여름! 그것은 수필로 예찬할 것이 아니라 생각의 영역에서 할수 있는 대로 말살시켜 버리는 것이 상책이다.

아, 괴로운 서울의 한여름이 또 다시 앞에 가로 놓여 있구나!

—『동아일보』, 1933년 6월 11일

대경성의 특수촌

문화촌

문화촌이라면 소위 문화생활을 하는 사람들, 문화생활이라면 송판(松板) 쪽을 붙여 놓았더라도 집은 신식 양옥으로 지어 놓고 피아노에 맞춰 흐르는 독창 소리가 아니면 유성기판의 재즈 밴드 소리쯤은 들려 나와야 하고 지붕 위에는 라디오 안테나가 가로 걸쳐 있어야 할 것은 물론이거니와 하루에 한 번씩은 값싼 것일망정 양요리 접시나 부셔야 왈 문화생활이라고들 한다. 그러나 한칸 셋방이 어렵고 한 그릇 콩나물죽이 어려운 형편에 있는 조선 사람이 더구나 찌들리고 쪼들리는 서울 사람이(편벽된 의미의) 문화생활을 하고 있는 사람이 누구일 것이냐. 장안이 넓고 인간이 많다 해도 이러한 여유낙락한 문화생활을 하고 있는 사람은 앉아서라도 손꼽을 수가 있다. 따라서 그들만이 모여서 사는 소위 문화촌이란 문하촌을 찾아내기도 어렵다. 얼른 서양 사람의 가난한 살림을 보아도 그것이 문화생활이고 일본 사람의 월급쟁이 살림을 보아도 그것이 문화생활이 아닌 게 드물다고는 할 수가 있는지는 모른다.

그러면 조선 사람 많이 모여서 문화생활을 하고 있는 소위 문화촌은 어디냐. 동소문 안 근방을 칠까. 그러나 문화생활이라고 반드시 양옥을 짓고 위에 말한 것 같은 그러한 생활이 문화생활이라고만 할 수는 없다. 한간 초옥에 들어앉았더라도 조선 재래의 가족제도에서 벗어나 팥밥에 된장을 쪄서 먹더라도 재미있고 화락한 생활을 하는 것을 문화생활이라고 하기에 넉넉하다. 동소문 안 근방을 문화촌이라기에는 얼른 보아서 너무 쓸쓸하다. 그러나 그들의 살림은 대개가 간단하고도 정결하다. 대개가 회사원이거나 그 외 여러 곳에서 월급쟁이로 다니는 사람이 많고 식자급(識者級)의 사람들이 한적한 곳을 찾아 그 근방에 새로이 주택을 짓고 간편하고 깨끗한 살림을 하고 있다. 아직은 전부랄 수가 없으나 앞으로는 그 근방은 교통도 더 편리해지면 조선 사람의 문화촌으로 이곳밖에는 없고 다른 좋은 곳들은 다 빼앗겼다.

빈민촌

기름진 논밭 전지를 다 뺏기고 먹으려니 밥이 없고 잠자려니 집이 없어 그리운 산천을 등지고 남부여대하여 강냉이 조밥이나마 얻어먹으려고 수천만 리먼먼 길을 산 넘고 물 건너 몰려가는 것이 쪼들리고 구차한 조선 사람의 현상이다.

그리고 장안 살림을 지탱해 갈 수가 없고 집 없고 터전 없어 동문밖 서문밖 문밖으로 쫓기어나가는 것이 가난한 서울사람의 한낱 피해갈 곳이다.

서울의 빈민촌을 찾아내라니 서울 사람, 아니 조선 사람이 특수한 계급을 제해 놓고서 누가 빈민 아닌 사람이 있겠는가만 이렇게 가난한 서울 사람 중에도 할 수 없는 사람은 모조리 문밖으로 몰려 나가는 것이다. 그러나 문밖에 사는 사람이 전부가 빈민이라는 것은 아니지만 그 중에도 서울의 빈민촌으로 대표가 될 만한 곳은 수구문(光熙門)밖 신당리를 손꼽아도 과히 혐의쩍은 말은 아닐 것이다.

이 신당리는 왕십리로 가는 큰길 연변의 불과 얼마 못되는 초옥(草屋)을 제한 전 호수 2,700여 호의 반수 이상의 사람이 거처하는가 싶은 토막(土幕)들이다. 이러한 신당리에도 300석 이상으로 천 석의 추수를 받는 부자도 있으나 그 외에는 공장의 직공과 회사의 고용인들이고 대개는 그날 그날에 몇 십 전씩의 품삯을 받아 평균 다섯 사람이나 되는 식구를 길러 간다. 그러나 일정한 직업이 없이 일일 고용을 하는 사람들에게 날마다 돈벌이가 있으란 법 없어 그날의 먹을 것을 얻지 못하고 어른 아이가 주린 배를 부둥켜 안고 있는 식구들이 또한 많다.

이 신당리는 처음에는 인가라고는 얼마 없고 산등성이는 공동묘지였던 것이 최근에 와서 점점 공동묘지는 없어지게 되자 갈 곳 없는 사람들이 모여들어 서양 철조각으로 지붕을 잇고 거적 조각으로 벽을 삼아 비와 바람을 막고 사람의 살림이 아닌 사람의 살림을 하고 있다. 신당리의 빈민을 나누면 빈민과 궁민(窮民)이며 토막살이를 하는 사람들이 궁민들이다. 이 궁민들의 사는 모양을 들여다보면 과연 눈으로 볼 수가 없다. 물론 이들은 건축 허가없이 밤 동안에 집 한 채를 지어 놓고 세금이란 무슨 세금이고 아무 상관이 없고 책임이 없다. 물론 낼 수가 없는 것이다. 바람이 불면 한 손으론 기둥을 붙들고 한손으론 지붕을 누르고 섰다. 새벽이면 세상에서는 제일 먼저 일어나서 있으면 먹고 없으면 굶어서 정한 곳 없이 일터를 찾아간다. 그날 하루를 온종일 이리저리 찾아다니다가 벌지 못한 날은 별수 없이 굶는 것이 그들의 일상이다. 요행히 몇 십 전 생긴 날은 조(粟) 한 봉지에 비지 한 덩이를 사 들고 토막을 찾아간다. 철모르는 아이와 불쌍한 아내는 좁쌀 한 봉지 사들고 들어오는 남편과 아버지의 그림자를 바라보고 애처롭게 기다리고 있다.

이들은 대개가 시골서 농사를 짓다가 농터가 떨어지고 흉년이 들고 해서 먹을 것은 없고 서울이 좋다는 말을 듣고 홀몸으로 혹은 처자를 거느리고 벌이좋고 돈 흔하고 살기 편한 서울을 찾아 믿을 사람 없는 백사지 땅에 들어섰다. 그러나 그들에게 업을 주고 먹을 것을 주는 서울은 아니었다. 그들은 갈 곳이 없고 잠 잘 곳이 없어 이곳에다 토막을 짓고 차마 눈으로 보기 어려운 살림을 하고 있다. 그 나머지 길가 근처에 있는 초가들은 역시 빈민들이랄 수밖에 없으며 그들은 대개가 공장 직공이나 일고(日雇) 노동자가 많다. 그중에는 지나인이 30호 가량 살고 있는데 어디를 가든지 근검한 그들은 역시 몇 사람 석공을 제한 외에는 전부가 그 근처의 땅을 얻어서 농사를 짓고 있다. 또 백여 호나 되는 일본인은 거의 다 일정한 월수입이 있어 그들의 생활은 빈촌에 있으면서도 조선 사람의 생활 내용에 비하면 토대가 잡히고 구차하나마 여유가 있다. 그 근방의 토지는 대개가 동척(東拓)의 소유가 되고 조선 사람의 소유로는 시가로 불과 4, 5만 원이라 한다. 이러하니 이제 다시 한숨 쉴 바 아니련만 한심치 않은가.

서양인촌

서울 있는 서양 사람들은 수도 적거니와 특별히 한 곳에만 모여 살지를 아니하고 각기 자기네의 관계되는 곳을 따라 학교에 관계되는 사람은 그 학교 근처에 집을 짓고 살고 교회나 영사관에 관계 있는 사람은 역시 그 근처에 집을 짓고 살며 집을 한번 지어 놓으면 서로 바꾸어 들며 새로 오는 사람은 본국으로 돌아간 사람이 있던 집으로 이같이 하므로 결국 새로이 오고 가고 한대도 늘 그 모양으로 있게 된다.

그러나 그 중에서 제일 많이 모여 살기는 암만해도 정동(貞洞) 일대가 될 것이다. 그 곳은 처음에 외국인의 거류지로 지정을 해주었던 까닭에 대개 각국 영사관은 그 곳으로 몰리었음으로 차차로 한 채 두 채 집이 늘어서 지금은 얼른 서양 어느 한적한 뒷골목과도 같다.

그 곳에는 노국(露國) 미국 영국의 영사관이 있으며 불란서 영사관 역시 그 곳에 있다가 연전에 서대문 밖으로 옮기게 되었다.

이 근처는 영사관이 있는 관계로 그 계통 사람들이 살기 위하여 집들을 지은 것이 지금과 같이 몇 집 안 되나마 터전을 차지하고 사는 서양인촌이 되고 말았다.

그들의 생활 내면을 엿보기에는 좀 어려운 감이 있으며 늘 그곳을 지낼 때 보면 아침이라야 우리네들처럼 새벽밥을 먹고 공장으로 회사로 점심밥을 싸 짊어지고 나서는 사람을 구경할 수가 없고 다만 새파란 눈동자를 되룩거리고 책 두어 권을 옆에 끼고 공부하러 가는 그들의 아들딸을 보기 외에는 별로 다른 곳으로 출근하는 사람을 못 보겠다. 낮이 되면 아이들은 학교 — 그들의 학교가 그 근처에 있다 — 에서 돌아와서 풀밭에서 생기 있게 뛰고 놀며 다져 놓은 테니스 코트에서는 남녀가 한 짝씩 지어 오후의 운동을 한다.

어슴푸레하게 해 저물 제 울려 나오는 피아노의 소리는 그들의 생활 전부를 귀로 들려준다. 그들에게는 쓸 만큼 돈이 있고 움직일 만큼 자유가 있다. 그들과 시비를 하려면 그 나라와 시비를 해야 한다. 그들의 말마디에는 웃음이 떨어지고 그들의 얼굴에는 생기가 넘친다. 그들의 살림을 부러워 할 바도 아니지만 우리네도 어느 곳을 가든지 그래졌으면 싶다.

이 외에도 서울에 와 있는 백계노인(白系露人)이 있으나 그들은 처지가 처지이니만치 어려운 살림을 하고 있다. 소위 러시아 빵이나 기성양복 혹은 양복 가음을 어깨에 둘러메고 돌아다니며 근근히 여명을 이어간다. 그들이 비단 조선뿐이 아니라 각처에 망명하여 있으며 무슨 기회를 엿보고 있는지는 모르거니와 그들 중에는 옛날의 귀족들이 많다. 하여간 처음이야 끝이야 어쨌든 그들을 볼 제는 같은 외국 사람이거늘 그 인간만이 퍽 딱해 보이기도 한다.

중국인촌

조선에 와 있는 외국인으로는 지나인이 제일 많은 것은 더 말할 것 없는 사실이다. 어느 나라를 가든지 근검하고 저축 많이 하는 민족으로 그야말로 세평이 높은 지나인이다. 이들이 요 좁은 조선, 구차한 조선 돈을 얼마나 가져가느냐 하는 것은 참으로 상상밖에 큰 액수다. 아가위, 콩사탕, 호떡, 야채, 요리점, 포목점, 다시 떨어져서 삼동주, 행상, 파리채, 석쇠장사, 돌쟁이(石工), 땜장이 이외에도 여러 가지 그들은 아니하는 것이 없이 산골로 들어가서 밭고랑을 갈고 십전을 벌면 이전을 넘기지 않고 하루의 생활비로 쓰고 그 나머지는 주머니에 감추어 두는 것이다. 이들은 조선 사람의 주머니를 긁어가는 민족 중의 하나다. 더구나 일은 없고 노동자는 많아 먹고 살 수 없는 사람이 많아지는 것도 이 지나인 노동자가 남의 반값에라도 종일 근실하게 일을 하는 까닭에 웬만한

중국인 거리 신의주(新義州)의 지나인(支那人; 중국인) 거리를 구경하는 조선실업시찰단원의 모습이다. (출처: 서울역사박물관 / 民友社, 『朝鮮實業視察團』, 1912)

공사나 일터에는 반 이상 그렇지 않으면 전부가 지나인 노동자인 것을 볼 수 있다. 이런 까닭에 조선 사람 노동자가 점점 살아갈 수가 없게 되는 것이다.

서울에 현주하는 근 오천 명이나 되는 그들은 구석구석이 안 끼여 사는 곳이 없고 의례 호떡 가가(假家)라도 벌여 놓고 있지 그대로 있는 사람이 없다. 그러나 서울의 지나인 촌이라면 그중 많기로는 서소문정(西小門町)이요 다음에는 관수동(觀水洞)이 될 것이다. 또는 히가시마치(長谷川町) 근처의 뒷골목일 것이다.

그들의 거리를 들어서면 건물부터, 근처의 공기부터가 지나 냄새가 나고 청대파와 마늘 냄새가 우리네의 코를 쿡 찌르는 것이나 모든 것이 과연 지나 냄새가 떠돈다.

거리를 지나가다 집안을 들여다보면 우중충한 그 속에 어쩐지 세상에 공공연하게 내어 놓지 못할 무엇이 감추어 있는 듯도 하고 알아들을 수 없는 음흉한 말소리는 무엇인가 음모가 있는 것도 같다. 지나 사람들은 아편을 담배 먹듯 한다는 말을 들어서 그런지 그들의 얼굴을 볼 제 누릇누릇한 것이 모두 다 아편쟁이 같기도 하다. 그 중에도 서소문정 거리를 지나가면 하릴없이 그들의 본국 어느 하층 사회를 걸어가는 감이 있다. 그들의 집에를 들어가면 나올 길을 못 찾아 나올 것도 같은 생각이 든다. 서소문정은 아편굴이 많기로 서울서 독특한 곳이니만치 석양 때나 밤늦게 혹은 새벽녘에 헌털뱅이 입은 걸인이나 아래위를 말쑥하게 휘감은 사람, 특별히 얼굴이 누르고 목허리 굽은 사람들이 왕래를 흘끔흘끔 살펴보며 우중충한 옆골목으로 들어서는 것을 보면 그것이 모두 아편쟁이에 틀림이 없다. 지나인의 밀매음녀도 있는 듯하다. 아무리 지나인의 원풍속을 모른다 해도 핏기운 없는 얼굴에 어디로 보든지 음탕한 포즈를 하고 희미한 전등 빛에 우울한 표정, 유혹적 표정을 하고 있는 것을 보면 별수 없는 매음녀다. 거리에 나서서 외입쟁이 낚시질을 하는 것도 같다. 무엇에서 무엇까지 그들의 거리는 음침하고 우중충하고 마굴과도 같은 기분이 돌고 그들의 말소리나 음흉한 음성은 어디로 보든지 음모적 민족이다. 그들의 생활을 지면으로 이와 같은 것만을 보고서는 말을 할 수가 없으나 그들의 집안 어느 구석이고 눈에 띄지 않는 곳에는 꽁꽁 뭉친 지전이 박혀 있을 것이다. 이것을 보면 겉만 화려하게 꾸며놓고 돈푼 생겼을 적에 사놓았던 철궤 속에는 전당표만 수두룩하게 담긴 조선 사람의 그것만은 안과 밖의 차이라 할 수 있다.

그래도 그들은 국기가 있는 민족들이라 명절 때면 청천백일(靑天白日)기를 내달아 놓고 정월에 설놀이 같은 것은 그같이 굳은 사람들이 며칠씩 전방 문을 닫아걸고 떠들고 모여 논다. 그들은 술을 먹게 되면 집안에서만 먹고 취해서 거리를 다니지 않는 고로 아무리 명절이라고 조선 사람같이 거리에서 추태를 연출하는 것을 못 보았고 원래가 근검한 사람들이라 무슨 짓이고 해서 먹고 살지 그들에게서 걸인을 찾아보기가 어렵다.

공업촌

공업 없는 나라를 손꼽을 제 조선을 으뜸으로 치지 않을 수가 없다. 근래에 와서 여기저기 공장이 많이 생겼고 연돌도 제법 우뚝우뚝 솟아 있으나 그러나 그것은 보기좋게도 모두 다 남의 것이요 우리네 것이라고는 미미한 소공업에 지나지 못한다. 풍부한 원료와 가득한 재료를 앞뒤에 쌓아 두고서 그것을 어떻게 만들어서 어떠한 데 소용이 되게 쓰겠다는 생각을 못하고 있다가 결국 남의 눈에 먼저 띄게 되어 결국 남의 손에 집어넣어 주고 말았다. 공업 없는 나라가 어찌 빈한하지 않을 수 있으랴. 인제 와서 깨달은 것이 있는지 여기저기서 무슨 공장 무슨 제조회사가 벌 일어나듯 하지만 원래 적들에게 중요한 공업은 다 빼앗기었고 경제력이 부족한 조선 사람이 적들 대자본 밑에서 그들에 대항은커녕 몇 날이 못 가서 쓰러지고 말게 된다. 인제 와서는 일어나래야 일어날 수 없는 조선의 공업이지만 앞날을 기다릴 수밖에는 없다.

　그러나 비관을 할 것이 아니라 소자본을 가지고라도 규모 있게 발전을 해갈 연구를 할 것이다. 현재에 몇 개 공장이 대자본으로 경영하는 것이 있으나 그러나 그것은 몇 군데에 그치는 것이다. 그것을 가지고 조선 사람이 공업을 가졌다고 내세울 수는 없는 것이다. 더구나 서울에 있어서 공업촌을 찾아보려 할 때에는 도리어 참혹한 꼴만 보려는 것이나 구태여 찾아 내라면 병목정(並木町) 일부와 서사헌정(西四軒町) 일대를 볼 수밖에 없다. 그러나 조선 사람의 공업촌, 조선의 수도 서울의 공업촌이 이러하다고 내세우기에는 너무나 참혹한 감이 있다.

　가느다란 연돌이나마 몇 개가 우뚝 솟아 있고 오막살이집에도 떨거덕 소리는 난다. 대개는 실에 염색을 하는 것과 조선 사람에게만 소용되는 직조물을 짜는 것이다. 유리(硝子) 공장도 있고 담배통 만드는 철공장도 있다. 그러나 별로 딴 건축물을 지어 놓지는 않고 보통 살림하는 집에서 새벽부터 밤까지 떨거덕거리는 소리가 난다. 길가로 난 데는 반찬가게나 담배가게를 벌려놓고 집안에서는 원업이 될지 부업이 될지 대개가 떨거덕거리는 염색이나 직조업이다. 그 동리 골목을 지나며 보면 반찬가게나 쌀가게나 그렇지 않으면 무엇이든 반드시 무슨 영업이고 하고 있느니만치 그 근처 사람들은 노는 사람이 별로 없고 따라서 그날의 먹을 것을 염려하며 굶주리고 있는 사람은 별로 없는 듯하다. 자기 집에서 부업으로 떨거덕거리면 그 식구 중에 한 사람이나 두 사람은 다른 무슨 장사나 어느 회사나 공장에 가서 돈벌이를 하고 있다. 부유한 살림을 하는 사람은 적으나 극도로 생활의 위협을 당하는 사람 역시 드문 것 같다. 하여간 이러한 소공업일망정 보장해 갈 수 있는 것이다.

앞으로도 조선 천지에 하늘을 찌를 듯한 연돌을 우리네 손으로 세울 때가 오면 조선 사람의 살림도 넉넉할 것을 믿는다.

노동촌

노동촌이라면 더 주를 달 것이 없이 노동자가 많이 사는 곳을 노동촌이라 하겠다. 그러나 손끝 하나 아니 꼼작이고 파먹고만 앉아 있는 특종 계급의 사람을 제해 놓고는 적어도 제 손으로 벌어서 제 입에 밥을 넣는 사람치고 노동자가 아닌 이 없다. 그러나 이 노동을 구별해서 육체노동이니 정신노동이니 하는 너무도 잘 아는 설명은 생략하나 이제 말하고자 하는 노동촌은 그 중에도 육체노동, 육체노동 중에도 힘들고 어려운 노동을 해야만 그날 입에 풀칠을 하고 살아갈 수가 있는 극도의 육체 노동자촌을 찾아보기로 하자.

조선에도 결국 그것이 남의 일일망정 할 일도 많고 일할 사람도 많다. 어디를 가든지 회사요 어디를 가든지 공사장이요 벌이판이다. 그러나 실직자 많고 무직업자 많기로도 유명한 조선이다. 직업을 잃었으나 먹어야 산다. 그렇다고 배운 것이 없는 그네는 영양부족으로 핏빛은 없으나 타고난 골격은 튼튼하다. 할 수 없이 그들은 지게를 등에 얹고 구루마를 끌고 그날그날의 밥을 기다린다. 그러나 수많은 그들을 위해서 늘 벌이가 있어 주지는 않는다.

경성 역 옆에 봉래교(蓬萊橋) 근방으로부터 약현(藥峴)으로 넘어가는 근방까지를 노동촌이라 할 수 있다. 하루 온종일을 뙤약볕에 앉아서 들고 가기 어려운 짐이 있기를 종일 기다리다가 요행한 행보나 있으면 불과 몇 십 전을 받아서 그날의 먹이를 얻는 것이다. 대개 그들의 주택은 남의 집 곁방 행랑방을 빌려서 끓여먹고 살거나 아내는 주인집의 일을 보아주고 하루에 밥 세 그릇과 한 달에 3원 내외의 월급을 받고 남편은 구루마나 기계벌이를 해서 겨우겨우 먹고만 산다. 그러나 대개는 어느 공장에 가서 일급(日給)을 받고 다니는 사람이 많다. 원래가 그들은 먹는 이외에는 아무 여유가 없으므로 자녀의 교육 문제는 저-몇째의 문제다.

또 이상적(?) 노동촌은 독립문 밖 현저동(峴底洞)이 될 것이다. 이 동리는 최근에 새로이 건축한 조선식으로 간단하게 지은 집들이다. 전 호수는 1,300여 호에 인구가 오천 여나 되는 중에 반수 이상은 공작 직공과 일급 노동자들이고 그 나머지는 회사의 사원으로 60여 호 되는 일본인들은 대개가 관공리라 한다. 부유한 사람이 없고 그날그날 굶는 사람이 역시 별로 없다. 아침에는 새벽밥을 먹고 점심을 싸들고 나서서는 저녁 어둑할 때 돌아오는 사람들은 비록 힘들고 어려운 노동을 할망정 그날의 먹이는 걱정하지 않는다. 비록 종이 봉지에 쌀을 사들고 비지 한 뭉치를 끓여 놓더라도 오막살이에서는 웃음 소리가 들려나온다. 빈한한 동리요 시끄러운 동리이나 그들의 생활에는 오히려 넉넉함을 느낀다.

기생촌

다방골(茶屋町)하면 기생을 연상한다. 아침 늦게까지 자는 잠을 다방골잠이라 한다. 밤 늦게까지 웃음을 팔고 노래를 팔고 돌아온 기생네가 아침에 일찍이 일어날 수는 없으니 자연 늦도록 잘 것이요 원래 다방골에는 대개 유여한 사람이 많이 살았던 까닭에 놀고먹는 그녀들이 아침에 일찍이 일어날 필요가 없는 것이다. 그러나 다방골에 기생이 많이 산다는 것은 최근에 와서의 일이나 하여간 기생 많은 것은 사실이다. 얼마 전까지도 오궁골이라면 기생촌으로 유명하였으나 지금에는 서린동(瑞麟洞)과 청진동(淸進洞)과 관철동(貫鐵洞) 근방에 대개 모여 있게 되었다.

그들이 대개 그 근방으로 모여 사는 것은 요리점을 중심으로 하여 될 수 있는 대로 그 근방을 택해서 사는지는 모르나 서울에서는 그 근방이 기생 많이 살기로 저명하다.

그들의 살림은 어떠한가. 누구나 알 수 있고 상상할 수 있는 기생의 살림이다. 거의 다 월셋집에 들어 있고 그들의 식구는 단출해야 한다. 하루에 몇 시간을 밤잠도 못 자 가며 놀림감 노릇을 해서 권번과 요릿집에 몇 할을 뜯기고 불과 얼마 아니 남는 것을 손에 쥐고 돌아오니 본시 저축이 없으면 그 돈으로 그날그날을 먹어야 하며 그 돈으로 입어야 하며 집세와 잡비를 써야 한다. 연약한 한 몸으로 벌어서 식구를 길러야 한다. 그러나 단순한 수입으로는 자기 한 몸만 쳐다보고 있는 식구를 기르기에는 다른 무슨 수입의 방법이 있어야 한다.

어슴푸레한 석양을 바라보고 분첩을 대해 안적 아미를 다스리기 시작하는 직업 중에는 고운 직업이다. 그러나 세상에 악착한 직업이다. 문간에서 소리쳐 부르는 인력거꾼을 기다리기에 그들의 애는 날로 졸아든다. 집안에 불안이 있어, 일신에 불안이 있어 찌푸렸던 눈살도 시간 상전 앞에서는 영업정책상 거짓 웃음일망정 웃음을 띠우고 그들의 감정을 조종해 주어야 한다. 집에서는 된장찌개를 겨우 먹었을망정 체면상으로 신선로(神仙爐)가 맛이 없다고 해야 한다.

기생이 사는 동리는 거리가 시끄럽기도 하고 조용하기도 하다. 낮에도 장구와 가야금 소리가 노래 소리와 함께 들려 나오는 것으로 얼른 기생촌의 기운이 돈다. 그러나 노래야 마찬가지의 노래건만 대낮에 거리로 흘러나오는 그 소리는 퍽이나 악착하게도 들린다. 그러나 이것도 사회가 지어 준 한 직업인 이상 이 직업 여자들을 구태여 비웃을 바 아니요 시비할 바도 아니다.

—「별건곤」 23, 1929년 9월

용산역

서울에서 원산까지 경원선 따라 산문여행 02

원산

삼마

배화

안변

남산

서왕사

용지원

고산

삼방

삼방협

세포

검불랑

성산

이목

복계

평강

가곡

월정리

철원

신탄리

대광리

연천

전곡

동두천

덕정

의정부

창동

연촌

동경성(청량리)

왕십리

수철리

한강리

서빙고

경성

용산

용산 정거장 (출처: 서울역사박물관 / 『京城繁昌記』, 博文社, 1915)

★ **역 구내 여아 순산** ★

주소를 경북 선산군 무을면 오표리에 둔 조경범(趙慶範, 51세) 의 처 신(申) 씨(36세)는 27일 오전 7시 50분 차로 자녀 5명을 데 리고 용산 역에 내려 철원을 가려고 차를 바꿔 타려고 하였으나 태 기가 돕으로 할 수 없이 역 구내를 배회하다가 구내 변소에 들어가 여아를 순산하였는데 곧 역 계원이 발견하고 한강여관에 안정을 시 키고 있는 바 방금 모녀가 다 건강하다 한다.

—「동아일보」, 1939년 3월 28일

기관차 동승기

월강(月江)

철로길 베개에 단잠이 드니

날 밝자 집안이 울음판이라

아리랑 아라리오

아리랑 철로를 베개 말아

이것은 '철로통행 엄금'의 '비라'에 쓰인 좀 색다른 「아리랑」노래다.

용산 철도국 경성운수 사무소에서는 지난 24일부터 28일까지 5일간 각 선별로 사법 경찰, 고원 및 재판소, 신문통신기자 등을 기관차에 동승시켜 기관차승무원, 그들의 고심하는 업무 상태며 또는 선로 교통도덕의 향상을 도모하고자 하여 기관차 동승회를 계속 거행하는 중이다.

필자는 미리 배정된 26일 오전 10시 15분 경성을 떠나는 청진행 제501 열차의 기관차에 올랐다. 기관차 위에서 굽어보는 경원선의 가을 경색은 유달리 휙휙 지나간다.

필자는 용산에서부터 기관수의 잿빛 나는 복장으로 변장을 하여 가지고 기타 일행 중의 네 명과 함께 기관차에 오르니 얼른 보아서 누가 정말 기관수며 누가 가짜 기관수인지 잘 분간할 수 없을 만큼 그럴 듯하게 차려졌으며 기관차는 이들 수백이 기관수를 가하여 대만원이다.

용산 역장으로부터 받은 '타블렛'을 기관방(機關方)이 기관수에게 전하면서 그 형(型)을 말하여 "타블렛 사각(四角) 올라이트(all-right)"를 외치매 기관수 역시 받았다는 뜻을 한번 외쳐서 되풀이한다.

'타블렛' 이야기를 잠깐 설명하면 다음과 같다. 이것은 활을 둥글게 휜 듯하게 된 것으로 그 밑에 직경 삼사 치 일 촌 가량 되는 놋쇠 덩어리를 넣어서 역장으로부터 떠나려는 기관차의 차장을 통하여 전한다. 이 놋쇠덩어리의 복판에 구멍이 있어서 그 모양이 정거장의 구간에 따라 다르다. 어떤 곳은 사각이고 어떤 곳은 원형, 타원형 등으로 되어 있다. 그리하여 용산 역으로부터 다음 정거장인 서빙고 역까지의 것을 가지지 않고는 그 차가 서빙고 쪽으로 향하여 떠나지 못한다. 이러하고 이 쇳덩어리를 미리 그 기계 속에서 꺼낼 때에는 서빙고 역장에게 전령을 통하여 "기차를 보내겠다"는 뜻을 알리고 저곳으로부터 "보내어도 좋다"는 회전이 오면 동시에 기계 속에서 저절로 빠져 나오게 장치가 되어 있다. 이것은 복선에서는 그다지 필요를 느끼지 않으나 단선에 있어서는 절대로 필요하다. 양편에서 동시에 열차를 출발하는 등 충돌의 사고를 방지하는 것이 이 '타블렛'이다.

이와 반대로 서빙고에 닿은 뒤에는 용산서 받은 그것을 전하여 "너희가 보낸 열차가 무사히 왔다"는 의미로 그 기계 속에 넣고 전령을 울리어 알리기까지는 두 정거장 사이에는 전기 '타블렛'을 가진 열차 외에는 운전을 절대로 못하게 되어 있다.

용산 역에서 역장으로부터 차장에게, 차장으로부터 화부에게, 화부는 이것을 또 다시 기관수에게 전한 '타블렛'을 받은 후 우리의 열차 제 51 열차가 2분밖에 정거하지 않는 용산 역, 어느덧 출발 시간이 되었다. 선로가 복잡한 정거장 구내에 우리의 열차가 갈 길의 '포인트'('전철기를 말함이니 이것을 이리 돌리고 저리 돌리는데 노량진으로 향할 수도 있고 서빙고로 향할 수도 있게 되어 있는 것이 포인트다)가 완전히 정비되었다는 뜻을 알리는 구내 출발 '시그널'이 '올라이트'의 의미로 내려져 있다. 이것을 본 화부는 "출발 신호 올라이트"를 '타블렛'을 받을 당시처럼 외친다. 기관수는 또 되풀이하여 알아들었다고 외친다. 그러면 이것으로써 용산 서빙고 간에 다른 열차가 없다는 '타블렛'을 받았고 구내의 복잡한 철도를 헤치고 경원선으로 진행하게 되었다는 선로 방면의 안전을 고하는 '시그널'은 내려졌다. 남은 문제는 정거장에서 내릴 사람, 탈 사람, 실을 짐, 풀 짐, 모든 수속이 마쳐졌는지가 남을 뿐이다.

'개찰'(=표 찍는 사람)로부터 탈 사람이 다 탔다는 기별의 전령이 '플랫폼'을 요란하게 울린다. 손 수화물 계원들은 이에 대한 일을 마쳤다고 역장에게 신호를 한다. 만사는 "오케이". 역장이 손을 들어 차장에게 출발하라는 신호를 보이면 차장은 손을 들어(전에는 호각도 불었거니와 푸른 기를 들기도 한다) 기관차에 알린다. 화부는 이에 전 시선을 노리고 있다가 이것을 보기가 무섭게 "출발 올라이트"를 부르면 기관수는 한 손에는 기적을 울리는 줄을 잡아 당기어 뛰! 울리고 한 손으로 '에어쁘릭'(air

용산 철도공장 용산역 구내에 자리한 용산 철도공장의 모습. (출처: 서울역사박물관 / 朝鮮總督府鐵道局, 『朝鮮鐵道線路案内』, 1911)

brick)의 정거했던 것을 풀고 '피스톤'에 김을 넣어 출발을 시작한다. 기관차에는 기관수 한 명에 화부 두 명이 타고 있으니 화부 한 명은 수증기의 열도를 알맞게 부지런히 석탄을 넣는다. 또 기름을 친다.

일반 여객은 출발 시간이 되어 기관차로부터 기적을 울리고 떠나는 줄 알았으나 그 실은 이와 같이 짧은 시간에 기관차 승무원의 긴장은 극도로 절정이다. 수만의 손 수화물, 수백 명의 생명을 운반하는 무거운 책임을 진 기관차 승무원의 한 손 놀리는 것과 한 초라도 그 순간 순간의 긴장은 우리 문외한으로서는 좀처럼 상상도 못할 바다.

이렇게 떠난 기차는 한강을 남으로 끼고 돌아 서빙고에서 일 분도 못 되게 정거를 하고 다시 다음 정거장으로 달린다. 객차 안에서는 온갖 장면이 전개되어 있으리라. 달콤한 장면의 여객도 있을 것이요 울음에 잠긴 여행자도 있을 것이며 식당에서 "부어라, 마시자!"를 부르짖는 사람도 있으리라. 그러나 기관차 안의 승무원의 근무는 극도로 긴장되어 있다. 동승한 우리도 함께 긴장한 기관차 승무원들의 출발로부터 도착, 이것은 먼저 말한 바와 같이 용산을 떠나 서빙고에 이르듯이 그 다음 정거장으로 계속하여 왕십리, 청량리, 이렇게 하여 철원까지 이른다.

기관차 중에도 큰 것, 작은 것의 구별이 많지만 큰 것 중에도 속력이 빠른 것은 '테호' 형이라 하며 속력보다 무거운 것을 많이 끄는 견인력이 강한 것은 '파시' 형이라고 한다. 그리고 만일 지금 급행열차가 이십 마일의 속력으로 평탄한 직선의 선로를 달리는데 앞의 사람이 '레일'을 베고 누워 있다든가 무슨 장해물이 있다 하여 급히 정거를 하려 하면 어느 정도까지 가서야 멈출 것인가.

한 시간에 이십 마일 속력으로 달리던 급행열차라면 이백 피트, 삼십 마일 속력의 열차면 오백 피트, 오십 마일의 속력이면 일천팔백 피트를 지나서야 정거를 하게 된다. 또 화차 이십사 대를 연결하고 평탄한 선로를 달리는 '파시' 형의 기관차는 이십사 마일 속력의 경우는 칠백 피트, 삼십 마일의 경우는 일천칠백 피트, 사십 마일의 속력일 때에는 삼천사백 피트의 거리를 가지 않고는 정거를 하지 못한다.

그 다음으로 야간의 기관차의 '헤드라이트'(조명등)의 앞을 비추어 주는 거리는 오 미터 앞으로부터다. 만일 그 안에서 뛰어들어 자살을 한다면 기관수도 모르고 만다. 이십 미터 상거(相距)해야 비로소 사람의 머리가 보일 정도이고 삼십오 미터 앞에서 상반신이 보이며 오십 미터 거리에서 비로소 사람의 전신이 분명히 보인다. 그보다 좀 멀어지면 육십 미터에서 약간 어두워지고 팔십 미터 이상의 거리에서는 흰 옷 입은 사람이라야 보일 정도이고 일백 미터 그 이상은 도무지 보이지 않는다 한다.

그동안 경성운수 사무소 관내의 열차 방해, 선로 방해, 전로 장애 및 사상(死傷) 사고의 비교 건수를 조사 발표한 바에 의하면 다음과 같다. 열차에 돌을 던진 것, 궤도 위에 돌을 둔 것, 기타의 열차 방해가 작년에는 오십구 건으로 소화 4년도는 팔십오 건이요 소화 5년도는 칠십팔 건이다. 이와 같이 해마다 줄어가는 현상이다.

선로 장해는 대개 우마차를 선로에 두는 것이라는데, 자동차가 우마차가 길목을 횡단한 것, 선로 안으로 통행하는 것은 일체를 한 묶음으로 소화 4년은 백팔십삼 건이던 것이 5년에는 일백육십오 건이고 작년에는 이백육십육 건으로 늘었다.

—「동아일보」, 1932년 10월 28일~30일

승방의 달밤

효산(曉山)

경성 시가 거리거리에는 울긋불긋한 경품부(附) 대매출의 깃발이 찬 바람에 흩날리는데 어느덧 세화(歲華)가 저물어 간다는 표징이 그것이로구나.

원고지를 끌어안고 혼자 몸으로 가벼히 동대문 밖 미륵사(彌陀寺) 고요한 한 방구석을 찾아오기도 1년이 다 가려는 오늘에 얻기 어려운 기회였다. 내게는 올 1년에 있어서 망중한의 더할 수 없는 찰나였다.

삼각산(三角山) 봉오리 봉오리에 흰 눈이 채워 있는데 뒷산에서 울려오는 송림 사이 바람 소리는 방 안에 앉아서 비파를 뜯는 듯. 석양을 지고 넘어가며 우는 까마귀 소리도 무심코 객창의 그윽한 회포를 끌어내게 하였다.

까마귀 소리는 산 너머로 사라지고 바람 소리만 여전히 골짜기에서 몰아나와 들밖으로 몰려가고 몰려가고 하였다.

바람이 인생인가
인생이 바람인가

바람 가고 자취 없으니

인생 어이 믿으리요

일장몽 두드려 깨고

걸음 걸어 나가리로다

무섭게 얼어붙은 동리 앞 길바닥에는 하루의 벌이를 하여가지고 돌아오는 노동의 무리들이 찬바람에 옷깃을 날리며 귀를 싸고 지나간다.

송풍(松風)이 우, 하고 내려오면 극악전 새 법당 양 처마에 달린 풍경 소리는 "엥그렁 댕그렁" 하고 우는데 법당 안 불상 앞에 가사를 입고 목탁을 들고 염불을 외우는 여 상자의 목소리조차 어찌 그리 처량하냐? 차고 찬 이틀 밤의 염불 소리는 사바 세계의 인생을 끌어다가 멀리 멀리 극락의 정토에 옮겨다 놓는 듯 하였다.

달이로다. 서리 차고 기러기 돌아가는 밤에 높이 비친 달이로다.

뾰족한 법당 앞 보문루(普聞樓) 지붕 마르쟁이 끝에 달이 걸쳐 있다. 나 있는 방을 엿보고 있다. 나는 달에게 이렇게 물었다.

"이 세계를 떠나서 또 다시 세계가 있습니까"

달은 말이 없었다.

나는 다시 물었다.

"사람이 이 세계를 떠나서는 살 수 없습니까……?"

달은 대답이 없었다.

나는 거듭 물었다.

"사람이 이 세계를 떠나 가지고도 살 수 있겠지요?"

하고 다시 물었다.

달은 한참 무엇이나 생각하는 듯 해맑은 빛이 반짝반짝 하였다. 그러나 역시 대답은 아니었다. 나는 갑갑하였다. 뒤젖혀 또 물었다.

"이 세상은 모두 악마와 같은 무리들뿐인데 다른 곳에 좋은 곳이 있다면 저는 이사를 가겠습니다.”

　달은 여전히 말이 없었다.

　이웃 방에서는 젊은 스님의 다듬이 소리가 이막(耳膜)을 아프게 하고 졸음 오는 듯한 어린 상자의 만수 외우는 소리가 차차 까불어져 들어갔다.

　겨울밤 궁벽한 승방의 이곳이라고 찾아오는 손님 없는 줄을 믿지 말라. 요양 차로 온 먼 곳 손님이 연인과 귀를 맞대고 사랑을 속살거리는 이야기 소리가 외로운 혼을 뇌쇄(惱殺)케 하고야 만다.

　차디찬 공중을 기운차게 헤치며 울려오는 청량리 역의 기적 소리가 까불어져 가는 정신을 환기시키며 이런 소리가 섞여 들려왔다.

　“묻지 마라, 묻지 마라. 너의 인간사를 저기 저 차디찬 달에게 묻지 마라. 너희가 그것을 그리워서 그에게 무엇을 물어가지고 너의 앞에 비쳐 있는 무슨 문제를 해결하려고 하면 너희도 그와 같이 냉각해 버리고 말 것이다. 달이 문득 인간인 동시에 인간 역시 달이 되고 만다. 헛 그림자를 부여잡지 말고 열 있는 인간, 힘 있는 인간, 광채 있는 인간이 되어라.”

　이렇게 외치는 소리가 확실히 확실히 내 귀에 들려왔다.

　기차는 빽, 긴 소리를 지르며 왕십리를 향하여 용산 역으로 달아나는 모양이었다.

　한공(寒空)에 외로이 달린 명월은 말이 없이 여전히 비치기만 하였다.

　　　　　　　　　　　　　　　　　　　　　　　12월 19일 밤

　　　　　　　　　　　　　　　　　　　　—「별건곤」 3, 1927년 1월

서빙고역

서울에서 원산까지 경원선 따라 산문여행 03

원산
갈마
배화
안변
남산
석왕사
용지원
고산
삼방
삼방협
세포
성산
검불랑
이목
복계
평강
가곡
월정리
철원
신탄리
대광리
연천
전곡
동두천
덕정
의정부
창동
연촌
동경성(청량리)
왕십리
수절리
한강리
서빙고
경성
용산

서빙고 수영장 (출처: 서울역사박물관 / 南滿洲鉄道株式会社京城管理局, 『朝鮮鐵道旅行案内』, 1924)

★ 모랫배 파선 ★

23일 오후 일곱 시 반 경 서빙고로부터 노량진 방면을 향하여 내려오던 사리(砂利) 실은 배가 한강 인도교 밑에 도착하자 별안간 급류하는 탁류에 휩쓸리어 인도교 부근 언덕에 부딪치는 바람에 배에 탔던 7,8 명은 뛰어 내리어 다행히 생명을 구하였으나 배는 그대로 인도교로 떠내려가 다리 기둥에 부딪쳐 부서졌다고 한다.

—『동아일보』, 1935년 7월 25일

★ 서빙고 역의 충돌 ★

지난 6일 오후 네 시 경에 경원선 서빙고 부근에서 얼음을 운반하는 화차가 잘못하여 그 선로에 있던 화물차와 충돌하여 화물차의 유리창이 좀 부서지고 사람은 부상치 아니하였다더라.

—『동아일보』, 1922년 2월 9일

한강리 역

서울에서 원산까지 경원선 따라 산문여행 04

Набер... ... Сунгари.

원산
갈마
배회
안변
남산
석왕사
용지원
고산
삼방
삼방협
성산
세포
검불랑
이목
복계
평강
가곡
월정리
철원
신탄리
대광리
연천
전곡
동두천
덕정
의정부
창동
연촌
동경성(청량리)
용산리
수철리
한강리
서빙고
경성
용산

한강 철교 신설 교량공사 중인 한강 철교 사진. 왼쪽의 기존철교로 증기기관
차가 지나는 모습도 함께 포착되어 있다. (출처: 서울역사박물관 /『京釜線漢
江橋梁竣工紀念寫眞帖』, 1914)

★　왕십리 서빙고 간 한강리 역을 신설　★

경원선 왕십리 서빙고 간에 한강리에 신 간이역을 설치하고 6월
15일부터 영업을 개시할 터이라 한다.

동 역은 때마침 6월 15일부터 개정될 열차 운영 시각 개정과 아
울러 용산 의정부 간 4 왕복, 경성 철원 간 2왕복을 새로 운전할 가
솔린 기동차만 정거하기로 되었다. 동 역에는 용인으로 통하는 나룻
배가 있고 한편으로는 경성으로 통하는 자동차 편이 있어 장래 유망
한 발전지가 되리라 한다.

—『동아일보』, 1931년 5월 12일

★ 철도에 이슬 된 창기娼妓와 비행사 ★

　3일 오전 3시 경에 경원선 왕십리 역 부근 선로에서 일본 남녀가
서로 안고 치여 죽은 정사 사건이 있는 것을 역부가 발견하고 소관
동대문서에 제출하였는데 동 서에서 취조하여 본 결과 남자는 본
적을 니가타(新潟)현에 두고 부내 광희정 1정목 26번지 광희 아파
트에 사는 입원신신(立原信臣, 26세)이라는 청년이고 여자는 본적
을 사가(佐賀)현 저도(杵島)군 대정촌 대자복모(大字福母) 118번
지에 두고 현재 부내 신정(新町) 17번지 '다이마스'라는 유곽에서
창기로 있는 기미코(君子)라고 부르는 고목도메(高木ホメ, 22세)
라는 것이 판명되었는데, 2일 오후 11시 28분 경에 왕십리 동 선로
를 통과하던 청진행 제 504 열차에 뛰어들어 자살한 것이다. 여자
는 소화 4년부터 다이마스에 전채(前債) 2천2백 원에 팔리어 일본
서 건너 온 이후 미인 창기로 이름이 있었는데 금년 2월 경부터 자주
찾아오는 전기 입원과 정이 들었으나 모든 것이 뜻대로 되지 않는 것
을 한탄하고 있다가 그만 자살을 결심하고 전날 밤에 편지를 넣으러
간다 하고는 입원과 죽음의 길을 찾아 왕십리로 어두운 길을 더듬어
간 것인데 남자는 만주국 비행사라고 자칭하고 경성에서 취직을 구
하고 있던 자라 한다.

—『조선일보』, 1933년 5월 4일

한강 넘어 백두 성산을 찾아

임병철(林炳哲)

한강 증수 29척, 탁랑(濁浪)에 휩쓸린 마포!

이렇게 요란스러운 호외 방울 소리가 서울의 심장을 서늘케 하던 그 이튿날 7월 24일 오후 세 시, 기자는 바랑을 걸머지고 백두 성산 순례의 첫 걸음으로 광화문 네 거리에 나섰다.

한양 오백 년의 무거운 역사를 등에 걸머지고 말없이 서 있는 북악을 바라보며 잘 있거라, 북악아 네 어버이 산으로 가서 네 소식을 아뢰주마.

하는 한 마디를 남기고 경성 역 행 전차를 탔다.

홍수 끝이라 내려 쪼이는 볕에 전차 안은 화로 속같이 화끈거리고 오르내리는 이 모두 땀을 쥐어짜건만 내 마음 속에는 천지(天池)의 푸른 물결이 넘실거리고, 오래 집을 떠나 방황하는 탕자가 어머니의 집으로 돌아가는 그 기쁨만이 차고 넘쳤다.

그 집으로 가면 그리운 그 얼굴 뵈올 듯, 자애 찬 그 손이 내 등을 어루만질 듯, 그 넓은 품 속에 뛰어들어 한번 실컷 울고 싶다.

상하 오천 년 백두 성산의 그 신비한 품 속은 단군, 부여, 고구려, 말

갈, 발해, 금, 여진, 만주의 왕조가 영태(靈胎) 된 거룩한 동방의 어머니오니, 이제 빈 손과 빈 마음으로 달려가는 어린 것을 안아주지 않을까 보냐.

역에서 백두산으로 가는 일행으로 성대(城大) 의사 박병래 씨, 이종윤 씨, 영화반 이언진 씨를 만나 동행케 되었다.

우리 일행을 실은 차는 서빙고, 한강리, 왕십리 일대를 지난다.

도도한 한강의 탁랑은 무서운 서슬로 흐른다. 연안 수백의 가옥이 흙물에 삼키어 어떤 집은 지붕만 남았다.

강가 버드나무 가지 끝에도 흙투성이인 것을 보니 물은 감수된 것을 짐작하겠지만 철도 뚝 넘어 밭에도 곡식이 흙탕에 엉기어 무엇인지 알아볼 수 없이 되었으니 철도 뚝 너머까지 침수되었던 것을 가히 알겠다.

비는 가고 물도 주나 갈 곳이 없는 사람만이 이 언덕 저 언덕으로 헤매고 있는 양이 남의 일같지 않아 가슴 답답하다.

의정부 지나서부터 갑자기 날이 흐리고 캄캄해지더니 빗방울이 떨어

1911년 10월 27일 압록강 개폐식 교량에서 시운전 중인 열차 (출처: 조선총독부 철도국, 『朝鮮鐵道史』, 1929 / 서울대학교 중앙도서관 제공)

진다. 먼 길 떠나는 나그네의 가슴이라 마음에도 검은 구름장이 떠돈다.

차는 그대로 달려 철원 뜰을 지난다. 유난스럽게 검은 바위들이 널려 있으니 궁예 천 년의 남은 자취란 저뿐인가.

왕업을 흥케 하기 위하여 간하다 못하여 마침내 노한 궁예의 채찍에 쫓김을 받은 궁예의 왕비!

머리를 풀어헤치고 찢어진 치맛자락을 비바람 날리며 미쳐서 울며 울며 헤매다가 저 돌부리에 채여 엎드러지던 그 옛날이 보이는 듯 검푸른 저 바위 지나는 나그네의 가슴을 아프게 한다.

석양의 삼방 협곡을 지날 때 계곡에 가득 찼던 양미(凉味)를 담뿍 실은 바람이 차속에 몰려든다.

취한 듯 우둑하니 밖을 바라보는 사이에 안변이다. 안변 재마루턱(鞍峰上)이 어디쯤인가, 저 산 너머인가.

북부여 성으로부터 황해 바다에 이르는 천리장성을 쌓을 때 어떤 농군이 만삭된 아내를 두고 부역하러 떠났다. 서로 기다린 게 17년이라 세상도 변하였겠지만 산천도 낯설지 않을 수 없었다. 부역을 끝마치고 고향 찾아 가는 길에 재에 올라 뜸 들일 때 어떤 소년이 또 부역하러 가는 것을 만나 서로 이야기하던 끝에 부자 간인 것을 알고 마주 안고 울다 못해 손가락에 피를 내어 부자 상봉의 그림을 그린 것이 천 년 넘은 해 비바람에 아직도 남아 오늘까지 화형암(畵形岩)이라 불러진다니 그 바위 그 그림이 보고 싶다.

차는 쉬지 않고 어두운 밤을 뚫고 역사와 전설의 꿈나라, 동해안으로, 동해안으로 달린다.

―『동아일보』, 1935년 8월 10일

수철리 역

서울에서 원산까지 경원선 따라 산문여행 **05**

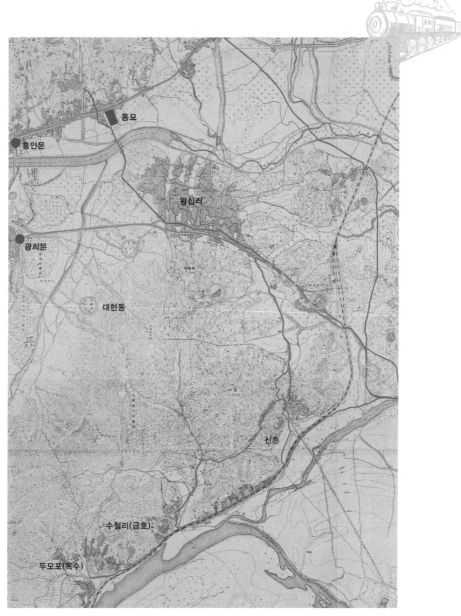

「경성도」 (황학동 부분) 동그라미로 표현한 곳 중 두모포·수철리·왕십리는 고려시대부터 있던 마을이다.
(출처: 서울역사박물관 / 『황학동; 고물에서 금맥캐는 중고품시장』, 1922)

남궁벽 군의 죽음을
앞에 놓고

염상섭(廉想涉)

무겁게 처진 잿빛 구름 밑에서는, 금년에 두 번째 보는 눈이 솔솔 내려온다. 방안에서도 등이 선선한 음산한 날이다.

오늘이 벌써 남궁 군이 떠난 지, 열흘 되는 날인가 보다. 지금 서울에도 눈이 오는지 모르나, 수철리 공동묘지 한 구석에, 새로 수북하게 긁어모은 붉은 진흙덩이 위에도 희끗희끗하게 뿌렸을 것이다.

내가 경성을 떠나기 전전날에 만났을 때, 외투 깃을 올려서 앞을 여미고 자라 모가지처럼 고개를 파묻고 "어이 추워" 하며 부르르 떨던 모양이 눈앞에 선하다. 소리가 귀에 들린다.

그 전전날에 K군 방에 누웠을 때의, 열에 뜬 벌건 눈이 보인다. 내가 몇 마디 병세를 물은 때, 군은 "응, 에이 죽겠어!"하며, 괴로운 듯이 몸을 뒤척거렸다.

"응, 에이, 죽겠어!". 항용 하는 지나치는 말이다. 하는 사람도 그리 생각하였고 듣는 사람도 그 이상의 의미로는 듣지 않았다. 그러나 그 힘없는 한마디 뒤에는 벌써 숙명의 굳센 마크가 박혀 있었던 것을 누가 알았으리오.

군이 감기로 견고한 것은, 겨우 전후 십여 일에 불과하였다. 내가 평양에 왔다가, 10월 30일에 귀경하였을 때, 군은 금만(今晩)에 출발하려다가 도중에서 어찌될지 몰라 중지하였다고 동경행의 연기를 변명하였다. 그날 밤에도 신열이 났던지 잠자코 먼저 귀가하였다.

이틀 만에 즉, 금월 1일 석양에 만났을 때에는 열이 대단한 모양이었다. 2일에는 용산 야구경기장서 만났다. 나는 먼저 귀성하였지만 군은 나중까지 관전한 모양이었다. 추후에 들은즉 매야에 번열과 싸우고도 야구대회에는 삼 일 연속하여 참관하였다 한다.

그 익일 오후 세 시 경이었다. 패밀리 호텔 6호실 K군 방에 잠깐 앉아 있으려니까, 군은 으스스 추운 모양으로 목욕하고 가는 길이라 하며 들어와서 난로의 불을 도운 후 모포로 몸을 둘둘 말고 웅숭그리고 앉아있었다.

군은 무슨 생각을 하였는지 가다가다 소리를 내어 웃었다. 무엇이 그리 웃기냐고 내가 물을 때, 군은 "아니." 하고 말았다. 잠깐 있다가 가지 않겠느냐고 끌어 보았으나, 몸을 좀 더 녹여가지고 가겠다하기에 "그럼 또다시 만납시다." 하는 인사를 뒤에 두고 나만 먼저 나왔다. 지금 생각하면 그때가 이 세상에서 군과의 영결이었다.

"그럼, 또다시 만납시다!" 군과 헤어질 때에는 반드시 하는 군의 인사다. 아, 어디에서 다시 만나자는 말인가!?

그 후 2, 3일 간은 나도 칩거하였거니와 피차에 만나지 못 하였다. 6일 오후에 노상에서 군의 춘부 남궁훈 씨를 만나 뵈었을 때에는, 작야 이래로 좀 심한 듯하다는 소식을 들었으나 물론 그리 위중하지는 않은 모양이었다. 그도 또한 그리 우려하는 빛은 없었다.

그날 밤에 나는 급히 북행열차에 올랐다. 한번 위문은 하여야 하겠다고는 생각하면서도, 감기 기운쯤이야, 하는 생각으로 등한히 여겼다. 이곳에 와서도 별로 위문장을 보내려는 생각은 꿈에도 없었다. 대개는

한강변 경성 용산 부근의 한강 풍경을 닮은 사진이다. 기차가 막 지나는 곳에 제천정(濟天亭) 터널이 눈에 띈다. [출처: 서울역사박물관 / 朝鮮鐵道株式會社 후쿠쓰부카이, 「朝鮮の名勝と史蹟」, 1930]

벌써 동경으로 향하였으리라 생각하고, 두셋 친구에게 소식을 물을 따름이었다. 지금 알고 보니 그 소식 물은 것도 벌써 군이 세상을 떠난 뒤의 일이었다.

생각할수록 꿈 같다. 세상에 잊지 못할 일 같다. 고인은 물론이려니와 자기의 불민한 죄일망정 야속하고 원통한 일이다. 더구나 미안하고 일생의 한이 되는 것은, 군의 부음을 영장한지 오륙 일 후에 수백 리 밖에 있어서 신문을 통하여 받게 된 것이다. 어쩌면 금세의 연분이 그렇게도 엷던가. 생각할수록 야속하다.

엊그제까지 한 시를 떠나지 않고 맞붙들고 다니던 친우의 죽음을, 휴지로 굴러다니는 신문조각 한 귀퉁이에서 발견할 때, 나의 머리, 나의 신경, 나의 눈, 나의 입, 나의 손발……, 아, 나의 가슴은, 어떠하였을까.

신의 지시하심이었는지 나의 시선이 기계적으로 남궁벽 군 영면이라는 굵은 흑선에 멈출 때 나의 뇌장은 일시에 응결하였다. 모든 정신적 작용은 일시에 정지하였다. 의미 없이 부릅뜬 두 눈에는 아무것도 비추이지 않았다. 귀는 물속으로 들어간 것처럼 점점 멀어졌다. 앗! 하며, 벌리고 섰는 내 입은 얼어붙었다. 신문을 든 손은 걷잡을 새 없이 덜덜덜 떨렸다.

나는 한숨에 통독하였다. 그래도 의심치 않을 수 없었다. 또 한 번 글자를 세듯 해 가며 읽었다. 그러나 나는 나의 시각을 의심치 않을 수 없었다. 나중에는 벽(璧) 자의 자획을 세세히 들여다보았다. 아, 그러나 일호의 틀림이 없지 않은가.

이제는 의심할 여지가 없다. 조금이라도 의아한 점이 있을진대, 아직도 일조의 희망의 빛이 남았을 것이다. 그러나 드디어 절망 안 할 수 없었다. '폐허사' 동인이라 하였고, 필운동 자택이라 하였다. '폐허사' 동인으로 필운동 일우(一隅)에서 신음하는 남궁벽(南宮璧)이라는 사람은, 16만 만인 중에 오직 한사람이다. 그리고 그 한사람은 이제는 영영 어디 갔다. 16만 만인 중에서는 벌써 벗어났다. 그러나 어디 갔나? 흙에 돌아 갔나? 하늘에 날아갔다! 인생의 무상을 이제 비로소 깨달은 것같이 눈이 휘둥그레 놀람은 아직 천도(天道)의 공평함을 알지 못함이려니와, 첫된 것은 인사(人事)요, 믿을 수 없음은 인명이며, 두렵고 반역할 수 없는 것은 대자연의 대법칙이다.

어제 서울 있는 김, 변, 오 세 형이 연명한 편지가 왔다. "남궁은 어찌 되었느냐고? 아직도 모르시는 모양이구려. 참 기막히는 소리 마시오. 남궁은 이 세상 사람이 아니오." 하는 간절한 애도에 채운 구구절절, 나는 오직 소리 없는 눈물로 대답할 수밖에 없었다. 더구나 육십 노친의 비상통한(悲傷痛恨)의 정황을 들을 제, 운명의 악희(惡戲)도 이에 더 극할까 하였다.

그러나 고인의 그 참혹하고 가련한 요절에 대하여 한 편의 조사는 없을망정, 항간의 풍평(風評)에는 어떠한 불순한 동기에서 나온, 자살이라고까지 악의를 품은 천박자 류까지 있다는 말을 듣고는 남의 일같이 묵인할 수 없는 분노의 정을 자제치 못하였다. 실로 군처럼 박복한 사람은 또다시 없다.

죽음은 모든 것을 깨끗하게 한다. 그리고 대천(戴天)을 불공(不共)하려는 구적(寇敵)도, 죽음이라는 엄숙하고 비통한 사실 앞에는 머리를 숙이고 도석의 뜻을 표한다. 하물며 그들 일부 분자와 하등의 은원이 있기에 군의 이 가석(可惜)하고 비참한 최후에 임하여 이같이 무례한 조소로써 고인의 인격을 참무(讒誣)하는가. 나는 우리 동포 사이에 이같이 누열몰염(陋劣沒廉)한 분자를 가진 것을 불명예로 아는 바다.

28세를 일기로 하고 특수한 사회적, 혹은 민족적, 또한 세계적 공헌이 없이, 일찍 세상을 버린 군의 일생을 회고할 제, 우정으로만이 아니라, 공정한 제삼자의 견지로라도 동정과 추도의 눈물을 금치 못한다. 아니다, 고인의 생애가 우리와 후세에 별로 영향을 주지 못하니만치 더욱 애석해 마지않는 바이며, 더욱이 그 박행다한(薄幸多恨)하였던 그의 비운을 생각할 제 진정으로 만곡(萬斛)의 눈물을 아끼지 않는 바다. 무엇 때문이냐 하면 그에게는 영오(穎悟)의 재질이 있으되 이를 발휘할 기회를 얻지 못하였고 노력의 열성이 가득 하였으되 이를 대성케 할 약소한 자력(資力)이나마 없었기 때문이다.

만일 이를 극단으로 일언이폐지 하면, 사회는 너무 무이해하였고 사위(四圍)는 너무 냉정하였다. 결국, 군은 빈궁에 정복되었고, 빈궁은 군의 모든 영재, 아니다 군의 전인격까지를 탄서(吞噬)하였다. 만일 최근 칠팔 개월 간의 군의 사생활을 비난하는 자가 있을진대, 그 책임은 5분(分)을 가난의 신에게 돌릴 지요, 그 3분을 비난자에게 돌릴 지며, 그 2분을 군의 자포자기에 지울 것이다.

군을 가리켜 경박한 유랑아라고 혹평하는 자가 있거든 우선 군의 '경우'를 통찰하고, 그 다음에 조선을 배경으로 한 시대를 일별하고, 최후에 자기 자신을 검토하라고 크게 외치겠다.

군은 물론 비범하다고는 단언치 않는다. 그러나 수준 이하가 아니었음은, 군과 지면(知面) 있는 자는 수긍할 것이다. 만일 군에게 발전할 기회를 다소라도 주었을진대, 발군의 공적을 우리 민족에게 끼치고 편안히 명목(瞑目)하였을 것이다. 군의 그 짧은 일생은 과연 고뇌의 결정(結晶)이었다. 악전의 기록이었다. 그리고 신약기허(身弱氣虛)로 말미암은 요외(料外)의 무참한 패배였다. 사람은 사람의 죽음에 임하여 그 생애를 교언영구로 칭송함을 예라 하나 나는 사실대로 패배라 한다. 과연 아깝다. 불쌍하다. 회복할 수 없는 우리의 손실이다.

아, 군은 울한의 쌓이고 쌓인 그 가슴을 그대로 품고 구원(九原)에 들었다. 맺히고 맺힌 그 골수를 그대로 가지고 명토(冥土)에 나아갔다.

사람이 사람을 원만히 이해한다는 것은 용이한 일이 아니다. 그러나 군에게 대하여는 오해가 비교적 많았다. 그 원인은, 원래의 성질이 과언함묵함과 강직청담한 일편에, 약간 편협함에 있었다. 용이하게 접근하기 어렵게도 보이고 또는 오만하게도 보이므로 대개는 경원주의를 표한 모양이었다. 그러나 기실 온유다정하고 솔직하였다. 그리고 결코 자기의 감정을 자기(自欺)하는 일은 없었다.

그 다음에 군을 오해하는 점은, 군이 동경에서 『타이요(太陽)』기타에 일문으로 수차 논문을 발표함에 대함이었다. 그러나 그것은 결코 비난할 가치가 없는 일이었다. 도리어 찬양할 필요가 있는 것이었다. 군이 만일에 구구히 의식의 재료를 얻으려고 고두개걸(叩頭丐乞)하여, 주구의 비루한 의사로 일본 논단에 노력코자 하였다면 물론 논외이지만, 원래 군은 조선문에 비상히 미숙한 일편에 일문의 조예가 깊었고, 또 군의 생전의 지론은 일본 유학생이 수천에 이르되, 일본 문단 혹은 논단에 활동하는 자가 전무함은 수치라고까지는 못할지라도 손실이라 함이었다. 이 의견은 그 당자의 사상, 의사, 인격을 이해하고 신용할 만한 경우에, 또한 재식(才識)이 그들 학자, 사상가 등과 필적한 경우에는 오히려 필요한 것이라고 나는 생각하였다. 이것으로 과거의 군을 오해하였다면 그것은 무용한, 편협한 감정이었다고 생각한다.

군이 나와 수 년 만에 동경에서 처음 만났을 때 민족과 국가, 또는 민족과 개인 간의 연면한 감정은 거의 신비에 가깝다고 한 말, 또는 왕년에 동경 유학생 감독부 기숙사에 있을 때 당시 군을 위험시하던 당국이 정(政), 법, 문 이외의 과학을 연구하는 조건 하에서 관비생이 되라고 권유할 때 언하(言下)에 거절한 사실을 보면 군의 면목이 약여할 것이다. 다시 말하면 나는 군의 인격, 사상을 가히 신용하겠으므로 물론 친교의 영광을 얻은 바이지만 군이 일본 논단에 입각하려 하던 그 계획을 찬성함이었다 함이다.

그러나 남궁은 갔다. 영원히 갔다. 인간의 독생자로 가련한 민족의 쓴 운명을 같이 지고 기구한 이 시대에 약하고 연한 탯줄에 묻히어서 그림자같이 나왔다가 그림자같이 스러졌다. 28년 동안 부모의 구로(劬勞)와 우주의 자비와 민족의 애호로 가는 뼈가 굵어지고 짧은 키가 길어지며 없던 지혜 배불리어, 모든 이상, 모든 포부, 갖은 사상, 갖은 재주 다 길러 한번 나와 뛰놀려다 쌓고 쌓고 쌓은 채로 자취 없이 소리 없이 스러졌다. 이에 이르러 천언만어 다 늘어놓아 슬퍼한들 무엇에 쓰며 불러본들 어이 하리. 간 사람은 가고 말고 남은 사람은 남았을 따름이다.

향촌의 처녀들 끼리끼리 짝을 지어, "달아, 달아, 밝은 달아, 이태백이 놀던 달아……", 정답고 아양스럽게 목청을 돋워 노래하나, 오늘 저녁 저 달빛이 내일 저녁 그 어떤 처녀의 검은 무덤 비추일 줄 그 뉘라서 알까 보냐. 머나먼 그 옛날에 이태백이 놀던 달빛이 오늘밤 그의 무덤 수풀 위에 방울 지은 이슬에는 숨어 있지 않았더냐. 아, 그러나 정처없는 새벽바람은 그 이슬조차 곱게 둘 줄 믿지 마라.

아, 남궁아! 남궁아! 너 먼저 앞섰다고 슬퍼마라. 조만간 가고 말 머나먼 앞길이라. 너를 보낸 너의 아우 이 내 몸도 내일 갈지 모레 갈지, 내년에 갈지 후년에 갈지, 검은머리 흰 서리 되어 지척지척 따라갈지 어이나 알겠느냐. 아, 헛된 건 인사요, 엄한 건 운명이다. 너 먼저 홀로 갔다 슬퍼마라, 울지 마라. 아! 남궁아! 남궁아!

그러나 간 사람은 가고 말고 남은 사람은 남았으니 갈 때까지 힘쓸 것이다. 오늘 일 오늘하고 내일 일 내일에 끝낼 것이다. 그리고 힘 있게 굳세게 살아야 할 것이다.

힘 있고 굳세게! 그리고 바르게!

아!, 남궁아! 남궁아!

힘 있고 굳세고 바르게 살아야 하겠다. 싸워야 하겠다. 그리고 오늘 일 오늘 해야 하겠다. 아!, 남궁아! 남궁아! 그대가 남겨주고 간 이 교훈, 그대가 기념으로 주는 금은보다 귀엽고, 주옥보다 아름답다.

아!, 남궁아! 남궁아! 어디로 갔느냐? 어디로 갔느냐? 흙으로 돌아갔느냐? 하늘로 날아갔느냐?

어디서, "그럼 또다시 만나" 하려느냐?

—『개벽』 18, 1921년 12월

Урin.

Набер   Сунгари.

왕십리 역

서울에서 원산까지 경원선 따라 산문여행

06

원산

갈마

배화

안변

남산

서왕사

용지원

고산

삼방

삼방협

세포

검불랑

성산

복계

이목

평강

가곡

월정리

철원

신탄리

대광리

연천

전곡

동두천

덕정

의정부

창동

연촌

동경성(청량리)

왕십리

수철리

한강리

서빙고

용산

성동

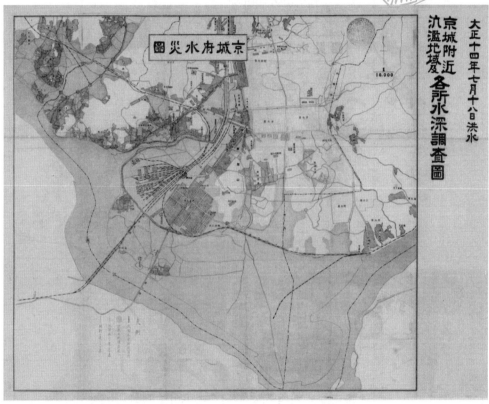

京城府水災圖

大正十四年七月十八日洪水
京城附近
汎濫地域
各所水深調査圖

경성부 수재도 한강연안에 본격적으로 제방을 쌓기 시작한 시기는 일제강점기에 들어서부터이다. 하천개수사업은 1911년 경원선 철도변 제방을 쌓은 것으로 시작되었다. 1910년대에 중랑천과 욱천, 영등포 지역에 간헐적으로 축조되었던 제방들은 1925년(을축년) 7월 대홍수 당시 모두 유실되었다. 이는 현재까지 한강홍수위 중 최고로 기록되어 있다. 특히 신구용산시가지와 마포, 서강 일대, 영등포, 당산 일대, 행당동과 왕십리, 잠실 일대 등의 피해는 상당했다. (출처: 서울역사박물관 / 「반포본동: 남서울에서 구반포로」, 2018)

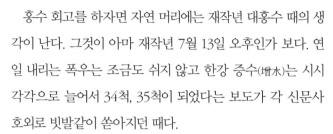

그 때 우리는 이렇게 활동하였다

박돈서

홍수 회고를 하자면 자연 머리에는 재작년 대홍수 때의 생각이 난다. 그것이 아마 재작년 7월 13일 오후인가 보다. 연일 내리는 폭우는 조금도 쉬지 않고 한강 증수(增水)는 시시각각으로 늘어서 34척, 35척이 되었다는 보도가 각 신문사호외로 빗발같이 쏟아지던 때다.

나는 동료 몇 사람과 신용산으로 갔다. 벌써 한강 부근에는 홍수가 창일(漲溢)하여 서부 이촌동은 모두 침수되고 집을 잃고 쫓겨난 남녀노소가 제방에서 떨고 있었다. 우리는 곧 철도당국에 교섭하여 폐물 된 객차를 끌어다 놓고 해는 지는데 숙소 없어 떠는 이재민을 수용하였다.

잠깐 시내로 다시 들어왔다가 나가 보니 물은 점점 더 늘어 동부 이촌동 일대에도 집이 잠기고 옥상에서 사람 살리라는 아우성이 처량하였다. 우리는 즉시 배를 저어가서 그들을 구하여 준비한 열차 안에 수용하고 밤을 지냈다.

날이 밝아 14일이 되었으나 폭우는 여전히 폭주하고 한강은 각각 증수하여 연강(沿江) 주민의 위험은 각일각(刻一刻) 박두한다. 이 위급을 당한 시내의 세 신문사, 즉 『동아일보』, 『조선일보』, 『시대일보』 삼사에서는 이대로 무질서한 상태로 구제하다가는 소기의 구제를 달치 못 하겠으니 각각 떼어 맡자 하여 삼사 협정으로 제비를 뽑아 구제할 곳이 결정되었는데 그 때 조선일보사에서는 독도(=뚝섬)를 맡게 되었다. 세상이 주지함과 같이 그 때 독도 일대는 타처에 비하여 제일 참해가 심하던 곳이다. 독도의 피난민은 독도 공립보통학교에 수용하고 구제하였다.

　연일 폭우는 주야 멈추지 않아 16일에는 한강 증수가 근 40척이 되었다. 16일 오전에 벌써 독도의 인가가 전부 수중에 들고 배가 지붕으로 포플러나무 위로 왕래하게 되어 배를 타고 가면서 배 밑에 침수된 사과를 따먹는 현상이었다. 피난민이 수용된 '독도공보'에 가니 각각 증수되는 물은 벌써 아이들에게는 길이 넘고 어른에게는 불두덩이에 찼다. 위험이 경각에 있으므로 우리는 곧 배를 뒤집어 들어가 구조선을 징발하려 하였다.

　우리가 구조선을 얻어 가지고 독도공보를 바라볼 때에는 아, 위험하다! 수백 피난민의 생명을 의탁한 독도공보의 지붕으로 홍수가 꼴딱 넘었다. 수백 생명은 죽었구나! 전율할 이 사실에 직면한 우리는 즉시 결사대를 조직하였다. 당시 한강 증수 43척, 오십육 인의 결사대는 최후로 구명선을 저어 독도공보에 당도하니 시체는 뒤를 이어 떠내려간다. 즉시 남은 사람을 구조선에 싣

경성 대홍수 1925년 7월 경성 대홍수 당시 전차종점(이촌동으로 추정됨)에서 한강 인도교를 바라 본 모습을 찍은 사진 엽서. (출처: 서울역사박물관 소장 유물 / 경성 사진엽서–인도교)

고 왕십리로 건너와서 왕십리 역에 수용하였다가 다시 '왕십리공보'로 이전하였다. 이곳에서 오륙일 간을 밥을 지어 먹이며 지냈다.

당시 독도의 수해는 칠십 년 이래 처음 되는 대수해니 수백 명이 죽고 몇 개 마을은 흔적 없이 뿌리가 빠져 달아나서 문자 그대로 창상지변(滄桑之變)이었고 홍수의 광란노도 위에 시체는 물론 소, 말, 닭, 개까지 떠내려가며 비명을 지르는 것이 참혹하였다. 어찌 그뿐이랴. 시내에도 전기가 끊어져서 전시(全市)가 암흑이고 전차가 불통하기를 며칠이었다.

수용소에는 남녀노소가 복잡한 중에 가족을 홍수에 잃고 살아남은 가족이 비애통곡하는 모양은 목불인견이요 그 중 남편과 자식을 잃은 부인 하나는 실진성광(失眞成狂)하여 울고 웃고 별짓을 다하다가 필경 한밤중에 수용소에 불을 놓아 일대 소동을 일으킨 일까지 있었다.

그러나 이에 대한 사회의 구제도 실로 경탄할 만하였다. 자연이 폭위를 부릴수록 인간의 반발력도 강한 것이다. 각 사회단체, 청년단체에서는 침식을 잊고 실로 결사적 구제를 하였으니 이 때 각인은 모두 깊은 감격 속에서 자기 생명은 내어놓고 남을 구제하기에 열광하였다.

시내 각 남녀학교는 대표를 보내 위문 구제하고 평소에 저의 집에서는 밥 짓는 근처도 안 가던 기생들이 와서 밥을 지어 공궤(供饋)하엿다. 조선일보사로 들어온 각 사회인사의 동정금이 2만8천 원이요 백미가 백여 석이니 온 사회는 모두 감격과 열광 속에 쌓였던 것이다.

—『별건곤』 8, 1927년 8월

경궤연선 京軌沿線

임화(林和)

1

여름이 녹아 '오관수' 아래 질펀한 냇가를 매끈한 자동차가 달리는 풍경은 몇 해 동안 ○○○에 익지 않은 내 눈엔 꽤 신선했다.

서울이란 낡은 도시가 제법 제게 딸린 교외의 접지(接地)를 가지기 비롯하는 것은 우리 예전 서울 주민으로는 마치 제 신영토를 늘려가는 거나 같이 대견하였다.

그래서 지난겨울 상경하여 창신정(昌信町)으로 이사를 온 뒤에 동대문 턱을 지날 적마다 날씨가 따뜻해지면 저 놈을 한 번 타보려니 하고 별러오다가 이번 기회를 얻어 올라탄 것은 뜻 아닌 경전(京電) 불하의 낡은 전차다.

"여보, 이거 어찌 기동차요?"

"그리게 광나루를 가라니까."

광나루(광장리)가 좋으니 그리 가자는 본웅(本雄)의 말을 내가 기어이 뚝섬 유원지를 가보자고 우겨댄 것이 이 꼬락서니가 된 셈이다.

전차라니 말이 전차지 타고 앉으니 어안이 벙벙할 지경이다. 이즘은 물론이고 벌써 사오 년 전에 서울 거리에서 일소 당한 낡은 차대(車臺)가 내로라 하고 아직 도시 교통 기관으로서 행세하는 덴 참말 비위가 상하지 않을 도리가 없다.

그러나 동대문 밖에서 왕십리를 지나 뚝섬으로 가는 길녘의 잡연한 풍경이나 오르내리는 승객들의 행색을 살펴보면 어디인지 삼자(三者)가 조화되는 듯하고 우리 낡은 경성 주민으로선 또한 정다운 곳이 있었다.

'오관수'라면 예전엔 서울 쓰레기가 다 밀려 나가는 곳이고, 하다 못해 똥오줌까지 이 근처에서 처치된 곳이다.

그래 왕십리 주민은 으레 배추 장사요, 그 거름이 봄부터 가을 김장 철까지 신선한 야채가 되어 경성 주민을 길러온 것이다.

결국 서울 사람은 제 똥오줌으로 자란 무, 배추를 일 년이 못 가서

구본웅 삽화 (동아일보 1938년 4월 13일)

도로 받아먹는 셈이다.

그러나 쓰레기라는 것은 전부 거름이 될 수 없는 것이라 훈련원 근처로부터 차차 오관수 아래로 내려가 개천가로 쌓이기 시작하여 조그만큼씩 한 언덕더미를 이루기 시작하여 그것을 이곳 사람들은 "조산(造山), 조산" 하여 그 위에 움집이 다닥다닥 붙기 시작한 게 인제 보니 제법 융성한 동리를 이루고 있다.

궤도차가 동대문을 떠나 왕십리 역 못 미처까지 이르는 동안 개천가 우뚝우뚝한 언덕에 달라붙은 동리들은 대개가 이 쓰레기더미 위에 세워진 것들인 모양이다.

그러기에 이곳 풍경은 항용 신개지 이상으로 잡연(雜然)하고 웬만한 장마에도 곧잘 무너진다 한다. 차가 아무리 달려도 봄임즉 한 버드나무 꽃나무 가지 한 그루 찾을 수 없는 게 이곳 풍경이다. 단지 뿌연 수증기를 머금은 하늘이나 멀리 되는 산들이 아른거리는 양이나 보드라운 양광(陽光)들이 계절을 말할 뿐이다.

"여보, 무얼 보러 왔소?"

"아, 이 냄새 맡지 못하오?"

"하하, 구린내 말이요?"

"봄이란 시각에서만 오늘 줄 아오?"

"그럼 취각에서 시작하는 거요?"

"그리게 자연은 회화 이상이지."

"허허……."

실상 밭에 내다 붓기 시작한 거름내란 이곳에 봄다운 유일의 자극인 모양이다.

2

"자, 저게나 우리 한 장 스케치 합시다."

"아, 개천 바닥 파논 것 말이요?"

오관수 아래 개천 바닥은 실로 놀랄 만치 파 젖혀 놓았다. 벌써 저녁해가 가까워 오는데도 부인, 아이들 합쳐 칠팔십 명은 천저(川底) 발굴에 종사하는 모양이다.

이게 요즈음 유명한 왕십리 금광이다.

금광이라니 금을 파는 게 아니라 물에 밀려 내려오고 쓰레기더미에 쌓여 와 묻혔던 썩은 양철 조각을 파내는 게다.

시국의 진보는 썩은 양철, 일찍이 쓰레기였던 존재의 가격을 엄청나게 끌어올려 놓은 것이다. 나는 세계대전 때 역시 이러한 진풍경을 본 일이 있다.

썩은 양철이 곧 수십 전 소액 지폐로 변하던 그 시절이 재림함을 제 생애에 또 봤던 것이다.

겨우 칠팔 년 남짓한 사이에 놀라운 광경이 두 번씩 되풀이되는 덴 실로 우리의 시대의 파란 많은 성격의 일단을 볼 수 있지 않은가 한다.

썩은 양철 조각이 돈이 된다는 것은 용이한 사태가 아니다.

이것을 파서 하루 칠, 팔십 전 벌이는 된다니 헌 양철 조각도 무시할 게 아니다.

그러나 우리의 날카로운 생활 감각은 역시 썩은 양철이 쓰레기로 실려 나오던 때와 그 자리에서 화폐가 되는 때와의 커다란 시대의 차이 속을 관류하지 않을 수가 없다.

길바닥이나 거름더미 혹은 냇가를 파헤치던 기억은 나에게 있어 아주 세상 물정을 판단치 못하던 소년시대에 속한다. 그때 동리에선 빈민들이 장사(長蛇)의 열을 지어 쌀표를 타러 총대(總代) 집 문간으로 모이고 나도 비로소 월남미란 냄새가 길쭉한 쌀알갱이 맛을 본 것이다.

무조건하고 그것은 경이였고 나의 어린 기억 가운데 그중 사회성이 농후한 생활권(生活權)의 한 폭이었다.

구본웅 삽화 (동아일보 1938년 4월 16일)

　우리의 조그마한 차가 지나가는 연선(沿線)의 이 광경은 오늘날의 시대 생활이 우리가 방속에 앉아 신문을 펴놓고 물가고를 운위하는 데 비하여 월등히 심각한 것임을 절실히 느끼게 했다.

　왕십리 평야 가운데 점점(點點)한 조산(造山)과 지저분한 집들, 유별나게 웅성대는 동리와 냇바닥을 파 뒤집는 기이한 풍경은 또한 슬프게도 조화됨을 부정할 수가 없었다.

　이러한 것이 새로 경성에 편입된 이곳 주민의 당연한 운명인지 아닌지는 애써 말하기 어려운 것이나 어디인지 그들의 모습 가운데서 나는 같은 시대를 살아가는 인간들의 황당한 그림자를 느낄 수는 있었다.

　우리가 탄 조그만 차만 해도 그들에게는 물론 새로운 것이나 우리에게는 역시 낡은 것이라 할 수 있으니 우리 자신도 역시 다른 고장 사람들에게 있어서는 이미 낡아버린 것을 새로운 것이라고 받아들이고 있는 것이다.

이러한 것은 우리의 문화의 진정한 성격적 의미를 가졌을지도 모른다. 그러나 중요한 것은 우리가 다 같이 분간키 어려운 그러나 분명히 새로운 시대의 폭풍 같은 시련 속에 서 있는 점이다.

우리는 모두 밭과 논과 하늘과 비를 사랑한 겨레다. 그리하여 어디서나 우리는 목가를 들었고 우리 자손도 노래라고는 역시 한 가지 목가 곡조밖엔 몰랐다.

그러나 왕십리를 가까이 들어가는 우리의 조그만 차는 벌써 침묵한 목가의 평야를 달리고 있을 따름이었다.

서울 봄은 언제나 사방 산의 개나리와 왕십리 벌의 누런 배추꽃에서 시작하였다.

서울의 봄 하늘을 나는 온갖 나비가 이곳에서 날아든 것이다. 그 전 서울 주민들 식탁 위에 제일 먼저 오르는 푸성귀도 부지런한 이곳 주민들의 손을 거쳐 들어왔다. 아직도 우리가 먹는 야채의 일부는 이곳에 심어질 것이나 그러나 왕십리 평야엔 이미 누런 배추꽃에 나비떼들이 흩어놓던 장한(長閑)한 목가는 들리지 않는다.

아직도 주택지가 되지 않고 여기저기 세워진 양철 창고 사이사이에 검은 흙을 파는 한 사람의 그림자를 볼 수 있으나 그것은 이미 지난날의 엘레지의 한 끝에 불과하다.

왕십리 역은 내가 칠팔 년 전 지나던 때와는 적어도 반 세기의 차이는 있을 만큼 변하였다.

역 건물이나 구내 선로도 엄청나게 크고 많이 달라졌거니와 그 앞 동신 좌우로 용립(聳立)한 대석유회사의 탱크는 이전엔 용산 근처의 대·중공업지 아니고는 못 보던 것이었다.

선로가 모두 직접 탱크 시설 구역까지 들어가 있고 강철제의 날씬한 탱크차가 두세 대 있는 것을 보면 이곳의 진화가 오히려 종로 복판보다 앞선 감이 있다.

이런 새로운 풍경에 비치는 태양은 어딘지 더 근대화 된 청년과 같았다.

3

이곳에 관하여는 구(具) 형도 또한 다른 동행도 그리 아는 바가 적은 모양이었다. B 서점주는 본시 이곳 태생이 아니거니와 연협(演協) E군도 얼마 안 가 '살꼬지다리'가 보일 터인데 어디냐 해도 모른다 한다.

그런 때 옆에 앉았던 발쟁이 풍의 중년 사나이가,

"살꼬지다리는 없어지고 새 다리가 뇐다오." 한다.

사실 얼마 안 가 냇가를 지나는데 높이 약 삼십 척 가까운 철근 콘크리트로 쌓아 올린 허연 다리가 나타났다.

아직 공사중에 있는 모양인데 이 아래로 한 오륙백 미터 내려가 대릿발은 다 묻힌 돌다리가 보이는 게 살꼬지다리인 모양이다.

예전엔 이 근처에서 가장 위풍 있는 건조물의 하나이던 것이 인젠 보기에도 초라히 아주 냇바닥에 묻히다시피 했다.

이 다리는 뚝섬에서 문안 들어오는 유일의 길목이요 따라 주막도 번창하여 이야기거리도 많은 곳이다.

내려보지 못하고 지나는 것이 유감이나 일후 한가한 날을 기약하고 본웅(本雄)과 더불어 그 전에 홍수 나던 이야기가 벌어졌다.

지금도 여름에 장마가 져 큰물이 나면 뚝섬 왕십리벌 청량리역 근처까지 침수가 되나 그 전에 벌써 살꼬지다리가 넘었다 하며 경성 주민은 홍수의 위험 신호로 알았다.

이 다리를 넘으면 여기서부터 왕십리 오관수다리까지는 질편한 들이라 단번에 물이 밀려들고 또한 뚝섬과의 교통이 끊어지므로 나무 값, 야채 값이 일야지간(一夜之間)에 곱절이나 오른다.

그러나 인젠 이런 물자의 공급 중심은 왕십리에서 딴 곳으로 옮아가고 이런 이야기들은 인제 이삼십 년 전 서울서 자란 중년이나 늙은이들 기억에 남아 있을 따름이다.

봄으로부터 여름, 가을까지 이 전차는 뚝섬 간다느니보다 실상은 한강에 만들어 놓은 유원지를 왕래하는 게 본분이라 한다.

왕십리로부터 유원지까지 가는 사이는 몇 개 역이 있기는 하나 승강객도 별로 없고 있다 해야 유원지 바로 못 미처 뚝섬 역이 제일 많고 그러고는 대개가 유원지까지 가서 거기서 강 건너 봉은사를 간다거나 또는 광주로 가는 손들이 있을 뿐이다.

우리 일행이 유원지에 내렸을 때는 석양이 누엿누엿 서빙고 쪽으로 기운 때였다.

아직 꽃도 잎도 안 핀 유원지는 즐길 아무 것도 없고 황량 그것이었으나 역시 작하(昨夏)의 영화에 지친 듯한 일종 버리기 어려운 정취가 있었다.

구본웅 삽화 (동아일보 1938년 4월 17일)

유원지를 들어가는 길녘에 높다란 방수 제방을 지나면 긴 포플러 숲이 나오는데 이곳이 하절엔 캠프촌이라 한다. 캠프촌이 되었을 때 풍경이 어떤지 모르겠으나 이날 우리의 행락 중 그중 정취 깊은 곳이 나에겐 이 숲이었다.

아직 잎도 안 피고 긴 줄기들만 거의 한 평에 한 줄기씩이나 들어박힌 한가운데로 내깔린 궤도는 영화에서 보는 삼림철도 그것 같았다.

우리는 차를 내려서도 몇 번 이곳을 거닐어 보고 러시아문학을 좋아하는 E군 같은 사람은 백화림 같다고 찬미한다.

유원지는 그리 호화한 시설은 아니었다. 그러나 바로 강안에 닿아 있고 근처 풍경이 좋은 곳이라 여름 하루 소일엔 훌륭한 곳이었다.

그러나 우리는 무료히 돌아올 수도 없고 하여 강가로 나가 본옹이 스케치를 한 장 하고 봉은사를 건너가려 하였으나 타 가지고 나온 군자(軍資)가 이미 진(盡)한지라 우리는 다시 예의 포플러 숲으로 돌아왔다.

나는 오늘날의 우리 청년들이 어째서 이런 황량한 풍경에 마음을 주는지 제 마음이 한 개 비극 같아서 그런지 단지 차차 저물어가는 이른 봄의 찬 기운이 무릎으로 스미는 것만 느꼈다.

—「동아일보」, 1938년 4월 13일, 16일, 17일

동경성(청량리) 역

원산
갈마
배화
안변
남산
석왕사
용지원
고산
삼방협
삼방
세포
성산
검불랑
복계
이목
평강
가곡
월정리
철원
신탄리
대광리
연천
전곡
동두천
덕정
의정부
창동
연촌
동경성(청량리)
왕십리
수철리
한강리
서빙고
경성
용산

청량리 역 (출처: 서울역사박물관 / 朝鮮總督府鐵道局, 「京元線寫眞帖」, 1914)

경원선 타고 온 천연두
동경성 역에서 순화병원으로 직행

천연두 환자가 경원선 열차를 타고 경성에 침입하여 일대 소동을 일으키고 있다. 본적을 경상남도 함양군 서동면 내교리에 두고 현재 함경남도 이원에 가서 노동하고 있는 박성팔(朴成八)이 천연두에 걸려 가지고 자기 고향에 가려고 경원선 열차를 타고 오던 중 연천 경찰서에서 발견하고 수배하여 환자가 21일 오전 0시 55분 동경성 역에 도착하자 곧 환자를 순화(順化)병원에 입원시키는 동시에 의사와 본정서원이 출동하여 환자가 타고 온 기차 승객 250명에 강제 종두를 시키는 동시에 열차도 전부 소독하였다 한다.

—「동아일보」, 1939년 12월 22일

용산 철교 한강 철교와 노들섬 일대의 전경. 사진의 중간과 오른쪽에 걸쳐 굴뚝이 보이는 지점까지 인천 수도수원지(仁川 水道水源池)이며, 그 오른쪽으로 언덕 위에 자리한 한옥 건물은 정조의 화성 능행 때 사용하던 용양봉저정(龍驤鳳翥亭)이다. (출처: 서울역사박물관 / 日韓書房 · 日之出商行 · 海市商會, 『朝鮮風景人俗寫眞帖』, 1911)

동경성 용산 간 북선 ★

　　철도국에서는 동경성 용산 간 13킬로의 복선화 계획을 세우고 우선 동경성 수철리 간의 3킬로 분을 공비 58만원으로써 착공하기로 되어 있는데 나머지 잔구 세 구도 근근 입찰에 부쳐 15년도(1940년) 안으로 완성할 예정으로 되어 있다.

　　그리고 동 구간 복선화를 기다려 이를 전화(電化)할 계획도 있으나 이는 경경선(京慶線)이 전통되고 경춘(京春) 철도에 의한 수송량 증대가 되지 않은 후면 아니 되리라 하여 전기 동경성 용산 간 복선화의 급속 완성을 하게 된 것이다.

—『동아일보』, 1939년 8월 6일

동경성 역장께 일언합니다

○ 동
주
민

동경성 역은 최근에 와서 양평행이 다닌다, 또는 연촌 역이 신설된다는 등 관계로 급작히 귀 역이 번잡하게 된 것은 사실입니다. 그래서 발착 시간마다 복잡 혼잡을 이루어 승객들도 곤란하지마는 역원들도 매일같이 많은 손님을 접대 안내하자니 물론 피로할 것도 사실일 것입니다. 그러나 교통기관이란 국가의 동맥과 같은 것이라 책임이 중대하고 돈을 내고 타는 것이라 손님은 똑같은 손님일진대 중대한 책임을 가지고 많은 손님을 대하게 되며 친절해야 할 것은 물론이요 또한 중대한 책임을 지고 민중을 지도하고 안내해 준다는 의의도 또한 큰 것이 아닙니까?

그런데 귀 역에 있는 모든 역원이 다 불친절하다는 것은 아닙니다. 안내하시는 분 중에는 간혹 불친절하지나 않은가 하는 감이 있는 적이 있으니 많은 손님 중에도 특히 농민들을 많이 대하시게 되므로 답답하고 역정이 나는 때도 있겠지요. 그러나 그러한 난경에 잘 알려주고 지도해 주어서 편의를 도모해 주는 것이 더욱 중요한 일 것이 아닙니까?

농민들을 대할 적에 무슨 죄나 있는 사람 대하듯이 야단을 하고 그와 같이 야단으로 안내하던 식으로 일반에까지 불친절한 태도를 보인다는 것은 대단히 주의해야 할 점이 아닌가 생각합니다. 특히 그런 일이 있는 것을 적발하시어서 좀 더 친절하고 위신 있는 태도로 일반 승객에 대해 주셨으면 천만 감사하겠습니다.

—「동아일보」, 1939년 9월 23일

청량리의 가을

채만식(蔡萬植)

괜히 남의 구미만 당기게 합니다 그레!

금강산을 못 보았으니 꼭 가보고 싶습니다. 가을뿐 아니라 어느 때고 가고 싶었고 또 금년뿐 아니라 벌써 몇 해를 벼르나 돈이 없어 가지를 못했습니다. (아마 보고 죽지 못할 걸요)

왜 금강산을 가고자 하느냐고요?

그거야 모르지요. 내가 아직 금강산을 보지 못하였으니 무엇이 어떻게 좋아서 가려고 한댈 수야 있습니까?

그저 예부터 좋다고 하고 가본 사람마다 좋다고 하니 좋을 것이야 물론이겠지요.

숨은 명승지라고는 별로 발견(?)하지 못했습니다. 본시 여행을 싫어하지는 아니하지만 어려운 터에 틈 없이 지나는 팔자라 다니어 볼 염조차 내지 못합니다.

만은 굳이 말하라면 신통치 못하나마 한 곳 있기는 합니다.

청량리를 나가서 지금 경기도 임업시험장이 된 숲속으로 들어섭니다.

그 속이 벌써 주인 없는 큰 정원을 들어선 듯하여 마음이 후련한데

그곳을 지나 그 구내를 벗어나면 시냇물이 흐릅니다. 드라이브 하는 자동차 등속은 물론 그림자도 없고 인적이 드문 솔숲과 모래 바닥을 소리 없이 굴러가는 얕은 시내뿐입니다. 내가 이곳을 처음 간 것이 작년 가을인데 미상불 서울 근교에서 하루의 산책지! 더욱이 가을날로는 매우 좋은 곳인 줄 여겼습니다. 더구나 이 시내를 끼고 좀 더 가면 정말 시골이 나오고 그곳에 두어 곳 과수원이 있어 포도니 배니 하는 과실을 재미있게 먹을 수가 있습니다.

우리 같은 황금 부족증의 평생 고질에 걸린 흥치객(興致客)에게는 안성마침인 줄 녁입니다.

금년에는 아직 못 갔습니다. 포켓 속에 「영감」 한 장만 들어오면 두 달음질을 쳐서 뛰어갈 터입니다.

—「동광」 38, 1932년 10월

연촌 역

서울에서 원산까지 경원선 따라 산문여행
08

원산
갈마
배화
안변
남산
서왕사
용지원
고산
삼방협
삼방
세포
검불랑
성산
이목
복계
평강
가곡
월정리
철원
신탄리
대광리
연천
전곡
동두천
덕정
의정부
창동
연촌
동경성(청량리)
왕십리
수철리
한강리
서빙고
경성
용산

용산역과 남만주철도회사 경성관리국 청사 주변의 전경 사진. 일제강점기에 조선의 국유철도는 원칙적으로 총독부 철도국에 의해 운행되었으나 1917년 7월 31일부터 1925년 3월 21일까지의 기간에는 남만주철도회사 경성관리국에 위탁 운영되었다. (출처: 서울역사박물관 / 南滿洲鉄道株式会社京城管理局,『朝鮮鐵道旅行案內』, 1924)

★ 연촌 역을 승격 ★

철도국에서는 5월 1일부터 동경성과 창동 사이에 연촌 신호장을 설치하고 열차 운전 취급을 하여왔는데 다시 6월 1일부터 보통 역으로 승격시켜서 일반 운수 영업의 취급을 개시하기로 되었다고 한다. 이 연촌 역은 장차 개통될 경춘 철도와 교차점이 되어서 관사철(官私鐵)의 공동 정거장이 될 전제라고 한다.

—『매일신보』, 1939년 5월 23일

★ 열차에 자살 ★

26일 오후 네 시 십 분쯤에 경성을 떠나 나진으로 가던 제307 열차가 동경성 연촌 사이의 용산 기점 14킬로 3백 미터 되는 지점을 진행하는데 조선 여자 한 명이 뛰어들어 자살하였다. 이유는 조사 중이다.

—『매일신보』, 1939년 12월 28일

창동 역

서울에서 원산까지 경원선 따라 산문여행 **09**

원산
갈마
배화
안변
남산
석왕사
용지원
고산
삼방
삼방협
세포
성산
검불랑
복계
이목
평강
가곡
월정리
철원
신탄리
대광리
연천
전곡
동두천
덕정
의정부
창동
연촌
동경성(청량리)
왕십리
수철리
한강리
서빙고
용산
경성

경성 근교
—산악은 조선을 부른다—

월강(月江)

1

산악은 사람을 부른다. 더욱이 젊은 조선을 부른다. '인자(仁者)는 산을 좋아하며 지자(智者)는 물을 즐겨한다.'라는 고담에 비추어 인자를 부르는 것만이 아니다. 우리는 우리의 발로 내 향토의 산악을 먼저 정복하자. 우리의 의기로 내 산천을 순례하여 내 땅을 사랑하며 내 땅에 대한 애착을 일으키자. 이리하여 기분을 명랑하게 하며 심신을 상쾌 또 건장하게 만들자.

우리 반도는 전 면적의 7할 4푼 1,649만 정보가 산악이니 우리 하이커의 무대는 실로 넓다. 영국의 히말라야 협회는 하늘 아래 지붕이라는 인도 히말라야 등반에 착수한 지가 벌써 오래이며 동경의 릿쿄대학(立敎大學)도 여기를 향해 떠나려 하지 않는가. 우리는 먼저 북으로 성산 백두를 비롯하여 남으로 제주 한라에 이르기까지 우리의 산악을 사랑하고 정복하자.

이제 철도국이 금년부터 소개할 동 연선의 하이킹 코스를 순례하기로 한다.

2

오봉(五峯)은 도봉산과 북한산의 천태만상 한 봉만(峯巒)을 좌우로 사랑하며 산릉을 끼고 올라가는 코스다. 거리는 멀지만 변화가 풍부하여 싫증이 나지 않는 코스다. 그러나 건각가에게 권할 만한 코스다.

경원선 창동 역에서 우이동까지의 약 3킬로는 비교적 평탄한 도로로 별 피곤한 생각 없이 피치(보조)가 빠르다. 우이동까지 가면 서북으로 멀리 북한과 도봉의 안부(鞍部)처럼 된 우이령이 암만 보아도 기묘한 자태로 하이커를 부른다. 부르는 소리를 듣는 듯이 우령(牛嶺)을 향하여 작은 내를 끼고서 더듬어 올라가면 언젠가 알지 못하는 가운데 고개에 오르게 되고 목적한 오봉의 오봉 기암이 눈앞에 어린다.

이 최고봉으로부터 남편으로 쑥 내민 쪽으로 향해 일단 내려 산 모서리에서부터 능선을 더듬으면 오봉의 최고봉에 올라설 수가 있다. 이런 경관을 바라보며 코스를 동쪽으로 돌리어 약 1킬로 가량 가면 도봉산의 자운봉(紫雲峯)과 우이암에 뻗은 산릉의 분기점에 도달한다. 이 기점에서 남주(南走) 하는 사미근(砂尾根)을 끼고서 기봉 우이암의 직하로 나와 좌편으로 학곡(鶴谷)을 통해 내려오면 원통암(圓通庵)에 이른다. 원통암으로부터는 내려올 뿐으로 평탄한 도로로서 코스는 마치어 1시간 반경 가량으로 창동 역에 돌아온다.

망월사(望月寺)의 서쪽에 달한 산기슭을 끼고 올라가 도봉산정에 이르러서 천축사로 내려와 창동으로 돌아오는 코스는 익숙한 하이커에게는 결코 무리가 없다. 차라리 전망을 하면서 산등성이를 거니는 코스인 만큼 심히 유쾌한 코스다. 망월사와 천축사 간에는 별로 길 다운 길이 없으나 한 줄기의 좁다라면서도 판연히 답적(踏跡)이 있으므로 대체로 이것만 밟아가면 코스를 틀리는 일은 없다. 그러나 도중에 음료수를 구할 수가 없으므로 망월사를 나서면서 수휴행(水携行)을 잊어서는 목마를 때를 당한다.

망월사를 뒤로 배후에 연한 산릉을 목표로 송림 속으로 유(楡), 댑싸리 등 무성한 사이를 헤치고 급한 언덕을 올라가면 도봉의 주릉(主稜)이 나선다. 안계는 빨리도 전개되어 사위의 전망이 마음대로 된다. 목표의 주봉 자운봉의 암탑(岩塔)이 우뚝 솟아 있어 근처에 오지 말하는 듯 위압을 느낀다. 이로부터 코스를 남으로 취하여 잡목이 많은 융기를 더듬으면 머지 않아 자운봉 740미터의 서안부(西鞍部)로 나온다. 망월사를 나와 약 1시간 40분, 도중 거암 등이 굴곡이 오르고 내려서 비교적 시간이 걸린다. 여유가 있으면 자운봉의 암두에서 서는 것도 유쾌하다.

이 안부로부터 천축사에서는 숲속을 젖히고 한숨에 내려올 수가 있다. 다시 창동 역에는 계류(溪流)를 끼고 거닐 소로로 도봉리를 지나 원산 가도에 나와 돌아오게 된다. 도대체 건각가의 코스다.

3

도봉산의 준초(峻峭)를 배경으로 고찰 천축사를 다녀오는 코스는 코스의 양 옆 계류의 변화를 바라보고 또 앞을 바라보기에 몹시 바쁘다. 길은 비교적 정비하여 있어 가족을 데리고 하이킹하기에 아주 좋은 코스다.

창동 역을 나와 북으로 약 3킬로, 이런 곳 촌락으로 격에 맞지 않을 정도의 콘크리트 교를 건너기까지는 단조로운 원산 가도를 걸으나 이 교량을 건너 부근 부락으로부터 좌편으로 꺾이면 경관이 일변하여 도봉산의 깎아지른 절벽은 바로 눈앞에 보이며 알지 못하는 가운데 걸음은 빨라진다. 얼마 안 가서 율림(栗林)에 덮인 도봉리를 지나서 계류를 끼고서 언덕길을 올라가면 얼마 안 가서 천축사에 이른다. 배경에는 도봉산 선인봉의 현애(懸崖)를 짊어지며 근처에는 송(松), 단풍, 유(楡) 등의 수림이 자욱하여 과연 심산의 정지(淨地)의 감을 자아내게 한다.

4

도봉산 중에 가장 큰 사찰 망월사를 왕복하는 코스로서 곡간(谷間)에는 거암 괴석이 질펀하며 계류에는 암반을 싸고서 유수(幽邃) 계곡의 미를 띠고 있다. 길은 비교적 평탄 또 정비되어 가족 동반 하이킹에 꼭 권하고 싶은 코스다.

경원선 망월사 가역(假驛)에서 기차를 내려 계류를 끼고 소로를 서쪽으로 올라가면 소송(小松) 단풍 등 자욱한 숲속으로 언덕길을 올라가게 된다. 계류의 수성(水聲)이며 이름도 모를 작은 조류들의 노래를 들으며 올라가면 울창한 수림 속에 들어가 가려는 망월사의 지붕 기와가 먼저 눈에 뜨인다. 최후의 5분간 아주 강파른 언덕을 올라가 사찰에 닿으면 그 시원한 맛이란 참으로 하이커가 아니고는 볼 수 없는 맛이다. 본당, 칠성각 등이 보기 좋게 있으며 목어의 소리도 그럴 듯하여 영장(靈場)의 기분이 가득하다. 경내는 정정한 송림에 덮여 있고 초(梢)를 넘으면 도봉산의 삭벽, 그리고는 수락산(水落山)의 봉만이 눈에 어른거린다.

5

회룡사(回龍寺)는 도봉산의 동북단에 있는 고찰로서 코스에 점점이 놓인 승경(勝景)은 스케일은 적으나 계류미라든가 삼림미의 면면을 갖춘 코스다. 세속을 떠난 분위기는 하이커를 충분히 만족시켜 준다.

경원선 의정부역을 뒤로 서남에 뻗은 휴로(畦路)로 달려 호동(虎洞), 회룡동을 지나면 얼마 안 가서 계류가 나온다. 이 계류로부터 루트를 서쪽으로 취하여 유, 단풍 등 활수림으로 덮인 청류를 굽어가며 소로로 올라가면 얼마 안 되어 회룡사가 눈앞이다. 가족 동반인 경우에는 보통 여기서 되돌아서나 일반은 좀 더 올라가 망월사의 서남쪽, 도봉산의 주릉으로부터 쑥 빼져나온 지릉에 착 붙어서 잡목이 많은 숲을 더듬어 올라가면 얼마 안 가서 주릉이 나오고 동방에 수락 북쪽에 사패(賜牌)의 준봉이 서로 대치하여 조망된다.

주릉도 상당히 숲이 많거니와 대체로 등성이의 북측을 싸고서 남행하면 망월사 배후의 최고 암복(巖腹) 직하에 이른다. 이 암봉의 남측을 휘감은 숲은 젖히고 내려가면 망월사에 도달한다.

망월사 가역에는 정차하는 열차가 계절에 따라 다름으로 알아 가지고 갈 필요가 있다.

6

광릉 코스의 특장은 경성 부근에서 삼림과 계류의 아름다움을 가지고 서정시적 풍경을 가득 안고 하이커에게 충분한 만족을 준다는 것이다. 도로는 평탄하다는 것보다도 오히려 너무 정비되어 있어 소형 자동차로 드라이브하기에도 또한 색다른 맛이 있다.

경원선 의정부 역으로부터 포천행 자동차를 타고서 친석령(親石嶺)에 이르러 동으로 내려서 오른쪽으로 꺾으면 길은 소천을 연하여 동으로 뻗어 있다. 이 소천에 연한 길을 더듬어 한 소박한 송현리(松峴里) 직동(直洞)의 촌락을 지나면 머지않아 광릉의 총독부 임업 시험장에 이른다. 부근 일대의 산림은 동 시험장의 감리(監理)로 송류, 단풍, 역(櫟), 유 등 침활엽수가 울창하다.

경성 부근에서는 드물게 보는 문자 그대로의 백서(白書)로 오히려 어두운 산림지대다. 시험장을 뒤로 두고 전나무 울타리로 덮인 코스를 동으로 더듬어 오르면 약 30분가량에 계류로 나온다. 이 계류로 깎아지른 돌비탈을 건너면 길은 좀 언덕이 된다. 낙엽을 헤치며 머리를 숙인 복수초, 앵초 등이 귀여웁게도 화판(花瓣)을 가지고 하이커의 눈을 정신이 없도록 즐겁게 맞아들인다. 판로(坂路)를 다 오를 것 같으면 적송이 덮인 작은 길을 내려 머지않아 봉선사(奉先寺) 경내로 들어간다. 계류를 건너 약 20분, 사찰은 이조 세조왕의 보제사(菩提寺)로 새로 건립한 것이다. 귀로는 왕로를 더듬어서 축석령(祝石嶺)에 이르러 승합 자동차를 타고나 귀환하거나 혹은 건각들에게는 시험장의 남쪽 1킬로 근처에 있는 콘크리트 교량을 건너 코스를 서로 취하여 입암리(笠岩里) 고산리(高山里)를 거쳐 의정부로 나오는 코스를 권하고 싶다. 그 거리는 약 11킬로, 3시간가량을 요한다.

7

소요산 코스는 코스가 쉬운 편이고 스케일은 비록 적으나 짜인 풍물이 구비한 점으로 가족 동반으로 하이킹하기에 퍽 좋은 절찬의 가치가 있는 곳이다.

경원선 동두천을 지나서 가역을 동으로 약 4킬로 가량 작은 내를 끼고 산로를 오를 것 같으면 1시간 가량 해서 자재암(自在庵)에 이른다. 암의 부근에는 계곡이 있고 또 폭포가 있으며 수림이 있어서 경관이 웅대한 품은 없어도 짜임이 아름다운 경색이 있다.

8

창동 역의 동쪽을 바라볼 수 있는 불암산을 조약돌의 능선에 검붉은 암두가 흘립(屹立)하여 일견 심설(深雪)에 덮인 알프스의 산악을 생각케 한다. 그러나 이 코스는 별로 이렇다고 할 만한 불편이 없는 일반 혹은 가족 동반의 하이킹 코스로 호적(好適)하다.

창동 역에서 동으로 한참 가면 한천(漢川)에 이르는데 이 한천을 건너서 논두렁 길을 따라 산중 계리(溪里)를 지나면 정정(亭亭)한 송림과 태증(苔烝)한 암석 사이를 통과하여 령을 넘으면 고색창연한 학도암(鶴到庵)에 이르게 된다.

이 부근은 울울창창한 고목이 즐비하고 있는데 이 그늘 속에서 한

참만 쉬게 되면 추위를 느낄 정도다. 암자의 배후에 있는 암석에는 대 불상을 양조(陽彫)한 것이 있고 또 경내에는 석굴이 있는데 그 속에 백 불(白佛)이 안치되어 있는 것도 진기하다.

이 암자에서 북릉으로 뻗은 급한 고개를 암석을 껴안고서 올라가기 를 얼마 하면 불암산(佛岩山)의 예각의 정점에 달하게 된다.

북한, 도봉 또는 수락 일련의 암봉이 노도와 같이 안하(眼下)에 여기 저기 늘어 있는 것은 보는 사람으로 하여금 무의식중에 환호성을 지르 게 한다.

내려올 때에는 다시 북쪽으로 뻗은 모래뚝을 거쳐서 덕릉현(德陵峴) 을 넘고 당현(堂峴) 사이 촌을 지나서 창동 역에 귀환하게 된다.

9

천축사는 망월사 코스에서도 말한 것과 같이 산 하나를 사이에 두 고 있는 작은 절이다. 도봉에서 내려 보면 저런 곳에 절이 있을까 할 만 하게 좁은 장소다.

이 코스도 망월사 코스와 같이 길도 좋고 거리도 멀지 않음으로 하 루에 왕복하기에는 퍽이나 쉬운 코스다.

창동 역에서 북으로 약 3킬로쯤은 원산으로 가는 큰 길이다. 콘크리 트로 만든 다리를 건너가지고는 왼편으로 돌아가면 경치가 일변한다. 여기서부터 시내를 따라 올라가면 도봉산의 깎아 세워놓은 것 같은 여 러 봉을 쳐다보며 좌편 산의 단풍을 보게 된다. 물론 다른 코스보다 사람이 다닌 흔적이 많고 인가도 간간히 있어서 속된 말이 없지 않다. 더구나 좌편 산에는 매년 단풍을 심으며 그 전 엄비가 거처하던 별장을 지나 얼마 가지 않으면 인공으로 시내를 넓게 파서 배를 띄우고 놀 수 있도록 만들어 놓았다. 이 근처는 밤의 생산지로 길가에 밤나무도 적지 않고 밭과 논도 적지 않다. 올라가는 길은 그렇게 험한 곳은 없으며 시내를 끼고 올라가는 만큼 물가 바위에 쉴 만한 곳도 적지 않아서 가족이 천천히 놀며 가기도 좋은 곳이다.

천축사를 거의 다 가서도 이 근처에 길이 있을까 하고 의심할 만치 깊숙이 들어박혔다. 만약 천축사 가는 지표가 없다면 그 안에 가 절이 보이지 않는 곳이다. 천축사 근처에는 삼림이 창울하여서 바로 위에 천 길 만 길이 서 있는 석봉과는 판이하게 딴판이다.

절로는 퍽이나 적으나 내려 보이는 전망이 넓고 높은 곳에서 보는 것과 달라 어쩐지 모르게 슬프고 고적하고 적막한 것을 느끼게 하는 곳이다. 바로 산 뒤에 서 있는 석산은 엄엄하게 곧 무너져 내려올 것 같고 오던 역로와는 딴판으로 인간사회와 거리가 퍽 먼 것 같이 느껴진다. 절 마루에 앉아서 가만히 앉았자면 모든 잡념이 다 흩어지고 다른 잡음도 들리지 않으면 들리는 것은 새 소리와 벌레 소리뿐이다. 길만 바쁘지 않으면 며칠이고 쉬어서 있고 싶은 곳이다.

돌 사이에서 흘러내린 샘물도 맑고 신선하여 선인(仙人)이 마시는 약수와도 같이 생각된다. 뒤의 산은 선인봉(仙人峯)이라고 한 봉이다. 석양에 돌아올 때에는 목동의 노래 소리도 한적하게 들린다.

—「동아일보」, 1936년 5월 29일~6월 5일

부지노지장지당不知老之將至堂에서

춘파(春坡)

『개벽』의 평안남도 편을 위하여 월여를 두고 멀리 산천리, 수천리에서 장마와 싸우고 더위와 싸우던 소춘(小春), 청오(靑吾) 두 분은 무사히 돌아왔다. 고로(苦勞)의 보상을 생각하면 만사휴의하고 단 일주일이나마 삼방, 석왕사에 수양이라도 시켰으면 좋겠고 한 쌍 외딴 배로나마 한강 중류에서 청류곡이라도 들렸으면 좋겠지만 팔자가 그렇지 못한 놈들이라 그럴 여유를 갖지 못하였다. 나가나 들어오나 더위와 땀과 붓과 종이와 아니 싸우지 못할 우리의 형편은 또한 머리를 싸매고 원고지와 아니 싸울 수 없었다. 이미 원고지와 싸울 바에는 조용하고 서늘하고 깨끗한 곳이 오히려 낫지 않을까. "에라, 우이동이나 가자." 하여 세 사람의 동의에 즉 결행이 되니 8월 14일의 오후였다.

단거리의 차중 느낌은 생략한다. 창동서 우이동까지도 생략한다. 그러나 앞에 윗배미 논둑을 여월 때마다 "야, 잘 되었네. 만고대풍일세." 하고 침이 마르도록 감탄하던 그것, 또는 석양 산로에 꼴 베어 지고 가는 농부와 잠깐이나마 동행하면서 농촌 문답하던 그것, 촌가 사립문에서 바구니 끼고 나서 채전(菜田)을 향하던 백의 부인의 그 인상은 언제

우이동 **벚꽃** 벚꽃의 명소로 유명했던 우이동(牛二洞)의 풍경 사진. (출처: 서울역사박물관 / 南満洲鉄
道株式会社京城管理局, 『朝鮮鐵道旅行案内』, 1924)

든지 잊지 못하겠다.

각설. 사쿠라 명소, 수석의 명소, 우이동천은 언제 보아도 아니 좋은
바 아니지만 고열의 이때 팔월의 중순 일낙월출(日落月出)을 요 때에 보
는 맛이야말로 연중 유일시! 누구나 함부로 보지 못하는 경치다.

손병희 선생 묘에 참배하고 봉황각에 바로 도착하니 주인이 맞아 부
지노지장지당(不知老之將至堂)으로 인도한다. 당명만 보아도 벌써 천 년
은 살 듯하다. 선생의 당년사를 생각하며 월색을 따라 뒷문 밖 맑은
계곡에 이르니 서늘한 바람이 스르르 돈다. 흰 돌에 옷 벗어 부치고 물
속에 텀벙 뛰어드니 세상이야 찌거나 삶거나 나 혼자는 살 것 같다.

산집의 평소 음식은 장안의 명요리보다 낫다. 그러나 모기떼의 습격
은 장부나마 밤까지 걱정이다.

15일. 공중은 청(晴), 백운대는 운(雲), 숲 사이는 청풍(清風). 청계에 숙
진(宿塵)을 씻고 홍일(紅日)을 안고 세 번 호흡을 짓고 각내(閣內)를 일주

하여 조반상을 받았다.

원고지를 들고 앉았다. 이웃집의 소년소녀가 문밖에서 속살거린다. 종이를 달라고 조른다. 신문에 끼었던 광고지 한 장씩 주니 좋아라고 벙글벙글 뛴다. 이윽고 종이 값으로 문배(속칭 돌배) 하나씩을 가져다준다. 아! 천진아! 너희들이 산가의 소년, 소녀이지!

점심 뒤 한 시간쯤은 두견정(杜鵑亭) 아래 만년담(萬年潭, 우리가 지은 이름)에서 덤벙거렸다. 우이동 중 제일담으로 헤엄치기, 물싸움하기에 꽤 넉넉하다. 부지노지장지당에 또 들어왔다. 산 그림자가 동구 절반을 덮쳤을 때 슬슬 동구 밖을 나섰다. 촌가의 밥 짓는 연기가 몽실몽실 떠돈다. 목동의 타령소리도 들린다. 동구 밖 전집에서 연계탁주(軟鷄濁酒)로 야농(野農)들과 즐긴 것이 무엇보다 즐거웠다.

16일. 작일과 대동소이, 특히 삼각에 낙일사(落日斜), 동구에 모연소(暮烟消)할 때 손 선생 묘 앞 선유암(仙遊岩, 이 또한 우리가 지은 이름) 상의 가요대회가 이날의 자랑거리였다. 고담지여(古談之餘)에 신화, 대가지여(大歌之餘)에 소무(小舞), 이렇게 즐기다가 달이 하늘 한가운데 이를 때 돌아와 누우니 심신이 구족(俱足)하다.

17일. 이날도 예일(例日)과 대동소이, 특히 경성으로부터 여섯 분 손님이 오셨다 가셨고 앞집 촌로에게 세금고 이야기 들은 것이 신기록이다. 그리고 저녁 월색이 수림에 어른거릴 때 멍석자리에 빙 둘러 앉아 귀신 도깨비 이야기, 호랑이 이야기 한 것이 서늘하고 유쾌하였다. 그리고 주인 가족 일동과 대청에 꿇어앉아 기도 청수(祈禱淸水) 모신 것이 연일래(連日來) 첫 수양이었다.

18일. 청(晴). 필자 먼저 장안객이 되니 뒤떨어진 두 분이야 잘 지냈거나 못 지냈거나.

—『개벽』51, 1924년 9월

의정부 역

서울에서 원산까지 경원선 따라 산문여행 ⑩

원산
갈마
배천
안변
남산
석왕사
용지원
고산
삼방협
삼방
세포
성산
검불랑
이목
복계
평강
가곡
월정리
철원
신탄리
대광리
연천
전곡
동두천
덕정
의정부
창동
연촌
동경성(청량리)
왕십리
수철리
한강리
서빙고
경성
용산

기자 일행 원유기遠遊記

경ㅇ화(鏡ㅇ花)

날도 덥고 사원의 원기도 줄어들어서 일에 능률도 나지 않는 때니 하루쯤 들에 나가 노는 것이 어떨까 하는 의논이 생긴 지 며칠 후 6월 17일 (일요일) 아침 8시 반까지에 하나씩 하나씩 모여든 사원 일동은 경원선 열차에 몸을 싣고 의정부를 향하여 떠났다. 공일이자 일기도 좋아서 매우 유쾌하였다. 그러나 『어린이』의 이정호(李定鎬), 여성부의 최의순(崔義順) 두 분이 빠진 것은 퍽 섭섭한 일이었다.

일을 하고 사는 사람에게 쉬는 시간이란 갑귀(甲貴)한 것이다. 차창을 쏘는 아침 햇볕도 상쾌한데 한강을 길이로 끼고 달아나는 맛은 원고지 냄새에 찌든 머리를 얼음물로 씻는 것 같았다. "어, 좋다", "어, 좋다" 소리가 방(方) 선생 입에서도 신(申) 선생 입에서도 연달아 나왔다. 윤서(給任)는 그저 좋아서 이 창으로 저 창으로 왔다갔다 한다. 기쁨도 역시 어린이에게 더 많다.

술병이 작다고 불평이 많은 차(車) 선생은 혼자서 서너 잔 기울이고 옆에 앉은 모를 부인에게 이야기를 건다. 모르는 사람들도 저마다 한 목 참례하고 싶은 얼굴로 바라보고 앉았다. 기차에는 모르는 사람이라도 떠드는 이가 있어야 좋은 것이다. 기차를 타고 가면서 인간의 도시를 떠나 자연의 품속을 기어든다는 것만도 어머니 품속에 안긴 애기의 맘과 같이 기쁜 일이라고 고마운 생각이 났다.

세상이란 참으로 분주하구나 하는 느낌은 차안에서 얻은 것이다. 오르내리는 사람들 무슨 일이 그리 바쁜지 일일이 돌아가며 묻고도 싶었다.

차창 밖에는 여름이 경주를 하고 있었다. 산들이 말같이 달리고, 나무숲이 넘어질 듯이 뒷걸음쳤다. 갓 자란 벼가 산들바람에 나부끼는 가운데 왁새가 앉으면 잔잔한 풀밭에 마소가 풀을 뜯고 보리마당질 하는 농부들이 일을 멈추고 기차 가는 구경을 하자 여울물에서 낚시질하는 어부의 그림자가 눈결에 사라졌다. 한강의 흐르는 물이 햇볕에 빛날 때 떠가는 배가 바람에 불려가고 모독모독한 초가집이 굴러가는가 하면 어느새 전신주는 거꾸러졌다. 여름은 방장 노동자의 심장같이 되어 갔다.

학생부 손성화(孫盛燁) 군은 연애 이야기로 꽃을 피우고 차 선생은 안주가 모자라 갈비 보퉁이를 넌지시 폈다가 실망하고…… 그러는 중에 다 왔으니 내리라고 판매부 서(徐)가 재촉한다.

바쁜 일 없이 촌길을 걸어가는 재미, 뽕밭에 들어가 윤서 데리고 오디 따먹기에 정신없는 신 선생을 재촉해 내면 이번에는 차 선생이 촌 막걸리 집에 들어가서 나오지 않는다.

역에서 얼마 못 가서 밤나무 소나무가 우거진 나무숲 밑에 구수한 풀밭은 우리를 기다리는 돗자리였다. 하늘에는 구름이 떠다니고 곁에 개울에는 맑은 물이 흘러갔다. 상긋한 풀 냄새 고운 새의 '꿈노래' 한적한 농촌의 여름낮은 고요하였다. 시끄러운 세상을 잊고 모든 일을 내어놓고 사람들을 피하여 여름 가슴에 안기니 상쾌할 뿐이었다.

윤서는 가재 잡느라고 발가벗고 물속에 들어가 뛰고 차 선생은 옷

통을 벗고 목욕터를 찾는다.

무슨 이야기, 재미있는 장난 촌사람과의 담화 그리고 촌집에 부탁해서 반찬은 없건만 후미한 점심밥 갈비 구워 놓고 술을 나누며 시간은 기쁜 중에 짙어갔다. 먹기에 지쳐서 나른해 누웠으니까 어느 틈에 방 선생은 사진기계를 들이댄다. 누운 채로 하나 박히고 이리하여 모든 때를 씻고 마음의 먼지를 털어버린 뒤에 여간한 의논을 마치고 해가 서산에 걸릴 제 돌아오는 길에 나섰다. 자연에 배치된 산 숲 풀밭 어슴푸레 해 오는 저녁은 활동사진 서부극에 나타나는 배경과도 같았고 우리는 무슨 탐험대와도 같았다.

밭둑 사이에 조그만 도랑물이 흐르고 건너는 돌다리에서 촌색시가 배추를 씻고 있었다. 순진스럽고 아담한 그 자태를 사진 박아 가지고 걸음을 옮기니 저녁 하늘엔 늦은 종달새가 울고 엉기성기 자라난 풀숲에는 팥중이가 날아다녔다.

서운한 하루의 꿈을 남겨 놓고 밤차를 타니 아홉 시가 다 되었다. 청량리에서 내려 전차를 바꿔 타고 서울의 밤길을 뚫고 나갔다. 전차 속의 이야기를 여기에 차마 쓰지 못한 마음과 몸이 가뿐하고 가슴이 시원하여 한 십 년 더 살 목숨이나 얻어온 듯하였다.

—『별건곤』 14, 1928년 7월

덕정역

서울에서 원산까지 경원선 따라 산문여행

⑪

원산
갈마
내회
안변
남산
석왕사
용지원
고산
삼방
삼방협
세포
검불랑
성산
이목
복계
평강
가곡
월정리
철원
신탄리
대광리
연천
전곡
동두천
덕정
의정부
창동
연촌
동경성(청량리)
왕십리
수철리
한강리
서빙고
경성
용산

조선옷을 입은 경원선 측량대 (출처: 조선총독부 철도국, 『朝鮮鐵道史』, 1929 / 서울대학교 중앙도서
관 제공)

★ 덕정 역의 화물 취급 ★

경원선 덕정 역에서는 종래는 화물의 취급을 하지 아니하던 바 그
후 동 역 부근에 발착하는 화물이 많은 바 금후에도 점점 증가할
예상이 있으므로 철도국에서는 오는 10월 15일부터 한 차 급 대화
물의 취급을 개시한다더라.

—『매일신보』, 1916년 9월 23일

기차[火車] (출처: 국립민속박물관 / 『국립민속박물관—National Folk Museum of Korea』, 2009)

 ★　　　　　　　　　　　　**불평**　　　　　　　　　　　　★

너무 심하오!

경원선 덕정 역 우표 파는 곳에서는 조선옷 입은 사람이 우표 사자면 없다 하면서도 양복쟁이에게는 파니 웬 수작이오. (일촌민)

주의 시키겠소.

일이 바쁜 때이니 그랬겠지요. 더욱 사실이라면 이후로는 그런 일이 없도록 잘 주의 시키리다. (덕정 역장 담)

—『동아일보』, 1924년 10월 13일

경원선 덕정 역에서 탈주한 자
첩 만나러 가다 잡혀

 강원도에서 전북으로 호송되던 도중 열차에서 뛰어내려 종적을
감추어 이후 경찰당국에서 각처로 수배하여 엄중 수사 중이던 전북
순창의 강도범인 하영암(河永岩)은 지난 28일 오전 아홉 시에 전
북 김제읍 신풍리 우시장 앞에 있는 담뱃집에서 체포하였다는데 범
인은 처음에는 절대로 부인하다가 필경 자백하였다는 바 체포한 경
로는 어떠한 자가 담배 가게로 들어가는 것을 본 김제경찰서 밀정은
아무리 보아도 수배중인 범인과 인상이 같으므로 곧 본서에 급보하
여 김제서에서는 죄 사법주임 이하 전부가 총출동하여 위 양복을 벗
고 수건으로 머리를 동이고 담배 가게를 포위 습격하여 어렵지 않게
체포한 것이라는데 취조에 의하면 범인은 지난 21일 오후 여덟 시
반경에 열차가 경원선 덕정 역을 떠난 지 얼마 아니 되어 포승을 짊
어진 채로 진행 중이던 열차의 변소 유리창으로 뛰어내려 그날 밤은
산중에서 자면서 수갑 포승을 끌러 버리고 도보로 엿새 만에 김제
에 들어왔다가 잡히게 된 것이라는데 범인이 김제를 오게 된 동기는
그의 사랑하는 첩이 순창에 있으므로 한 번 최후로 만나 작별을 하
고자 순창을 목표로 가던 중이었다고 한다.

―「매일신보」, 1934년 5월 31일

동두천 역

서울에서 원산까지 경원선 따라 산문여행 ⑫

원산
갈마
배화
남산
안변
석왕사
용지원
고산
삼방
삼방협
세포
검불랑
성산
복계
이목
판교
가곡
평강
철원
신탄리
대광리
연천
전곡
동두천
덕정
의정부
창동
연촌
동경성(청량리)
왕십리
수철리
한강리
서빙고
영성
용산

청추清秋의 소요산

박춘파(朴春坡)

가을! 가을!! 맑은 가을!! 달 밝고 바람 찬 가을! 기러기 울고 실솔이
노래하는 가을! 구름이 희고, 잎이 누런 가을. 모두가 결실 아니면 누렇
게 떨어지는 가을! 아, 과연 사나이의 가을이다. 검이 있으면 한 번 어루
만질 만하고 말이 있으면 한 번 달릴 만하다. 등을 친하여 책을 읽음도
가을 사나이의 일거리며 거문고를 뜯으며 달을 농함도 가을 사나이의
할 만한 일이겠다. 그러나 가을이거든 아니 사나이거든 들로 가거라.
산으로 가거라. 바다로 가거라. 그리하여 기껏 고함치며 힘껏 발 굴러
라. 장부의 쾌사는 그에서 비로소 맛볼 것이다 함은 이 나의 주장이다.
가을의 들. 가을의 바다. 가을의 산. 어디로 갈 것인가? 모두가 사랑하
는 단풍을 따라서 모두가 떠드는 소요산을 갈 수밖에 없겠다.

여행에 어찌 동무가 없을까 보냐. 적어도 2, 3인의 손 맞잡은 자는 있
어야 될 것이다. 산행에 어찌 가져갈 것이 없을까 보냐. 못하여도 단장
하나는 들어야 한다. 때마침 동무 있으니, 동덕학교(同德學校) 직원 일동
이며 학생 전반이다. 하늘은 높고 기상한 10월 13일의 미명을 기하여
간단한 행장으로 남문 역에 이르니 준비성 많은 조 선생은 직원 이하

90명 '천진아(天眞兒)'를 영솔(領率)하여 차중을 점령하였다. 늦게 도착한 예를 표하고 미안한 낯으로 고개도 못 들고 한쪽 의자에 외로이 앉으니 인정 많은 선생님들은 "무관계(無關系)", "동석락(同席樂)"을 연하여 말하며 손목을 끌어 '천진국(天眞國)'으로 인도해 준다. 모든 학생은 수줍은 이내로 더욱 수줍게 눈으로 입으로 각기 다른 풍(風)을 보내곤 한다. 차가 구른다. 속도를 가한다. 용산을 지나 서빙고를 지난다.

아, 반가워라. 부상(扶桑) 붉은 해가 남한산 꼭대기로 신수 좋게 비죽이 올라오며 "여러분 밤사이 어떠하십니까?" 하고 인사를 여쭙는다. 밤새도록 잠 못 자고 여행준비에 시달렸던 천진한 손님들은 태양의 빛으로써 새 세례를 받으며 반쯤 미소 띤 얼굴에 도화색을 띠었다. 노란 안개가 침침(沈沈)하여 원산은 보일락 말락 한데 수도국 까만 연기는 기차의 연기와 세를 합하여 맑은 공중을 정복하기에 매우 분주한 모양이다. 두무개 절의 새벽종은 인간의 깊은 잠을 다시금 불러 깨우는데 이 집 저집으로서 물동이 낀 부녀 호미, 낫 든 남자 하나둘씩 보이기 시작한다. 아, 어느덧 한강 일대는 유리세계다. 수정석을 펴놓은 듯하다.

한강 철교 용산 한강 철교의 전경 사진 (출처: 서울역사박물관 / 朝鮮風俗硏究會, 『朝鮮風俗風景寫眞帖』, 1920)

아, 강의 아침 해! 아침 해의 강?! 월야의 강. 강 위의 달과 그 호부(好否)가 어떠할까? 아마도 강의 아침 해는 새 것이며 강의 밤의 달은 옛 것이다. 하나는 사나이 것이며 하나는 계집의 것이다. 이러한 맑은 가을의 이러한 아침 한강의 대자연에 누가 상쾌치 않으랴. 아니 좋은들 어찌할 거냐. 볼기짝이 자연 들먹거리며 노래가 스스로 나온다.

아, 무정하다. 어느덧 그 세계와는 작별이 된다. 아, 외롭도. 이것이 찰나의 미가 아니냐? 아니다. 유정이요 또 영원이다. 그 세계의 반대편에 이 세계가 있고 그 미의 반대편에 이 미가 나타난다. 한강의 붉은 해보다 청량산 수림(樹林)이 오히려 가상하고 자연의 방종보다 인정의 어울림이 더욱 반갑다. 서 선생이 정으로 주는 붉은 감을 받아들이며 조 선생의 진심으로 솟아오르는 교육담을 들을 때에 나의 몸이 얼마나 좋았을까. 박 선생은 이곳저곳을 들어 학생에게 소개하며 전 선생은 삼각산을 쳐다보며 빙긋이 웃는다.

의정부를 지나 덕정을 지나 동두천에서 하차하니, 때는 8시 50분이다. 붉은 해를 가슴에 안고 아침 이슬을 툭툭 차면서 역두를 지나 시중(市中)을 한번 죽 훑어보고 경원선 신작로에 걸음을 놓으니 광풍에 나비 날 듯 '스텝 춤'이 절로 난다. 벼 베는 농부에게 근로의 공을 말하며 목화 따는 촌부에게 따뜻한 도포(溫袍)의 덕을 칭송하면서 조 씨와 더불어 전원의 미를 서로 그릴 때 나의 몸은 어느덧 전원화(田園化) 되고 말았다. 동두천변의 낚시하는 늙은이도 되어 보고 소요산 중의 초부도 되어 보았다. 촌가의 마당에 벼와 기장이 만장함을 보고 저 맑은 언덕의 누런 풀이 가을바람에 언앙(偃仰)함을 볼 때 자유의 낙원이 이곳임을 다시금 느껴졌다. 5리 신작로를 곧장 걸어 맑은 내가 가로 흐르는 곳에서 걸음을 꺾어 돌리니 이게 곧 소요산의 입구이다.

바위를 차며 물을 건너며 한 걸음 한 걸음 들어가니 사위의 경색이 가히 화별경계(畵別境界)다. 오르는 산꼭대기마다 모두 다 단풍인데 푸른 소나무, 푸른 잣나무들이 간간이 구역을 점하여 산 가득 붉고 푸름이 그림 병풍을 두른 듯하다. 기암은 거꾸려져 낙하하는 듯 하며 괴석은 솟아나 하늘을 찌르는 듯하다. 흰 돌과 푸른 이끼에 다람쥐 춤도 참으로 자유의 즐거움이며 맑은 내 돌 계곡에 작은 물고기의 헤엄도 역시 볼거리다. 지팡이를 던지고 돌길에 앉으니 새의 노래와 물소리는 소요(逍遙)의 어수선함이며 붉고 푸름은 소요의 가을 경치다. 조는 취한 듯 서는 어린 듯 서로 능히 말을 이루지 못하고 다만 손가락으로 가리키며 한탄할 뿐이다.

꽤 오래 지나 다시 걸음을 옮겨 구불구불 느릿느릿 들어가니 유출유기(愈出愈奇)며 익가청승(益加淸勝)이라. 세인이 소요를 칭하여 소금강이라 함은 과연 허언이 아니다. 석대가 우뚝 솟은 곳에 7, 80명 처녀 앞서 온 동덕 학생들이 함께 모여 즐거움을 말함은 요대(瑤臺)의 선녀가 분명하다. 걸음을 좇아 층층한 돌길을 넘어 오르니 이게 곧 소요산의 명승인 원효대(元曉臺)다. 좌우가 모두 백 자의 언덕이며 앞이 또 천장의 깊은 연못인데 비류분서(飛流噴犀)하여 낭떠러지에 떨어짐은 흡사 선녀가 흰 베로써 낭떠러지를 재는 듯하다. 은구슬을 뿜는 듯 옥가루를 흩뜨리는 듯 노을이 일기 시작하는데 소나무는 고개를 숙여 하례하며 단풍은 우러러 칭송한다. 표연한 대 위에 우연히 우두커니 서서 원효대사의 지나간 일을 그윽하게 느끼는 우리의 일행은 선생의 도통(道通)을 다시금 말하게 된다.

원효대는 원효대사의 도통처(道通處)다. 대사, 일찍 과천 삼막사에서 친한 벗 되는 의상법사, 윤필거사와 더불어 도를 닦다가 후에 소요산의 이곳으로 도장(道場)을 다시 세웠다. 대사가 그윽히 바라되 백일기도면 관음의 진상(眞像)만을 가히 볼 수 있으리라. 백일 기원에 만약 관음의 진상을 못 보게 되면 만리만사, 모두 허위라. 나, 구구히 살지 아니하리라. 반드시 천애 절벽에 낙하하여 넋도 육신도 영원히 사라지고 그만두리라 하였다. 소원대로 대사, 하루하루에 지극한 정성으로 기도를 드릴 때 백일이 다 되도록 별로 영험이 없는지라 관음보살은 그림자부터 나타나지 않는지라. 스스로의 탄식의 극에 낙망이 되어 만사 허위임을 통설(痛說)하고 결연히 일어나 단연히 언덕 꼭대기에 서니 육체는 이미 공중에 낙하하는 바로 그때 부지불식중에 신이 떠받치고 불이 감싸 관음의 진상(眞像)이 완연히 나타나며, "원효여 어찌 그리 급한가" 하는지라. 대사 문득 깨달으니 몸은 대 위에 의연히 섰는데 심신이 통쾌하여 만사천리를 꿰뚫어보겠는지라 이에 관음에게 합장례를 바치고 대에 내려와 사원을 지으며 도제(徒弟)를 모으니 원근의 승려가 구름 모이듯 대사의 문으로 나아왔다더라.

원효대사의 수도담은 이에서 그치고 다시 대를 내려와 계곡을 건너 또 돌길을 넘으니 사위 석벽이 철통과 같은데 묘한 절 속 절 자재암(自在菴)이 눈앞에 보인다. 한 걸음에 목적지로 향하여 절 안을 한 번 죽 훑어보고 원효굴에 들어가 원효 약수를 먹어보고 다시 원효폭포에 눈빛이 아찔하고 두려웠다. 소년소녀의 가운데에 끼어서 단풍을 꺾으며 돌을 굴리며 이윽히 완상하다가 어떤 승려의 소개로 절밥과 산나물로 배를 불리고 석양을 향하여 걸으니 소요동(逍遙洞) 하늘이 모두 우리의 하늘 같다.

소요산은 원효의 산이며 자재암도 원효의 암이다. 굴도 원효굴 폭포도 원효폭이다. 바람(楓)과 소나무, 바위와 돌이 모두 원효인 듯하다. 아, 거룩한 원효이시어, 우리 일행은 원효화가 아니 되었을지?

—『개벽』5, 1920년 11월

전곡 역

서울에서 원산까지 경원선 따라 산문여행

13

원산
갈마
배화
안변
남산
석왕사
용지원
고산
삼방
삼방협
세포
성산
검불랑
이목
복계
평강
가곡
월정리
철원
신탄리
대광리
연천
전곡
동두천
덕정
의정부
창동
연촌
동경성(청량리)
왕십리
수철리
한강리
서빙고
경성
용산

선녀 앉았던 '선바위'

포천 일기생(一記生)

경원선 전곡 역에서 한탄강을 건너 동남간으로 한 오리쯤 걸어가면 법수동이란 동네가 있다.

이 동네에서 멀지 않은 뒤 골짜기에는 기암과 괴석이 여기저기 벌려져 있고 층암절벽이 깎아지른 듯한 조그마한 산이 있는데, 이 산중허리에 '선바위(立巖)'라는 이상한 바위가 있다. 바위의 주위는 십여 척 가량이고 높이는 삼십여 척이나 되며 바위꼭대기는 밑동보다 점점 넓어져서 4~5인이 넉넉히 둘러앉을 만하게 되었다. 그런데 바위가 산허리 절벽에 우뚝 솟아있는 고로 산 밑 지면에서 쳐다보면 몇 십 길이나 되는지 알수 없어 하늘을 찌를 듯이 높이 솟아있다. 그리고 앞으로는 맑은 시냇물이 흘러가고 좌우 산에는 창창한 소나무가 울창하여 경치로 보아서도 한번 찬양할 만하지만 더욱이 여기에는 옛적부터 전하여 내려오는 슬프고 재미있는 전설이 있다.

몇 천 년 전 어느 따뜻한 봄날이다. 날은 따뜻하고 천기는 명랑한데 먼 산에는 아지랑이가 아물거리며 새들이 노래하고 들에는 꽃이 피어서 벌과 나비가 춤을 추며 모여들었다. 어린 아이들은 손목을 마주 잡고 들판으로 다니면서 아름다운 꽃도 따고 나물도 뜯으며, 젊은 남녀들은 춘흥을 못 이겨서 취한 듯 미친 듯 새로 피어 나오는 꽃송이에 입도 맞춰보고 아름다운 새의 노래를 가만히 앉아 들으면서 사랑을 속삭이기도 할 때였다.

어느 날 이 선바위 위에는 녹의홍상(綠衣紅裳)으로 곱게 단장한 미인이 옆에 바느질그릇을 놓고 섬섬옥수를 놀려서 무엇을 꿰매면서 가끔가끔 사면의 아름다운 경치를 구경하고 있었다. 이야말로 천상의 선녀가 인간의 춘색을 탐내어 이 바위 위에 내려와서 사면의 아름다운 경치를 바라보며 바느질을 하고 있었던 것이다. 얼굴은 백옥 같고 머리는 삼단 같은데 그의 화용월태에는 반쯤 미소를 띠우고 앉아있는 자태는 누가 보든지 일거일동에 심신이 황홀하였을 것이다.

이때 마침 이 근처에서 힘세고 인물 잘난 호걸남자인 이사랑이라고 하는 사람이 이곳을 지나다가 바위 위에서 바느질하는 이선녀의 자태를 보고 심신이 황홀하여 흠모하기를 마지아니하였다. 그의 고운 얼굴과 머리와 손 그리고 그의 입은 옷 무엇 하나 어여쁘고 찬란하지 아니한 것이 없었다. 그리하여 이사랑 역사는 정신없이 서서 그의 아름다운 자태에 완전히 자기의 의식을 잃고 마음을 진정하기 어려웠다. 급기야 사랑은 불꽃같이 타오르는 정욕을 억제치 못하여 단박에 뛰어올라가서 껴안고 싶은 생각이 불처럼 일어나서 바위를 향하여 뛰어 올라갔다. 그러나 아무리 힘세고 날래기로 유명한 역사일지라도 십여 길이나 되는 높은 바위 꼭대기를 올라갈 수가 있었으랴?

뛰어 오르려다가는 미끄러지고 미끄러져서는 또 뛰어올라서 무수히 애를 썼으나 드디어 목적을 달치 못하고 초조하던 끝에 한가지의 계교를 생각하였으니 그것은 도끼로 이 바위를 찍어 넘어뜨리고 죽더라도 따뜻한 품에나 안겨보고 같이 꼭 껴안고 죽을 결심을 하였다. 그리하여 허둥지둥 도끼를 가져다가 바위를 깎아내기 시작하여 바위가 거의 반이나 깎여졌을 때에 바위 위에서 이 거동을 보고 있던 선녀는 필경 자기의 신변이 무사치 못할 것을 깨닫고 무서운 생각이 들어갔다. 그리하여 겁결에 미처 행장을 수습할 사이도 없이 바느질 하던 채로 그냥 반지그릇과 가위 등속을 내버리고 구름을 타고 하늘로 올라갈 준비를 하였다.

도끼로써 열심히 바위를 깎던 이사랑 역사가 바위 위를 쳐다볼 때에는 때는 이미 늦고 선녀가 바위를 떠나서 중천에 높이 솟아올라가고 있는 때였다. 죽을 힘을 다 들여서 열심히 바위를 깎던 이사랑 역사는 이 광경을 보고 극도로 낙망한 나머지에 그만 도끼를 집어던지고 미칠 듯이 날뛰면서 하늘을 우러러 탄식하며 부르짖기를 마지아니하였다. 그러나 아무리 탄식하고 부르짖은들 무슨 소용이 있으랴?

얼마 동안을 울고 부르짖던 이사랑 역사는 그만 정신에 이상이 생겨서 이리저리 헤매다가 그 앞에 고요히 흐르는 맑은 시냇물에 풍덩실 몸을 던져 빠져 죽고 말았다 한다.

이 얼마나 애처롭고 슬픈 비극이냐? 천추만세에 한을 품고 원혼이 된 이사랑은 지금도 이 근처에서 헤매며 울고 있을 것이다.

몇 천 년을 지난 오늘날에도 층암절벽에 우뚝 솟아있는 선바위에는 그때 이사랑 역사가 도끼로 찍던 흔적이 그대로 남아있어서 밑둥이 거의 반이나 잘라져서 넘어갈 듯이 보이고 바위 위의 선녀가 두고 간 반지그릇과 가위 등속은 수천 년이라는 오랫동안에 바람과 비에 갈리고 쓸려 없어졌으나 선녀가 앉아있던 자리와 반지그릇이 놓여있던 자리만은 수천 년 후인 오늘까지도 남아있어서 수천 년 전의 오랜 역사를 증명하는 것 같이 보인다.

—「동아일보」, 1932년 6월 19일

연천역

서울에서 원산까지 경원선 따라 산문여행

14

원산

갈마
배화

안변

남산
석왕사
용지원
고산

삼방협
삼방
세포

검불랑
성산

이목
복계
평강
가곡

월정리

철원

신탄리
대광리

연천

전곡

동두천
덕정

의정부
창동
연천
동경성(청량리)
왕십리
수절리
한강리
서빙고

경성

용산

영평 명승지 한탄강 영평(永平)의 명승지로 경원선 전곡역 인근에 있는 한탄강(漢灘江)의 풍경사진이다. 영평은 경기도 포천 지역의 옛 지명으로, 이 지역의 8곳의 절경을 영평팔경(永平八景)이라 부른다. (출처: 서울역사박물관 / 朝鮮風俗研究會, 『朝鮮風俗風景寫眞帖』, 1920)

큰 숲 주인人林: 횡행하는 연천

특파원

봄날이 화려하게 개인 십육 일이다. 단 하루 동안이었으나 무엇인지 모르게 정이 들은 포천을 여의고, 반월성(半月城) 밑을 돌아다보고 또 보면서, 무릎고개, 군역골, 밤모트, 한탄천을 넘고 또 건너서, 전곡 역에서 저녁을 먹고 그 밤에 연천읍으로 갔다. 산(山)자 봇짐을 지고. 짚신에 신들메에, 오십 리의 산길을 걷는 역로(歷路)의 감상은 이루 말할 수가 없거니와, 이 동리에서 저 동리에 들어가는 망건 쓰고 지게 진 어른에게 농촌생활의 슬픈 이야기를 들을 때, 길가 도처에 나물 캐고 꽃 꺾는 도련님, 색시들의 그 허브럭한 머리와 컴컴한 얼굴을 볼 때, 나 목석이 못 되었거니 어찌 마음의 평형을 지탱할 수가 있었으랴. 가던 길을 쉬고 그네와 같이 잔디밭에 주저앉아, 이러니저러니 이야기를 교환하다가 감상이 극에 달하면 그의 손을 잡고 그의 무릎에 내 머리를 숙일 때, 그러다 다시 흩어져, 저로부터 먼저 나를 향해서 "그럼 평안히 가시오."하는 인사를 받을 때, 아아 나는 몇 번이나 정신이 없었던가. 죽어가는 농촌을 붙잡고…… 나는 이럴 적마다 단천의 이성환 형을 연상하지 않을 수 없었다.

각설하고 연천은 대읍이라, 땅 넓이는 육십삼 방리로 포천보다 크지 못하나, 전답은 이만 육천구백여 정보, 도내의 제2위로서 특히 밭이 많은 바 (답은 불과 육천여 정보) 여기에서 나는 대두는 도내에서 유명하며, 또 포천과 아울러 양잠이 왕성하다. 주민은 조선인이 일만 사천여 호에 칠만여 명, 일본인이 일백 이십여 호에 근 삼백 명, 우리 사람들의 성질은 강원도와 인접하여, 특히 순후무신경(純厚無神經)한 바 일본인 잘살기에는 퍽 적당한 곳이다. 물론 교통의 관계도 있겠지만 그 산읍에 백호 이상의 일본인이 산다는 것부터 벌써 알 만한 일이며, 특히 이 골은 감옥산(紺獄山)을 위시한 풍성한 천연 임야가 있어 이윤 원천이 무진한데, 이것은 벌써 미스비시(三菱) 회사가 오천 정보를 예전에 취한 것을 위시하여, 이다(飯田), 이노우에(井上) 등 몇 명 일본인이 대부분 이미 점령한 바가 되어 수천 년래로 그 땅을 지키고 내려오던 연고 주민들은 나무 한 까치를 얻어 꺾을 수가 없게 된 바, 가끔 고취자(古取者)와 주민과의 충돌이 일어나, 민정이 소란한 중, 더욱이 미스비시, 이다, 이노우에 등 그 자들은 삼림 간수원을 여러 곳에 두어 가지고, 경찰관원 이상으로 주민을 압박, 구타하는 등의 사형(私刑)을 감행하되, 심한 자는 부녀를 욕되게 하는 일이 빈번하나 경찰은 이를 묵인하는 바 그 노력을 막을 자가 없다고 한다. 얼마 전에도 그 곳 감옥산을 대부한 자가, 그곳 연고 민중 여편네들이 산중 동백나무 열매를 딴다고, 이것조차를 늑금(勒禁)하여, 문제가 된 바, 이 탓 저 탓 하여, 군청으로부터 그들 큰 수풀의 주인을 불러서, "당신들, 원주민에 대해서 좀, 너무 심하게들 해주지 마십시오." 한즉 그들은 도리어 자가(自家)의 권리가 당당한 것만을 주장하며, 동백나무 열매를 따게 하면, 나뭇가지가 상하니까 도저히 허할 수가 없다 하다가, 그 가지가 좀 상하더라도 주민이 그로 하여 다소나마 좀 생활을 보태게 되면 그 또한 인덕이 아니냐 한즉, 정말 그렇게 말썽이 되면, 그 동백나무를 아주 베어버린다고, 제 편에서 도리어 의기양양하게 말하였다 한다. 이놈, 열매를 따지 못하리라 할 때에는, 나뭇가지가 상하니까 못한다고 하다가, 그 입으로 다시, 정말 그러면 그 나무를 통째로 베어 없애겠다고 하니, 과연 얼마나 포악한 심사냐. 죽을 것은 조선사람, 그 중에도 무산자(無産者), 그래도 대중은 오히려 이것을 모르고, 취몽(醉夢)에 정신이 아득하다.

연천은 본래 곡물의 산출이 많은 곳이라, 부자도 꽤 많고, 특히 신읍의 대두 무역상은 유명한 듯하다. 공익사(共益社)의 출장점까지 있다. 그러나 이런 축의 부호자 류는 대개로 촌민 이상으로 무지하고, 일본인 주민 못지않게 야박하여, 공익사업이라 하면 원수만큼 알면서도 부랑, 음유에는 정신이 뒤집혀서 연천의 부랑자는 가까운 읍에 유명한 것이며, 최근에도 손모인가 무엇인가 하는 부자는 무당 불러 굿놀이 하느라고 삼백 원을 지출하였다던가. 망할 놈은 어서 망하여라. 그래야 끝이나 속히 나지.

사회적 단체로는 그 전에 연천 청년구락부라는 것이 잠시 생겼으나, 어느 틈에 없어지고, 기독교회가 몇 해 전에 들어와, 십여 처의 예배당을 지었으나 그 실제 활동에 있어서는 별로 볼 것이 없고, 오직 나이든 목사 이화춘 씨와 그의 자식 이태산 군을 위시한 몇 사람 청년이 고성(孤城)을 지키고 있을 뿐이다.

대개 서북이나 삼남지방을 다녀보면, 사회 측이 늘 한 걸음 앞서고 늘 주장이 되는데, 서울 인근 지방은 대개로는 관청이 최상급이 되는 모양이다. 유식인(有識人)도 유지인(有志人)도 있다면 관청에 있는 모양이다. 포천은 그래도 모르겠더니 연천은 확실히 그러하다. 연천 군수 허섭 씨에 대하여는, 그 골 사람 누구를 만나도 좋다고 한다. "우리 군수는 참 똑똑합니다. 무엇이든지 안타까이 여기려고 하지요." 이것은 만구일담(萬口一談)이다. 포천과는 정반대다. 나 역시 잠깐이나마 대해 보니 사실 그런 것 같았다. 그리고 이 고을 왕택면장 이종성 씨와 같은 이는 심히 숙성(熟誠)있는 사람이다. 그는 그 군의 모범면장으로 이름이 있거니와 그가 주민교육을 위하는 남다른 지성(至誠)에는 누구나 감응하지 않는 사람이 없다.

명승고적으로 적성 감옥산 산정에 당나라 장수 설인귀의 비가 있는데, 산복(山腹)의 암굴은 설씨가 혈거(穴居)하던 곳이라 하며, 미산면의 옹현(雍峴) 전장은 임진난에 명나라 장수 이여송이 일병과 더불어 악전(惡戰)하던 곳이며, 군내면 고문리에 있는 재인폭(才人瀑)은 현류(縣流) 수십 척, 폭포 밑에 깊은 못이 있고, 못의 주위는 풍경이 아주 그윽하며, 동막리의 풍혈(風穴)도 한번 구경할 만한 곳이다.

최후로 한마디 할 것은 연천군 전곡에 대한 것이니, 여기는 본래 도기(陶器)의 산출로 유명하던 바, 경원선 개통 후로 정차장이 되며, 따로 새 시가가 지어져서, 구전곡(舊全谷)과 상대(相對)하게 되었는데, 호수(戶數)가 약 구십 호, 곡물, 잡화의 매매가 자못 성하며, 기독교회가 있고 개량 서당이 있다.

—『개벽』 47, 1924년 5월

Сурин.

Набер... Сунгари.

대광리 역

서울에서 원산까지 경원선 따라 산문여행

15

원산
갈마
배화
안변
남산
서왕사
용지원
고산
삼방
삼방협
세포
성산
검불랑
이목
복계
평강
가곡
월정리
철원
신탄리
대광리
연천
전곡
동두천
덕정
의정부
창동
연촌
동경성(청량리)
왕십리
수철리
한강리
서빙고
용산
경성

지주의 직접행동
— 반이나 익은 소맥小麥을 베어버림

경원선 대광리 역 철도 용지를 경작하는 한동인(韓同仁) 씨 외 2인이 경작하는 4천 평 가량의 밀보리 밭에 철도국 복계 보선구(保線區)에서 지난 5월 27일에 소원을 파송하여 불원간 성숙될 밀보리를 모조리 베어버리고 그 외에도 봄보리와 밀이 아직 이삭 나오지 아니한 것 수천 평은 이삭이 나오면 베어버리리라고 말한다 한다.

그 이유는 매평 1전씩의 선도조(先賭租)를 매년 받던 바 금년은 지금껏 선도조를 내지 않는다 하여 그와 같이 불원간 먹게 될 보리를 베어버린 것이라는 바 피해 소작인들이 억울해 하는 것은 말할 것도 없고 부근 주민들이 모두 그 무리한 폭거에 분개치 않는 사람이 없다.

○ 피해자 모씨 이야기

–곡가가 고등할 때에도 매 1전씩이면 별로 이(利)가 없었는

1912년 4월에 촬영한 경기도 연천 차탄리(車灘里) 인근의 궤도부설공사 광경. (출처: 서울역사박물관 / 朝鮮總督府鐵道局, 『京元線寫眞帖』, 1914)

데 곡가가 침락한 이때에 매평 1전씩 선도조로 하면 어림없이 밑지므로 도조를 덜 받든지 그렇지 않으면 가을에 받든지 하여 달라고 하였더니 그와 같이 다 먹게 된 곡식을 함부로 베어버렸습니다. 이런 분한 일이 어디 있습니까? 관공서에서 목도한 일이므로 그 처리를 기다려서 태도를 취하려 합니다. 운운.

보선구 폭거에 대하여 기자가 복계 보선구를 방문한 즉 주임은 마침 출장 중이고 대리로 나카미(仲見) 씨가 다음과 같이 말하였다.

○ 보선구 주임 대리 이야기

－대광리 역 철도 용지는 오토후지(乙藤) 군이 직접 관리하므로 본구에는 관계가 없습니다. 다 먹게 된 곡식을 베어버리기까지 된 데에는 상당한 이유가 있겠지요만 그러한 일이 생긴 것은 유감이올시다.

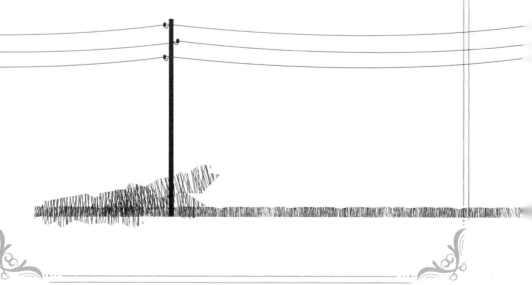

-차지(借地) 계약은 매년 말로써 종료되는 바 대광리 역 철도 용지에 대하여
는 금년에는 차지 계약이 성립되지 아니했으므로 작년 경작자가 전연 관계가
없습니다. 그러므로 작물의 처분은 보선구의 자의로 할 수 있고 만일 경작자
로서의 항의가 있다 할지라도 성숙하기 전에 처분하는 것이 문제를 축소시키
는 것이라고 생각하고 그같이 처분한 것이요 조금 못다 벤 것은 당일에 인부
가 부족하여 남긴 것입니다.

○ 이에 대한 신문 논설

노자쟁의, 지주대소작의 쟁의 등에서 우리는 약자의 직접행동, 폭력행위를
왕왕 듣게 된다.

그것은 현재의 제도 하에서 합법적 운동으로서 그 소기의 목적을 급속히 도
달할 가망이 없다고 생각할 때에 그들로 하여금 그 같은 직접행동에 나가게
하는 것이다.

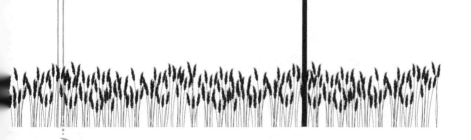

이에 대하여 자본가와 지주는 국가를 통하여 이를 대항할 만한 종종의 법률을 규정하여 합법적으로 이 같은 직접행동을 탄압하고 있으니 지배계급에 있어서 합법성이란 절대로 신성시되는 것이다. 이제 만일 지배층이 스스로 지어 놓은 합법의 신성을 파괴하고 직접행동에 의하여 약자를 대하게 된다 하면 이야말로 모든 질서를 무정부적 상태에 두어 자기 손으로 자기 집의 주춧돌을 빼는 우거(愚擧)라고 할밖에 없는 것이다.

경원선 대광리 역 부근의 철도용지의 관리자 모(某)는 소작인들의 경작한 소맥을 이미 그 작물이 반숙(半熟)한 금일에 돌연히 인부를 사서 전부 예기(刈棄)했다고 한다. 이것은 확실히 하등 법률상의 근거가 없는 폭력행위라 할 수밖에 없다. 지주는 소작인과 대항함에 있어서 소위 "입입(立入) 금지", "입모(立毛) 차압", "계약해제" 등의 합법적 무기를 가졌고 소작인의 직접행동을 제어하기 위하여서는 "폭력 취체령" 같은 철권을 가지고 있다. 이러한 합법적 무기만으로도 얼마나 한 절대적 권력을 발휘하고 있다는 것은 각지의 소작운동이 이를 증명하고 남음이 있다. 그러하거늘 이제 대광리의 이 지주는 실로 난폭하게도 소작인의 경작물을 지주라는 권력을 믿고 예기했으니 만일 자리를 바꾸어 소작인이 이러한 행동을 감행했다고 하면 즉시 폭력행위취체에 의하여 법의 제재를 받았을 것이다.

이 지주 오토후지(乙藤) 모 군은 법률적 상식을 자랑하는 모양이다. 비록 소

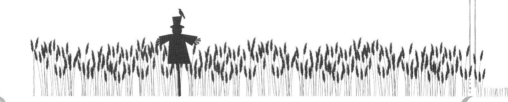

작인들이 작년의 경작자라 할지라도 금년에는 선도조 문제로 아직 계약을 체결 아니했으니 차지 계약은 매년 말로 소멸된 것이요, 현재의 지상 작물은 지주가 임의 처분할 수 있다고 호언한다. 그러나 현재의 경작자인 소작인이 비록 소작권이 없다 할지라도 점유권이 있다는 것을 그는 잊어 버렸는가. 그는 점유권자의 승낙이 없이 이것을 훼기 손상한 죄로 마땅히 손해를 배상할 의무가 있는 것이다.

이같이 이 지주는 민사상으로는 배상의 의무가 있고 형사상으로 폭력죄에 해당하되 아마도 그 두 가지가 실현될 가능성은 다 없을 것이다. 첫째로 소작인들은 민사재판을 진행할 금력과 세력이 없고 둘째로 폭력행위에 대한 법률의 적용이 여기까지 미치도록 해석의 습관이 서지 아니한 모양이다.

따라서 이 문제는 법률적으로 논평함에 그칠 문제가 아니다. 이 조그만 사건의 배경에는 현 자본적 사회의 전경이 떠오르는 것이다. 수억의 황금이 은행의 창고에 있으되, 전황은 하루하루 심해 가며 수만의 쌀·보리가 세계의 창고에서 썩어가되 기아 선상에 헤매는 사람이 날로 늘어가는 금일의 세계의 모순상의 표상으로 반 남아 익어가는 밀밭을 베어버리는 것이 좋은 하나의 축도다.

그 밀 몇 이삭은 오토후지 군에게 있어서는 자기의 권리를 주장하는 하나의 기구가 됨에 불과했지만 그 소작인들에게는 기아를 내다보는 하나의 저주가 되어버린다. 이러한 불합리는 그대로 방임할 것인가.

—『동아일보』, 1931년 6월 10일

신탄리 역

서울에서 원산까지 경원선 따라 산문여행

16

전차 동대문 문루에서 바라본 종로 사진. 1899년 종로를 운행하기 시작한 전차는 오랫동안 경성 교통의 큰 몫을 차지한 시민의 발이었다. 처음에 전차노선은 일본인 중심지로 확대되어 황금정선과 용산선이 신설되었다. 1925년 조선총독부 청사 신축과 더불어 북촌 노선들이 신설되었으며, 1936년 부역 확장 이후에는 마포선, 동소문선, 돈암정선 등 외곽 노선들이 추가되었다. (출처: 서울역사박물관 / 日韓書房 · 日之出商行 · 海市商會,『朝鮮風景人俗寫眞帖』, 1911)

★ 전차사고 ★

철원군 외성면 신탄리 김자홍(金子弘, 50)은 지난 5일 오후 11시에 경성에 와서 처음으로 전차를 타고 황금정으로부터 종로 네거리에서 전차가 채 정거되지 않았는데 뛰어내리다가 넘어져 바른팔과 손에 유혈이 낭자한 찰과상을 당하였다고 한다.

—『매일신보』, 1923년 6월 7일

□ 경기도 연천군 신탄리 역 철도 중단점

철도중단점
The Northernmost Point　鐵道中斷點
철마는 달리고 싶다
We want to be back on track

사진제공 : 한국관광공사(한반도관광센터 비켄)

북상 길을 치닫던 철마는 북녘 땅을 눈앞에 두고 멈췄다. 경원선 철도 중단점 신탄리역.

'철마는 달리고 싶다'는 입간판이 통일의 염원을 안고 서 있는 역 구내는 분단의 비극과 긴장이 함께 서려 있다.

서울 성북역을 떠난 완행 열차가 1시간 40분이면 닿는 거리에 20평 남짓한 역사는 한을 품은 듯 자리잡고 있다.

"여기가 휴전선 이남의 마지막 역입니다. 가고 싶어도 더 갈 수 없어요." 이종근 역장(57)은 말끝을 흐린다.

서울에서 철길로 70.6킬로 떨어진 경기도 연천군 신서면 대광2리. 여기서 산모퉁이 하나를 더 올라 9.5킬로 북쪽이 남방 한계선. 경의선 철도 중단점이 있는 문산 역보다 위도상으로 40여 킬로나 더 북쪽이다.

인근에 드문드문 자리잡은 군 부대의 초병, 포신을 북녘

철원역 구내의 금강산 전철 모습. (출처: 조선총독부 철도국, 『朝鮮鐵道四十年略史』, 1940 / 서울대학교 중앙도서관 제공)

으로 향한 채 위장된 탱크의 모습이 이같은 긴장을 더해준다.

신탄리 역은 남한의 최북단 역이자 민간인이 자유스럽게 타고 내리는 마지막 역이기도 하다.

"건너편 산에만 올라도 북쪽의 대남 확성기 소리가 들려 기분 나쁠 때가 한두번이 아닙니다. 선전 자체가 터무니없는 것이라 역겨워요."

이 역장의 말이다. 접적 지역임에도 불구하고 열차 운행은 후방의 어느 시골역보다 잦다. 하루 승객 500명.

용산 역과 성북 역에서 떠나는 완행 열차가 상오 5시부터 하오 8시 30분까지 1시간 꼴로 바쁘게 오간다. 32 왕복열차를 이용하는 승객은 요즘 하루 평균 500여 명으로 매표액은 9만여 원 정도밖에 안 된다. 승객은 주민과 면회 오는 군인 가족이 대부분. 운행 횟수가 잦은 것은 주민들이 15킬로 떨어진 연천까지 버스보다 열차를 많이 이용하기 때문이다.

그러나 봄가을 두 차례만은 대도시의 어느 역보다 더 많은 승객이 몰려 붐빈다. 함경도 도민회가 대마리 철책선 부근에 건립한 통일탑에서 북녘 땅에 두고 온 부모형제의 제사를 지내기 위해 한꺼번에 몰려오기 때문.

"열차마다 70~80명씩 타고 옵니다. 전세버스 편으로도 몰려와요." 이상순 (李相淳, 52세, 재향 군인회 신탄리 사업소) 씨는 그때마다 분단의 쓰라림이 뼈에 사무친다고 말한다.

동족상잔의 비극 끝에 분단의 상징으로 남아 있는 신탄리 역. 그러나 6·25 동란 전까지만 해도 이 역은 금강산으로 들어가는 즐거운 길목이었다.

"1912년 10월 21일 연천 철원 간 선로가 부설 되면서 역사가 문을 열었어요. 해방 후 보통 역으로 승격 됐는데 남쪽 사람들은 9.5킬로 떨어진 철원까지 가서 금화를 거쳐 내금강으로 들어가는 자동차를 탔습니다." 몇 명 남아 있지 않은 이 동네 토박이 이순경(李淳敬, 72세, 연천군 신서면 대광2리 5반) 할아버지는 "그러나 지금은 밀고 밀리는 전쟁의 와중에서 주민의 생활은 뿌리째 뽑혔다."고 말한다.

38 이북이었던 이 지역 주민들은 동란과 함께 뿔뿔이 흩어졌다. 숯을 굽고 임산물을 채취하던 주민들은 군이 작전상 산림을 베어버려 민통선 북방 수복 지구의 기름진 철원 평야의 옥답을 일구는 일로 생업을 바꿨다.

이들은 아침 일찍 자전거나 경운기로 수복 지구에 들어가 논밭을 일구고 하오 5시쯤 집에 돌아온다. 한 사람이 평균 5~6,000평의 농사를 짓고 있으나 자신의 땅을 가진 사람은 10여 명 안팎.

"소출이 좋은 데다 철통 같은 방위 태세가 미더워 생활은 후방 못지않게 편합니다. 그러나 마음이 어딘지 비어 있는 느낌은 버릴 수가 없어요. 남북회담이 열릴 때마다 그리운 고향땅을 밟아 보리라는 기대로 가슴이 부풀지요."

북쪽의 역명이 빈칸으로 남아 있는 역명판(驛名板), 역 플랫폼 400미터 북쪽에 시야를 가로막은 철도 중단 표지판. 이 할아버지는 "죽기 전에 막힌 저 길을 가고 싶다."고 말했다.

—『경향신문』, 1985년 3월 30일

철원 역

원산

갈마

배화

안변

남산

석왕사

용지원

고산

삼방

삼방협

세포

창산

검불랑

이목

복계

성강

가곡

월정리

철원

신탄리

대광리

연천

전곡

동두천

덕정

의정부

창동

연촌

동경성(청량리)

왕십리

수철리

한강리

서빙고

경성

용산

철원읍 (출처: 서울역사박물관 / 朝鮮總督府鐵道局, 『京元線寫眞帖』, 1914)

본보 당선 소설 「성황당」을 영화화
★ ─반도 영화사의 제2작품, 촬영지는 철원 금학산중─ ★

　　『한강』을 제작하여 조선 영화계에 새로운 경지를 개척한 반도영
화제작소에서는 제2회 작품의 준비에 착수하여 오던 중 본사 작년
도 신춘문예에 일등 당선된 신진 작가 정비석 씨의 당선 작품「성황
당」을 각색하여 제작하기로 결정되어 감독 방한준 씨와 각색자 이
익 씨는 얼마 전 로케지 헌팅을 마치고 돌아왔는데 강원도 철원
금학산(金鶴山)을 중심으로 로케를 개시하리라는 바 이번 작품을
촬영하기 위하여 현재 일본 신흥 키네마의 촬영 기사로 있는 김학성
씨가 특히 카메라를 담당하여 새로운 경지를 개척하려고 하며 출연
자는 이미 조선 영화 배우계의 명성을 망라하였다고 하며 로케 현
지로는 금명간 출발하여 약 2주일간의 로케를 행하리라고 한다.
　　　　　　　　　　　　　　　　　　　　─「조선일보」, 1938년 10월 25일

산은 옛 나라의 천년 한을 품었고

山含古國千年恨(산함고국천년한)

구름은 장공의 만고 근심을 안았도다

雲抱長空萬古愁(운포장공만고수)

강추백(姜湫伯)의 철원 회고시다. 철원은 태봉국 궁예의 고도다. 옛 이름은 철원(鐵圓), 철성(鐵城), 동주(東州)요, 철원(鐵原)이라 칭하기는 고려조 충선왕 2년부터 시작하였다. 위치는 강원도 서북부에 있으니 동은 금화 북은 평강, 서는 이천, 남은 경기도의 포천, 연천 양 군을 접하였다.

지세는 경기도와 경계를 그은 금학산맥(金鶴山脈)이 군내에 연긍(連亙)하여 굴곡이 많으나 북부 일대는 일대 평야를 이루어 평강평야와 요요상린(遙遙相隣)하였다. 산악으로 중요한 것은 금학(金鶴), 명성(鳴城), 보개(寶盖), 고대(高臺), 화인봉(化人峰), 고암(高巖), 효성(曉星), 영경(靈景) 등이니 그중 금학이 가장 높고(947미터) 하천은 모두 임진강 지류에 속한 것이니 역곡(驛谷), 한탄(漢灘), 남대(南大), 거탄(車灘) 등 천이 중요한 것이다.

행정구역은 10면, 60동리로 나뉘고 면적은 54방리, (그중 경작지 30,993정보) 호수는 2,499호,(일본인 207호) 인구는 58,221명(일본인 571명)이다.

교통은 군내 1, 2의 판로를 제한 외에 대개 평탄하고 미구에 개통될 금강산 전기철도가 경원선과 연락되면 운수교통

에 극히 더 편리하여 면목을 일신할 것이다.

시가는 상점이 즐비하고 또 근일에 전등이 가설되어 불야의 성을 이루었으며 산업은 평야가 많으므로 농업, 목축업이 비교적 발전되고 잠업도 또한 발달되었으니 저 유명한 철원주(鐵原紬, 연간 2,585필, 28,380원)와 철원태(鐵原太, 연간 18,063석) 철원소(鐵原牛, 연간 총 매매 액수 7,869)는 본군의 특산으로 내외 시장에서 회자한다.

교육기관은 보통학교 3, 일본인 소학교 1 외에 사립 봉명학교(鳳鳴學校)가 있으니 이 봉명학교는 거금 17년 전 즉 융희 2년 6월 3일에 당지 청년 독지가 이봉하(李鳳夏) 군이 설립한 바로, 허다한 풍상을 거친 이후에 남감리 교회에서 약간의 보조를 받아 유지하는데 생도 1,808인, 학급 6으로 복식 수업을 실시하고 또 남녀가 공학한다. 명소 고적은 역시 많으나 중요한 것을 들면 다음과 같다.

용화폭포(龍華瀑布)

일명 삼부락(三斧落)이니 읍에서 동쪽 5리 갈마면 용화산(龍華山)에 있다. 길이 10여 척이요, 삼층의 암석이 요함(凹陷)하여 대부형(大斧形)과 같은 고로 삼부(三斧)라 이름하였으니 경개가 절승하다.

순담(蓴潭)

읍동 3리 갈말면 도덕탄(道德灘)에 있으니 기석괴암이 병치하고 한 가닥 청류가 그 사이를 통한다. 거금 약 300여 년 전에 김상모(金相某)가 바위를 뚫어 한 못을 만들고 부들을 심었으니 지금에도 이것이 난다.

도피안사(到彼岸寺)

읍동 25정 되는 동송면 관우리에 있으니 일명 피봉사(彼奉寺)요, 또 이름하여 도피(到彼寺)다. 거금 1500여 년 전에 주조한 철불이 있어 높이 3척 5촌여요 뒷면에 함통(咸通) 6년이라 새겼다. 전 앞에 5층 석탑이 있으니 차역 같은 대의 유물이라 한다.

심원사(深源寺)

읍의 서남쪽 5리 신서면 보개산에 있으니 산고수청(山高水淸)하고 수목이 울창하여 가을 단풍잎의 경치가 절승이다.

고석정(孤石亭)

읍의 동남쪽 3리 허안석(許岸石)이 송립(竦立)하고 연못물이 조용히 흐르는 곳에 임하였으니 세상에 전하기를 신라 진평왕 및 고려 충숙왕의 유상지(遊賞地)라 한다. 그 옆에 고석성지가 있다.

—『개벽』 42, 1923년 12월

철원 지나 금강산으로
―「금강산 속의 동물을 찾아서」 중에서―

김호직(金浩稙)

　8월 7일 오전 8시 23분, 청량리 역발 향내금강, 창동, 의정부를 지나
겨우 자리 하나를 잡아 륙색(rucksack)을 벗고 자리에 앉으니 좌우의 경
색이 한눈에 들어온다. 연일 홍로(紅爐)의 폭위도 오늘 아침에는 자욱이
줄어진 듯, 서늘한 느낌조차 일어난다. 잿빛으로 물들인 가냘픈 구름은
푸른 하늘을 온통 덮어 먼 산의 봉우리는 희미하게 윤곽만 보여준다.
　하늘에 우뚝 솟은 도봉 연만(連巒)을 왼손에 바라보면서 창동을 지나
의정부에 이르니 구름을 제치고 여름의 폭군은 다시금 얼굴을 내여민다.
아이고, 더워! 이따금 차창으로 밀려드는 재 석탄회 바람은 한껏 양미(凉
味)를 가져오나 뿌리고 가는 석탄재엔 아주 질색할 지경이다. 덕정을 지
나 동두천 유역에는 인공조림인 듯한 전나무가 산 밑 골짜기에 여기저
기 흩어져 있어, 단조롭고 파리한 소나무 속에 섞여 단연 이채를 띠우고
있다. 전곡 역 지나 연선에는 '쌀밭'은 보이지 않고 서속, 콩밭만이 질편
하다. 콩밭에 껑충껑충 서 있는 수숫대는 어디로 보든지 구성없다. 왜 논
이 없고 콩밭이 그렇게 많은가 의아해 하면서 연천 역에 이르니 과연 역
앞의 산 밑에 "명산 연천 대두(名産連川大豆)"의 커다란 간판이 서 있다.

웬 하늘은 또 다시 구름에 덮이어 회색의 농도는 더욱 농후해간다. 연천 역을 지나 왼편 일대의 낮은 산에는 낙엽송의 인공조림, 불과 십년 내외의 치수, 가느다란 줄기 가지가지 네 활개 편 자태는 곡선미의 아리따운 포즈라고 할까. 검은 구름이 오락가락하더니 이윽고 대광리역 못 미처 빗방울이 부슬부슬 "허! 큰일 났군, 우비도 없는데 비가 내리면 어떻게 하냐?" 조그만 불안에 싸여서 선생님 한 분이 하차한다. 들판에는 서속이 이삭을 패어 반 너머 구부러졌고 낮은 산골짜기에는 낙엽송 조림이 총총히 들어섰다.

철로 둑 낮은 언덕에는 '에노테라'(月見草, 월견초)가 흩어져 한 가지의 경개를 드러낸다. '돌연변화설(突然變化說)'을 아는 자, 월견초를 모를 이 없으련만 이제 월견초를 보고 돌연변화설을 생각하니 드 브리스(Hugo De Vries)의 고심 연구하는 자태가 아른아른 떠오른다. 아! 월견초, 드 브리스가 와 본다면 감개 또한 무량함이 있으리라.

다음은 철원이라는 경고를 듣고, 전차를 갈아탈 준비, 비는 다행으로 내리지 않고 한참 벼르고 있을 따름. 철원에 다다르니 갑자기 평야가 전개되며 일대는 수전(水田)이 광작(廣作)되어 성육(成育)도 양호한 폭이다.

오전 11시 20분. 금강산 전철에 바꾸어 타니 굵은 빗방울이 떨어지기 시작한다. 차창 밖에 전개되는 경색은 평범한 가운데 흥취를 끌며 낮은 산 밑에 맑은 물이 흘러가고 여기저기 산재한 농가는 담장도 아니 쌓고 바자도 아니 두르고 집만 덜렁 되는대로 세워놓은 것은 제 격에 맞는다고는 할 수 없으나 강원도의 인심 풍속만은 여실히 드러낸 듯하다.

전차는 쉬지 않고 전진하여 동철원, 정연, 김화, 행정, 금성, 탄감, 창도, 현리, 화계를 지나 해발 648미터에 이르니 이곳은 이름 높은 단발령(斷髮嶺)이다. 마의태자께옵서 머리 깎고 입산하시던 때는 이미 천여 년의 긴 세월이 흘러가고 뜻하여 이름 지은 단발령은 오늘날 금강 탐승의 입구가 되어 있다. 산비탈을 돌아 올라가는 전차는 급경사를 피하여 전진후퇴 여러 구비를 돌아 상봉에 이르니 단발령 터널이다. 전장(全長) 1천여 미터를 뚫고 나가니 금강의 웅봉 유곡은 멀리 구름 속에 희미하다. 말휘리(末輝里)를 거쳐 내금강 역에 이르니 때는 낮이 기울어서 새로 세 시다. 이곳이 내금강의 입문이다. 조선집에 단청한 역사는 금강의 경색과 어우러져 그 유아한 맛이 한층 흥취를 돋아, 야! 참 그럴듯하다. 또한 감개무량!

역전에 우뚝 솟은 회칠한 백악관은 무엇인가, 이름 지어 금강각(金剛閣)이다. 이는 명소도 아니요, 고적도 아니다. 다만 내금강 인사들의 집회소인 공회당이다. 금강각을 지나 바로 향선교에 이르니 맑은 시내는 바윗돌에 부딪혀 백연(白煙)을 날리고 시냇가에 울울한 청송 사이에는 이국 탐승객들이 짝을 지어 걸어간다. 발길을 재촉하여 장안사 부근 여관거리를 얼른 지나 유일문을 거쳐 문선교에 이르니 좌편산록(左便山麓)에 승속 갈앙(渴仰)의 영장(靈場) 장안사(長安寺)가 자리 잡고 있다.

1360여 년 전에 신라 23세 법흥왕시대 고승 진표율사가 창건한 것으로 그 후 중수(重修)를 거듭하여 금일에 이르렀다. 금강산 장안사라

금강산 장안사 (출처: 조선총독부, 『施政二十五年史』, 1935 / 서울대학교 중앙도서관 제공)

고 대서(大書)한 대액(大額), 산문, 범종각, 대향각, 극락전, 대웅보전 등 가람은 조선 상대 문화의 정화를 자랑하고 있다. 승려 오십여 명이 있고 장경, 안양, 지장, 영원암의 말사를 가져 산중사대사중 제일지로 꼽히는 곳이다.

다시 장안사를 지나 백천동 맑은 시내를 오른쪽에 끼고 올라가면 천주봉 하에 안양암 지붕이 수림 속에 보이며 머지않아 명연담(鳴淵潭)에 이르니 그 앞에 큰 바위가 가로놓여 그 옆에 작은 바위 셋이 나란히 누워 있다. 예로부터 전하는 말에는 큰 바위는 금동거사(金同居士)의 화신이요, 작은 바위들은 그 처자 세 사람의 화신이라고 한다.

그들의 애매한 죽음에 무심한 이도 아울러 울었다고 하여, 이름 지어 명연담(鳴淵潭)이다. 명연담을 지나 영선교를 건너니 통로를 끼고 두 거암이 서 있다. 오른쪽 거암이 이른바 삼불암이요, 그 표면의 삼불은 명연담 비극의 주인공 금동거사가 심혈을 경주하여 쪼아놓은 삼불이요, 이면의 육십불은 옛날 표훈사 간승(奸僧) 나화(懶華)가 쪼았다는 날림 조각이다.

금동거사의 눈물겨운 전설을 회상하면서 이에 경의를 표하고 다시 걸음을 재촉하여 함영교를 건너니 표훈사 경내에 들어선다. 이 절은 신라조 문무왕 10년 표훈 조사가 창건한 것으로 금강산 사대사(四大) 절 중 장안사에 버금가는 대찰이다. 본당 반야보전에 장륙(丈六)의 법월보살이 정면에 안치되어 있다.

다시 발길을 돌려 함영교를 건너 중향산장(衆香山莊)에 이르니 석양에 해는 비껴 산새들의 지저귀는 소리는 백천동 시내 소리에 어울려 장엄한 '신호니'로 들어온다. 이윽고 중향산장에 여장을 푸니 어둠의 장막은 사면에 둘러싸여 산과 봉오리는 다만 윤곽만 보여준다.

—「동아일보」, 1937년 8월 26일

북국 천리행

차상찬(車相瓚)

1. 객중우위객(客中又爲客)

가을비 소소한 10월 3일이었다. 나는 장비의 군령 모양으로 함남 답사 중에 있는 춘파(春坡) 군에게 함흥으로 와달라는 급전을 받고 허둥지둥 행장을 수습하여 경성 역으로 나아갔다. 오는 소식, 가는 소식 도시 말하지 않고 독행(獨行) 잘하는 특성이 있는 나는 이날에도 역시 아무 친구에게도 떠나는 시간을 말하지 않기 때문에 정거장에도 전송하는 친구가 하나도 없었다. 다만 등담(藤擔) 죽절(竹節)로 정다운 친구를 삼고 차중으로 들어갔다. 이 차는 오후 영 시 오 분 복계행 열차였다. 차중에는 승객도 별로 없다. 더구나 시름없는 가을비가 부슬부슬 오고 보니 차 안이 한층 더 쓸쓸하다.

18년간이나 가정의 안락을 맛보지 못하고 동분서주하며 객창 생활을 하는 내가 언제인들 고적하지 않으리오만 오늘은 새삼스럽게 고적한 생각이 더 난다. 혼잣말로 '객중에 우위객이라' 하고 차창 밖을 내다보니 그 번성하던 철교 가도의 버들잎이 벌써 반이나 쇠잔하여 비와 바람에 흔들리는 것이 마치 춘화노골(春花老骨)에 병든 미인이 멋만 남아서 웅덩 춤추고 팔질하는 것 같다. 그것도 또한 비감하게 보인다. 나는 심심파적 겸 시나 한 수 지으려고 운자를 내었더니 시도 역시 생각이 잘 나지 않아서 겨우 한 구만 짓고 말았다.

강풍취엽우소소(江風吹葉雨蕭蕭)
강바람 불어 낙엽비 소소히 내리니
한입차창수미요(寒入車窓睡未饒)
찬 차장에 잠은 아직 잘 때 아니리

2. 유녀동차 안여귀(有女同車顔如鬼)

어느 결에 차는 용산, 서빙고, 왕십리 제 역을 지나서 벌써 청량리에 도착하였다. 동대문 구멍이 쥐 코 만하게 보인다. 정거장의 사람이 개미 떼 모양으로 몰려든다. 갓 쓴 사람, 장죽 든 사람, 봇짐 진 사람, 애 업은 여자, 꽁지 긴 지나인, 방대 진 일본인, 코 우뚝한 러시아인, 각색 인물이 다 있다. 아까까지 쓸쓸하던 차안이 별안간 부자가 되었다.

그 중에는 어떤 백의흑상(白衣黑裳)에 쇠똥머리 한 여자 한 분이 북악산만한 책보를 끼고 내 근처에 와서 나를 등지고 섰다. 나는 무슨 동정이 그다지 많았던지 좁은 자리를 비켜 주면서 곁에 앉으라고 권하였다. 그는 서슴지 않고 와서 앉는다. 웬걸요. 뒤로 보매는 양귀비 같더니 앞으로 보니 야차귀 같다. 혼자 속으로 웃으면서 여복이 없는 놈은 차중에서 찰나 부인을 얻어도 이렇구나 하고 낙심천만하였다.

그래도 인사성은 많아서 "고맙습니다. 실례합니다. 미안합니다." 하고 연해 신식인사를 겹쳐 한다. 또 건너편에 앉은 어떤 노파하고 말을 받고차기로 하면서 "그놈 꿈에도 보기 싫소. 원숭이 같은 상이 생각만 하여도 진저리가 나요." 한다. 눈치 빠른 나는 벌써 짐작하였다. 그 여자는 필경 자기의 남편을 소박하고 명색 독신 생활하는 여자이거니 하고. 아니나 다를까 알고 보니 과연 서대문 외 모 여학교 교원으로 근래에 새로 이혼을 하고 이따금 혼자 심심풀이를 하는 L씨라는 여자다.

차는 또 창동 역에 도착하였다. 그 여자는 그만 내려서 자기 친가로 간다고 작별을 한다. 아무리 미인도 아니요 친하지도 못하지만 잠시 동석 인연을 맺었다가 이별을 하니 참 섭섭하였다. 연애는 실로 미추가 없는 것이다 하고 허허 웃었다.

3. 궁예 고도를 찾고서

의정부, 덕정, 동두천, 전곡, 연천, 대광리. 허다한 정거장을 하나도 빼놓지 않고 몇 십분씩이나 휴식하며 가는 완행차는 오후 5시 반경이나 되어 겨우 철원 역에 도착하였다. 나는 관동 지사의 이룡순 군을 잠깐 만나보고 가려고 철원 역에서 하차하였다. 객을 기다리고 있던 자동차는 나를 태워서 철원 성중으로 들어간다.

뉘엿뉘엿 넘어가는 저녁볕은 금학산으로 날아드는 까마귀 등에 번뜩이고 쓸쓸히 부는 가을바람은 궁예성의 거친 풀을 나부끼는데 만산의 풍엽, 편야(遍野)의 황도(黃稻), 모든 것이 다 태봉국의 옛 근심을 새로 자아낸다.

나는 차에서 내려 만성의 추색을 구경하며 이 군의 집을 찾아갔다. 이 군은 어디를 갔다가 늦게야 온다. 작년에 갔을 때는 철원 소년회원들이 집에서 득실득실하더니 이번에는 소년들의 그림자도 볼 수 없다. 그 대신에 이 군은 다른 곳에다 사랑을 둔 모양이다.

한참 동안에도 어떤 사람이 비밀편지를 두 번씩이나 가지고 오는데 같이 있는 박남극 군하고 "예스"니 "오케이"니 하고 눈짓을 하며 암호의 말을 한다. 물론 이 군은 유위(有爲)의 청년이니까 잠시 사정관계에 그런 것이요 결코 타락되지는 말을 줄 믿지만 퍽 섭섭하게 생각하였다.

불과 일 년 동안에 사람의 일이 이와 같이 변하나 하고 개탄함을 말지 않았다. 그날 밤에는 이 군의 초대로 어떤 중국인 요릿집에 가서 잘 먹고 또 이 군의 집 객침에서 고향의 꿈을 꾸었다.

4. 월정 역을 일찍 떠나

4일 오전 9시 경이다. 나는 호기심으로 새로 개통된 금강산 전차(그때는 임시기차 사용)를 타고 철원 역으로 가려고 이, 박 양군과 같이 월정리 신정거장으로 갔다.

이 월정리는 작년에 우리 『개벽』지 상에도 잠깐 기재되었던 철원 노색마로 유명한 박의병 대감의 집이 있는 곳이다. 그 대감은 그동안 아들의 동리로 그 사설 유곽의 칭호 듣던 굉대한 집까지 집행을 당하고 진짬 유곽인 광도옥에 매도하려고 언론 중이요. 애첩도 조포(租包) 몇 섬씩 주어 해산식을 하고 자기는 면목이 없어서 경성으로 뺑소니를 쳤다 한다.

원래 망할 짓만 하면 그런 법이다 하고 한참 있다가 시간이 되어 차중으로 들어서니 당지 군수 윤희성 군의 허여멀건 얼굴이 보인다. 어디를 가느냐고 물은 즉 정차장에 좀 볼일이 있다고 한다. 나는 벌써 알아차리고 '옳지, 금강산 가는 총독의 영접 가는구나.' 하였더니 참 꼭 맞았다. 아니나 다를까, 어떤 일본인이 또 물으니까 귀에다 대고 "소도쿠 각가 노데무가이"(총독 각하 무사)라고 한다. 아하, 우습다. 나는 먼저 아는 것을 비밀이 다 무엇이냐. 참 충실한 관리다. 아무쪼록 조선인 하고는 통정을 아니 하더라도 일본인하고는 밀담을 하여라.

5. 굉장한 총독행

철원 역을 당도하니 벌써 야단법석이다. 철원에 있는 '갈치 장사'는 총출동을 하여 무슨 중대사건이 생긴 듯이 비상선을 늘이고 오는 사람

경원선 개통식 1912년 10월 21일 철원역에서 열린 경원선 개통식 장면 (출처: 조선총독부 철도국, 「朝鮮鐵道四十年略史」, 1940 / 서울대학교 중앙도서관 제공)

가는 사람을 막 노려보고 관청 출입이나 좀 하는 철원의 유지 신사 나리들도 다 나왔다.

참 굉장하다. 나는 정신이 띵해서 대합실 안에 우두커니 앉았더니 조금 있다가 함흥행 차가 삑 소리를 지르고 온다. 뒤꽁무니에 임시로 단 특등실에서 몸이 깍지덩이 같고 머리가 목화박 같은 총독이 나오더니 윤희성 군을 위시하여 영접 나온 여러 사람의 허리가 일시에 부러지고 코가 땅내를 맡는다. 또 갈치장사 측에서는 '척', '꽥', 하면서 손들이 모두 모자 위에 가 붙는다.

나는 잡담 제하고 이등차실로 들어가니 그 안에도 총독부 공기가 충만하였다. 관리는 물론이고 어용지(御用紙) 수행 기자, 숙명여학교의 가라사와(澗澤) 여 선생까지 있다. 당나귀 말뚝 같은 여송연, 말 오줌 같은 '위이식기'를 막 터뜨리면서 "공고산"(금강산)이 어떠니 "헤이고"(병합)가 어떠니 하고 떠든다. 그러자 차가 떠난다. 나도 이, 박 양 군의 따뜻한 손을 떠나게 되었다.

월정 역을 지나 평강을 가니 그곳은 총독이 하차할 곳인고로 경계도 철원보다 엄밀한 모양이요, 영접 온 사람들도 퍽 많다. 자동차 인력거가 역두에 삑삑하고 평강의 남녀노소, 학생까지 다 나왔다. 앉은뱅이하고 송장만 아니 온 모양이다. 또 육당 최남선 군의 쇠똥모자가 원경으로 보인다. 그도 금강산행?

총독일행이 다 내리고 보니 차 안은 다시 조용하여졌다. 나는 혼자 생각하기를 이야, 시간의 힘은 참 무서운 것이다. 삽시간에 차안의 총독부 세력을 다 퇴출하여 버렸구나 하고 벤또와 차를 사 가지고 점심을 먹었다.

6. 천하 기관(奇觀) 삼방 추색

차는 다시 평강 역을 떠나 복계 역에서 잠깐 쉬고 해발 2,007척 되는 검불랑으로 향하였다. 원래 고산지대가 되고 보니 제아무리 철마라도 숨이 퍽 찬 모양이다.

꽥꽥 소리만 억지로 지르고 잘 가지 못한다. 연로에 온 고산식물인 산적(山荻)이 잔뜩 우거서고 백설과 같은 그 꽃이 만발하여 차 가는 바람에 흔들리는데 마치 소복담장한 미인대가 나를 환영하느라고 섬섬옥수를 내흔드는 것 같다. 나는 그 구경에 정신이 황홀하여 차가 가는지 아니 가는지 알지도 못했다.

그럭저럭 차가 검불랑을 지났다. 여기서부터는 건령수(建瓴水) 모양으로 곤두박질을 하고 간다. 잠깐 사이에 세포에 이르렀다. 약 10여 분 동안을 휴식하고 다시 떠나 혹은 대도(隧道) 혹은 교량을 지나 자꾸 내려간다. 검불랑부터 삼방까지 모두 14대도에 19교량이다. 산곡이 점점 심수(深邃)하고 수석이 청유(淸幽)한데 현애절벽(懸崖絕壁)에 만림홍엽이 좌우로 상영(相暎)하여 멀리 보면 채운을 두른 듯 하고 가까이 보면 금병(錦屛)을 친 듯하여 그 기절묘절함을 실로 형언할 수 없으니 이는 세인이 다 승지로 회모(膾慕)하는 삼방 유곡이다.

역에 이르러 차가 멈추매 잠시 앉아 만산의 홍엽을 구경하니 옛적 두목지의 '정차좌애풍림만(停車坐愛楓林晚) 상엽홍어이월화(霜葉紅於二月花)'

(수레를 멈추고 석양에 비치는 단풍숲을 보니, 서리 맞은 단풍이 봄날의 꽃보다 더 붉구나) 란 시구가 문득 생각난다.

7. 감개무량한 용흥강

차가 영흥군 경계에 다다르니 양양이 흐르는 용흥강이 안전에 보인다. 이 강의 원명은 횡강으로 영흥이 이조의 발상지가 되는 까닭에 용흥강이라고 변명(變名)한 것이다. 나는 이 강을 볼 때에 무량한 감개가 생겼다.

즉 이태조가 그 아들 태종과 골육상쟁을 하고 함흥에 퇴거하였을 때에 태종이 태조를 환경케 하려고 백방으로 고심하던 중 그 신하 박순이라 하는 이가 자모(子母)의 백마로 태조를 회심케 하고 귀도에 이 강을 건너다가 태조의 사신에게 해를 입으면서 '반재강중반재선(半在江中半在船)'(반은 강에 들고 반은 배에 있구나, 같이 성장한 신하 박순이 차사로 오자 죽일 것을 고민했던 이태조의 사연이 담겨 있다)의 시를 지은 그 사실(史實)이다.

소위 새우 쌈에 고래가 죽는다더니 아무리 군주정치시대의 일이라도 남의 부자 싸움에 무고한 충량(忠良)이 많이 죽은 것은 지금에 생각하여도 참 우스운 일이요 또 가엾은 일이다. 하여간 그 인물 그 백마는 지금에 간 곳이 없고 다만 강물만이 명인(嗚咽)이 흘러 천고의 충혼을 조상할 뿐이니 누가 감개의 마음을 능히 금하랴. 나는 차중에서 그 생각을 하다가 우연히 회고시 한 수를 지었다.

—『개벽』 54, 1924년 12월

월정리 역

서울에서 원산까지 경원선 따라 산문여행

18

원산
갈마
배화
안변
남산
석왕사
용지원
고산
삼방
삼방협
세포
성산
검불랑
복계
이목
방산
가곡
월정리
철원
신탄리
대광리
연천
전곡
동두천
덕정
의정부
청동
연촌
동경성(청량리)
왕십리
수철리
한강리
서빙고
용산
정성

순녀는 어디 갔느냐?

석왕사 역전에 사는 김옥화는 딸 순녀와 지난 5월 1일 월정리 월 정여관에 묵고 있었는데 전기(前記) 김옥화는 집에 볼 일이 있어서 순녀를 이 여관에 남겨두고 집엘 갔다가 닷새만에 돌아와 보니 순녀 는 집에 간다고 김옥화가 오던 전날(5월 5일) 집을 나갔다는데 순 녀는 집에도 아니 오고 이 여관에도 다시 오지 않는다고 한다. 그런 데 순녀는 서울로 가는 차를 잘못 탄 것 같다고 한다. 순녀는 흑은색 에 흰 무늬가 있는 저고리와 치마를 입고 단발에 살빛은 검고 머리 가 크고 게다에 버선을 신었는데 이 아이가 있는 곳을 아는 분은 전 기 '경함선' 월정리 역 월정여관 김옥화에게 통지하여 주기를 바란 다고 한다.

―『매일신보』, 1942년 5월 24일

청춘남녀가 서로 안고
철도에 비입飛入 자살

지난 6일 오전 3시 반 경에 경성을 출발하여 북으로 향하여 가는 경원선 급행 열차가 철원읍 내포리 철원역과 월정리 역 중간에 다다 랐을 즈음에 돌연히 청춘 남녀가 서로 부둥켜 안고 선로로 뛰어들어 서 기관수는 곧 급정거를 하였으나 남녀 두 명은 늑사(轢死)를 하여 현장에는 선혈로 젖은 참변을 일으켰다. 그런데 춘광을 등지고 저 세상을 찾아서 정사한 남녀는 철원군 농회의 고원(雇員)으로 있는 지전춘(池田春, 25세)이라는 남자와 철원 읍내에 있는 카페 '만덕 (萬德)'의 미인 웨이트리스로 평판이 높은 가미오 아이코(上尾愛子, 20세)라는 여자로 판명되었는데 남녀가 입은 옷주머니 속에서 유 서도 수 통 발견되었다고 한다.

―『매일신보』, 1934년 4월 10일

궁예 왕의
옛 서울을 밟고

김기전(金起田)

어떻게 하면 철원에 궁예 왕의 옛 서울을 밟고 삼방에 궁예 왕의 불행하던 곳을 찾을까 함은 경원 열차에 몸이 실릴 때마다 원이었다. 뜻이 있는 자는 그 일을 이루게 되는 법인가보다. 이제 내가 그 두 곳 중의 한 곳을 볼 기회가 생겼다.

월전 나는 어떠한 일로 외우인 이동구 형과 같이 강원도 영서 일대에 계신 우리 부모형제를 찾게 되었다. 이 길에 처음 들른 곳이 철원이었으며 특별 사정으로 인하여 철원에 하루를 가류하게 되었으니, 이 가류의 하루가 즉 언제부터의 원이던 궁예 왕의 옛 서울을 찾는 날이 되었다.

궁예 왕의 고도는 이 골 북면 고궐리에 있으니 읍내에서 약 삼십 리다. 우리 두 사람은 그 지방에 계신 고로 한 분을 모시고 아침 열 시쯤 철원읍 북편을 나와 고궐리로 직향하였다.

이날(11월 18일)은 숙우가 곱게 개고 온기가 재동(纔動)하여 일기 온순키로 유명한 금년 초겨울 중에도 제 일등이 될 만한데 추수에 동장(冬藏)까지 다 행한 농촌에는 행인조차 희소하고 오직 천변에 물방아 찧는 소리가 소춘(小春) 가벼운 공기에 파동을 일으킬 뿐이었다.

우리는 모시고 오는 노인께 그 곳에서 전하는 궁예 왕 고사를 느낌 있게 들으며 월정리 정차장을 지나 경원선로를 남으로 두고 월정촌으로 향하였다. 이때에 노인은 월정리 입구에 보이는 좀먹은 석원(石垣)을 가리키며 이것이 궁예왕 때의 외성이라 한다. 자세히 보니 확실한 석성이며 비록 얼마가 남지 못하였으나 상당히 인공을 가하여 축상(築上)한 것이 분명하였다. 그런데 그 외성의 주위는 약 이십 리 가량이라 한다. 우리가 지금 들어서는 이곳이 당시 남대문 터가 아니었는가 하며 그 앞에 바로 있는 월정리 거리가 아주 남대문 거리로 보였다. 그리고 이제 얼마만 들어가면 구중궁궐에 엄연히 앉은 궁예 대왕을 볼 것 같고 종로 큰 거리에 어물어물하는 그 광경을 대할 것 같았다. 멀리 바라보면 느티나무 몇 그루가 광야에 우뚝 높아 다 늙은 단풍잎이 한 폭 그림을 이뤘는데 같이 온 노인이 손가락으로 가리키며 그 맞은쪽이 궁예왕의 고궐(古闕) 터라 한다. 망연히 바라고 묵연히 생각한 우리는 보기에 앞서 감개였다.

월정리의 이름 있는 다래우물(月井)에서 어린 색시가 공손히 주는 물을 마시고 십보구사(十步九思)로 고궐리 찾아드니 멀리 보이던 그 느티나무 밑에는 서너 집 촌가가 있고 또 그 앞에는 빨래하기 족할 만한 작은 내가 있으며 그 천변에는 기다(幾多)한 잡목과 보기 흉한 가시덩굴이 엉키었다. 모르거니와 그 작은 내도 지금부터 천 년 전의 그 때에는 만도(滿都)부인의 완사처(浣紗處)가 되었을 것이며 따라서 그 널따란 바위와 높은 언덕은 만도 사람들의 탁족 소풍의 자리도 되었을 것이다. 느티나무 바로 밑에 있는 집에서는 그 때에 벼 마당을 차리고 벼 치기에 분주한데 우리는 한 편에 밀어 놓은 도고(稻藁) 위에 주저앉아 볏짚 채질하는 한 삼십 가량의 한 분에게 고궐리의 고사를 물어 보았다.

물론 그네라고 자세히 알 리는 없다. 더욱 그 동리에는 본래 살던 사람은 하나도 없고 최근에 모두 갈아든 사람뿐이라 한다. 들은 대로만

이라도 말을 하여 주었으면 기쁘겠다 한즉 그는 우리의 밟아 온 앞길 언덕을 가리키고 그 곳이 동대문 자리라 하며 느티나무 밑 땅에 반만 묻힌 돌성을 가리키며 그것이 궁성 담자리라 하고 그 뒤 밤나무 드문 드문 보이는 곳이 진정 고궁전 기지(基址)라 한다. 그는 '우리도 모르지요만' 이 말을 전제로 하고 다시 잇대어 말하되 이 뒤 율목리 촌에 종로 터와 종각 터가 있다 고궐 서에 어수정(御水井)이 있고 그 밖에 석탑이 있다 한다.

우리는 그네들에게 사의를 표하고 밤나무 드문드문한 곳에 고궐 터를 찾으니 그 터는 언제부터 밭으로 변하여 명년 춘삼월을 기다리는 맥아가 정히 푸르렀고 그 중에는 희끔희끔한 주춧돌이 못다 거리 정연하게 남았으며 밭머리에는 각담이 여기저기 널리었는데 그 돌은 모다 당시 궁전의 일부를 이룬 촌이었을 것이다. 우리는 넋 잃은 사람같이 밀밭 속으로 왔다 갔다 하며 이 주춧돌 저 주춧돌에 발을 머물다가 이미 봄에 나서 영글고 그 씨가 떨어져 여름에 다시 나 두 번째 영글고자 하는 한 줄기 귀밀과 어지러이 흩어진 와편 몇 개를 집어 들고 당년의 궁성이었던 듯한 토성 터진 곳을 넘어 서쪽으로 나간 즉 일좌 석탑이 같은 밀밭 속에 외로이 서 있는데 이것이 즉 궁예 왕 고탑이었다.

그 탑은 전부 6층으로 이루어져 높이는 3장에 불과하고 무슨 조각 같은 것도 없으나 그 몸체가 뚱뚱하고 구차한 기교를 가하지 않은 것이 대하는 사람에게 무슨 의력(毅力)을 가르치는 듯하였다. 천 년 전 궁예 왕의 그 인격, 그 정신을 그가 홀로 암시하는 듯하였다. 우리 일행은 처음 향해선 그대로 한참동안이나 그 탑을 말없이 보다가 이 형은 탑의 북편으로 나는 그 서편으로 그냥 쓰러져 앉았다. 그 밭 한 쪽에는 기와의 파편이 해변의 조개껍질같이 산란하였으며 저편 고궐 기지에서 본 것과 같은 주초석이 여기저기에 드러났다. 그런데 나의 눈에는 파편과 잔초(殘礎)는 다 각각 보이지 않는 무슨 형체를 갖춘 듯하였고 그

천만의 형체는 덩그렇게 서 있는 일좌의 그 황탑(荒塔)을 지키고 있는 것 같이 보였으며 그 황탑은 사위의 모든 형체와 더불어 우리에게 무엇을 호소하는 듯하였다. 그래서 나의 쓰러져 앉은 몸은 다시 쓰러져 엎드리고 말았다.

형제들아, 그리 쓰러진 이후의 여하를 구태여 나에게 묻고자 하지 마라. 같이 모시고 온 노인의 재촉으로 몸을 일으켜 겨우 정서를 수습하니 일색은 이미 서쪽으로 기울어 석탑의 그림자 자못 길었는데 그림 같은 고남산(故南山, 당시의 종남산이니 철원읍 남쪽에 있다)이 저녁 연하에 희미하며 부는 듯 마는 듯한 비낀 바람이 우리 흉회에 들어올 뿐이었다.

아아, 산이 의연하고 바람이 그러하건만 당년의 성사(盛事)가 이금(而今)에 안재(安在)아!

徘徊千古問無人(배회천고문무인),
唯有荒塔泣風前(유유황탑읍풍전)

우리의 눈은 다시 흐리고 우리의 발은 다시 멈추지 아니치 못하였다. 게다가 산악 같은 거구에 용사(龍獅) 같은 의용으로써 출장입상에 일세를 호령하던 그가 우두백(牛頭白)하고 마두색(馬頭角)하며 석면두(石面蠹)하는 불길한 어느 날에 외로이 성문을 탈출하여 전중평야(戰衆平野)에서 밀 이삭을 줍다가 삼방 역 건너편 어느 골 안에서 평강 완민(頑民)의 부도(斧刃) 하에 최후를 고한 그 운명을 샅샅이 추상(追想)한 당시 우리의 심정은 또한 어떠하였을까. 송경(松京)에 만월대, 패성(浿城)에 숭령전을 우리가 찾지 않음은 아니었으나 그 때는 사실이 이와 같은 처절 감극의 지경은 아니었다.

우리는 그 곳을 차마 떠날 마음이 없었으며 또 종로 터, 어수정을 낱낱이 찾고자 하였으나 그날 저녁 철원읍에 돌아가지 아니치 못할 약속

월정리 석등 강원도 철원 월정리(月井里) 석등의 모습이다. 지금은 행방을 알 수 없다. (출처: 서울역사박물관 / 南滿洲鉄道株式会社京城管理局, 『朝鮮鐵道旅行案内』, 1924)

을 가졌음으로 고궐리와 이별을 고치 아니치 못하였다. 그런데 무엇보다도 그 석탑을 떠나게 됨이 섭섭하고 슬퍼서 보고 또 보고 가다가 또 돌려다 볼 때 1리를 지나고 2리를 지나 그의 형체가 흐릿하여 질 때는 나의 눈이 또한 흐리었다. 그와 나는 암만하여도 아니 고별치 못할진대 차라리 속히 단념함이 낫겠다 하였더니 월정리 역에서 이 형이 "여기서도 그 탑이 보이는 걸요." 하는 말에 문득 그 편을 보니 과연 그 얼굴이 희끔하게 보이는 듯하였다.

아아, 우리는 간다만 따스한 고향의 옛집으로 우리는 잘 간다만 그가 풍설 차고 행인도 끊긴 평강 고원에서 저 혼자 어찌 살까? 그가 어떻게 사나!

아아, 주인 없고 동무 없는 그가 저 혼자가 과거의 천년을 어떻게 지냈으며 미래의 먼 시일을 또 어떻게 지내 갈거나, 어떻게 지나 갈까나!?

—『개벽』 7, 1921년 1월

보는 대로,
듣는 대로,
생각나는 대로

망중한인(忙中閑人)

일전에 경원선 월정리 역에서 본 이야기를 한마디 하자.

월정리 역 부근에는 일본 사람이 경영하는 과수원이 있다. 과수원가에는 이러한 목패가 있다.

"과일을 해롭게 하는 새나 버러지 등속을 방어하기 위하여 총 놓는 '일'이 있을 터이니 사람은 가까이 오지 말라."

이 목패를 세운 사람의 뜻은 해석할 필요도 없다. 만일 사람이 가까이 올 때에 총을 놓아 죽는 일이 있더라도 그 총은 버러지나 새를 쏘려는 것이 잘못되었다고 변명할 것이라는 말이다. 과연 무서운 세상이다.

—「동아일보」, 1926년 9월 25일

가곡역

서울에서 원산까지 경원선 따라 산문여행

19

원산
갈마
배화
안변
남산
서왕사
용지원
고산
삼방
세포
삼방협
성산
검불랑
이목
평강
가곡
복계
월정리
철원
신탄리
대광리
연천
전곡
동두천
덕정
의정부
장동
연촌
동경성(청량리)
왕십리
수철리
경성
한강리
서빙고
용산

교량 시범운전 1912년 4월에 경기도 포천 한탄강(漢灘江) 교량공사 이후 시범운전을
하는 장면. (출처: 서울역사박물관 / 朝鮮總督府鐵道局, 『京元線寫眞帖』, 1914)

★ 철원 복계 간의 열차 시간 변경 ★

명(明) 16일부터 경원선 월정리 평강 간에 가곡 역을 신설케 되었
다 함은 기보한 바이거니와 이로 인하여 동선(同線) 철원 복계 간 각
정거장의 열차 발착 시각 일부가 개정키로 되었다 한다.

—『동아일보』, 1938년 6월 15일

★ 가곡 역 신설 ★

철도국에서는 경원선 월정리 평강 간에 가곡 정거장을 신설하여
오는 16일부터 일반 운수 영업을 개시하기로 되었는데 가곡 부근에
는 촌락이 상당히 밀집하여 있어 여객과 화물이 상당히 있을 것이 기
대된다 하며 이곳은 열차 운전의 격증에 따라 열차 운행 상 대단히
필요한 곳이다.

—『동아일보』, 1938년 6월 2일

평강역

서울에서 원산까지 경원선 따라 산문여행

20

원산
갈마
배화
안변
남산
석왕사
용지원
고산
삼방
삼방협
세포
검불랑
성산
복계
이목
평강
가곡
월정리
철원
신탄리
대광리
연천
전곡
동두천
덕정
의정부
창동
연촌
동경성(청량리)
왕십리
수철리
한강리
서빙고
용산
경성

평강역 (출처: 서울역사박물관 / 南滿洲鉄道株式会社京城管理局, 『朝鮮鐵道旅行案内』, 1924)

★ 자고自古의 황무지이던 평강고원 개간 ★

지형이 높기로도 조선에서 유명하려니와 면적이 광활하기로도 전 도중 굴지하는 평강(平康)고원은 경원선을 타본 이는 누구나 다 넓기만 하고 쓸 곳 없는 황무지로서 보는 사람은 누구나 다 이 평야는 어떻게 하면 이용할까 하는 생각이 있으나 원래 구역이 넓은 고로 뜻한 사람이 없었던 바 조선 황무지 개척으로 유명 한 불이(不二) 회사에서 중앙수리조합을 창설하여 그 일부를 이 미 개간하고 이제 다시 그 전부를 계속 개척할 성산으로 밤금 설계 중이라는데 이를 개척함에는 첫째, 수운이 문제인고로 중앙수리조 합 저보의 물을 운용하고 또 성적에 따라 일불랑 위에 있는 분수령 에서부터 저수를 하여 쓰기로 한다는데 이것이 개간되면 몽리 면적 이 2만 2천여 정보나 될 모양이고 현재 개간된 면적을 합하면 3만 정보의 대사업이라 하여 조선서 처음 하는 개간사업이므로 평강 일 대의 인기는 물론 그 지방의 지가는 날로 올라가며 사방에서 몰려드 는 이가 많다는데 금강 전철에 큰 타격을 받는 평강 일대는 활기 진 작하는 중이며 실로 이것이 개척됨에 따라 동북 위관이 되리라더라.

—『동아일보』, 1926년 12월 13일

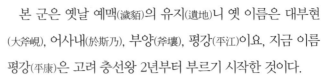

천리 옥야 沃野 평강군

본 군은 옛날 예맥(濊貊)의 유지(遺地)니 옛 이름은 대부현(大斧峴), 어사내(於斯乃), 부양(斧壤), 평강(平江)이요, 지금 이름 평강(平康)은 고려 충선왕 2년부터 부르기 시작한 것이다.

위치는 경기도 서북쪽 한 귀퉁이에 있으니 동은 회양, 금화, 서는 이천(伊川), 남은 철원, 북은 함남 안변을 경계해 있다. 면적은 89방리요, 지세는 긴 철(凸) 자 모양을 이루어 고원 및 저원(低原)으로 자연 구분되었으니 중부 고원은 해발 1,200척 내지 2천 척 이상에 달하고 저원은 고원에 비하여 100척 내지 200척이 낮다.

중부 이남은 2000여 방리 되는 소위 평강 옥야가 전개되고 중앙에 임진강 상류가 관류하며 30리 경원 철도가 고원의 중앙을 구불구불 통과하여 물화의 운수에 편리하고 도로 역시 사통팔달하여 차마의 왕복이 곤란치 않다.

기후는 고원 및 저원이 각기 다르나 대개 한서(寒暑)의 차가 심하여 동계에는 최저 영하 28도에 달하고 적설이 수척여에 이르며 여름에는 강우가 많고 최고 온도가 95도다.

현재 인구는 46,887, 호구는 8,533이요, 행정구역은 8면 49동리로 나뉘었다. 교육기관은 몇 개의 보통학교, 일본인 소학교, 강습소 등이 있을 뿐이요, 종교는 천도교 신자가 가장 많고 그 다음은 시천교(侍天敎), 예수교, 또 약간의 천주교, 불교 신자가 있다.

산업은 또 별로 볼만한 것이 없으나 경원선 개통 이후로 남북의 화물이 폭주하고 각지 상업가가 교집하므로 군내 및 복계, 일불랑, 세포 등 역에는 상업이 초성(稍盛)하고, 평야가 많으므로 장래 상당한 시설이 더해지면 농업 및 목축업이 유망할 것이다.

그러나 미구에 금강산 전기철도가 개통되어 철원과 금화 사이 화물이 직통되면 평강은 일대 타격을 받을 우려가 없지 않다. 군에서는 이 대항책으로 육군 병사(兵舍), 비행장, 수리조합 설치에 극력 운동하여 그 공을 기울였으나 그것이 과연 조선인에게 유익할지 또 의문이다.

명소는 흑금강(黑金剛)과 국사당(國師堂)이 가장 이름 높으니 흑금강은 목전면 청룡산에 있어(거리 약 7리) 산수가 기절(奇絶)하고 국사당은 삼방 긴 계곡에 있어 약수, 단풍(丹楓) 두 계곡으로 기경(奇景)을 이루었으니 약수계(藥水溪)는 경개가 절승할 뿐 아니라 탄산천이 용출하여 그 이름이 각지에 높고 풍수계

강원도 영평(포천과 철원 사이)의 풍경. (출처: 서울역사박물관 / 南満洲鉄道株式会社京城管理局, 『朝鮮鐵道旅行案内』, 1924)

(楓水溪)는 단풍나무가 창애(蒼崖)를 덮고 청류가 그 사이를 두르고 흘러 만추 때에는 물 가득한 계곡이 금수(錦繡)의 고향을 이루는 고로 제이풍악(第二楓岳)이라 한다.

또 고적은 갑기천(甲棄川)과 기타 각지에 산재한 태봉 왕 궁예의 유적이 가장 이름 있으나 이는 궁예 기사에 상재(詳載)되었기 이에 생략한다.

채씨소(蔡氏沼)

이것은 조금 미신에 가까운 전설이다. 유진면 유연리에 마암소(馬岩沼)가 있으니 세속에 전하기를 채 씨 나온 소라 한다. 즉 지금으로부터 약 수천 년 전에 동리에 있는 결혼하지 않은 여자 한 아이가 아이를 뱄는데 그의 부모가 이것을 알고 힐문한 즉 그 여자가 말하기를 밤이면 어떤 청의(靑衣) 동자 한 아이가 와서 자고 가는데 도무지 누구인지는 알 수 없으나 그로 인하여 수태가 되었다 하였다. 그 부모는 이것을 심히 괴이히 여기고 바늘과 당사 실을 그 여자에게 주고 말하되 만일 그 동자가 또 오거든 옷에다 바늘을 꽂으라 하였다. 그 여자는 참 부모의 말과 같이 그날 밤에 동자의 옷에다 바늘을 꽂고 다음 날 아침에 그 종적을 살펴본 즉 실 끝이 과연 마소(馬沼)에 꽂혀 있으므로 그의 부모가 실을 잡아당긴 즉 큰 거북 하나가 딸려 나왔다. 그 부모는 그 여자의 수태가 영물의 소위(所爲)라 하고 거북을 다시 소에 넣고 그 후 여자가 한 기남(奇男)을 낳으므로 이로 인하여 채씨라 성을 지었으니 이것이 즉 조선 채씨의 시조가 되고 또한 본을 평강으로 하였다 한다. (蔡는 글자 뜻이 거북이다.)

용전(龍田)

평강면에 용전이 있으니 본명은 범등랑(凡等朗)이다. 조선 숙종 때에 이희조

(李喜朝)라 하는 이가 군수로 있을 때에 읍내 서파산 정리 큰 연못에서 한 사람이 큰 잉어(大鯉)를 잡아서 관수(官需)에 바쳤다. 그날 밤 이희조 꿈에 어떤 청의 동자 하나가 와서 보고 시 한 구를 주되 "本靑山騎驢客(아본청산기려객), 一朝命盡李喜朝(일조명진이희조)"라 하였다. 이 씨가 놀라 깬 후 심히 괴이하게 생각하고 관의 부엌에 생물(生物)이 있는 여부를 물은 즉 과연 큰 잉어가 있다 하므로 이 씨가 즉시 그 연못에 놓아주었더니 얼마 안 되어 연못이 이유도 없이 스스로 마르고 범등랑에 큰 못이 용출하므로 사람이 용리(龍鯉)의 소위라 하고 인하여 용전이라 하였다 말한다.

사목부활(死木復活)

고삽면 유현리에는 약 30년 전에 작벌(斫伐)한 전나무 하나가 갑인년부터 다시 살아나서 생장하는데 그것은 잎눈도 없고 베인 나무 밑동이 그대로 자라 올라오므로 일반이 다 기이하게 생각한다. 이것도 식물학자의 한 연구 자료가 될 듯.

—『개벽』 42, 1923년 12월

태봉 왕 궁예 비사

궁예는 어색한 인물

신라의 찬란한 황금시대도 어느덧 다 지나가고 쓸쓸한 가을바람이 계림의 황엽(黃葉)에 불어들기 시작하여 제51대의 진성여왕(眞聖女皇) 시대에 이르러서부터는 간신이 정권을 차지하여 나라의 기강이 날로 문란하고 겸하여 흉년이 연거푸 드니 백성이 모두 유리 분산하고 사방에 도적의 무리가 벌 떼같이 일어났다. 이러한 때를 타서 신라에는 양대 괴걸이 일어나 천하를 남북으로 분할하여 서로 쟁탈전을 하였으니 한 사람은 후백제 왕 견훤(甄萱)이요 또 한사람은 여기에 말하려는 태봉국 왕 김궁예(金弓裔)다.

궁예(弓裔, 혹은 躬乂)는 신라 제47대왕 헌안왕 의정(誼靖)의 서자 혹은 48대 경문왕 응겸(膺廉)의 아들이라 한다. 5월 단오 날에 그의 외가에서 탄생하였는데, 날 때에 무지개 같은 흰 광선이 지붕 위를 돌아 싸고 머리에 이상한 광채가 있으며 날 때부터 이(齒)가 있으니 온 집안사람들이 모두 기괴하게 여겨 점쟁이에게 물은즉 점쟁이가 말하기를 오월 단오에 낳은 아이는 원래 불길할 뿐 아니라 특히 이 아이는 나면서부터 이가

176| 명사십리에 해당화 필 무렵

나고 또한 이상한 광채가 있어서 장래에 반드시 국가에 불리할 터인즉 양육을 하지 않는 것이 좋겠다 하니 헌안왕이 그 말을 곧이 듣고 사신을 보내어 죽이게 하매 사신이 그를 포대기 속에서 꺼내어 다락 밑에다 던져 버렸더니 유모가 불쌍히 여기고 비밀히 받다가 잘못하여 손으로 그의 한편 눈을 찔러 실명케 하고 그대로 도망하여 십여 년 동안을 남 모르는 중에서 양육하였다.

용은 연못 속에 머물지 않는다

그는 자라매 장난을 몹시 좋아하니 그의 유모가 경계하여 말하되 그대가 처음 났을 때에 나라의 버림을 받으매 내가 인정상 차마 볼 수가 없어서 비밀히 받아 길러 오늘날까지 이르렀는데 그대가 그와 같이 조금도 조심을 하지 않고 함부로 나가 장난을 하니 만일 남에게 일이 발각된다면 그대와 내가 다 같이 화를 당하게 될 것이라 그 일을 장차 어찌 하리요 하니 궁예 울며 말하되 만일 일이 그러하다면 나는 종적을 감추고 멀리 가서 유모님의 걱정을 덜어 드리겠다고 하고 그 날로 도망하여 세달사(世尊寺, 일명 흥교사)라는 절을 찾아가서 머리를 깎고 중이 되어 스스로 이름 짓기를 선종(善宗)이라 하였다. 그러나 원래에 인물이 비범한 그는 구구스러운 승가의 계명에 구속을 받지 않고 항상 자유의 행동을 취하였다.

하루는 재(齋)를 올리러 가는데 뜻밖에 까마귀 한 마리가 책대(牙籤)를 물고 공중으로 날아 가다가 그가 가지고 가는 바리 속에다 떨어뜨리므로 괴상하게 여겨 본즉 이상하게도 그 책 대 위에 임금왕(王) 자가 뚜렷하게 씌어 있으므로 그는 속으로 혼자 기뻐하며 다른 사람에게는 말도 하지 않고 항상 자부하여 그 뒤부터는 더욱 큰 뜻을 품고 활약할 좋은 기회가 돌아오기만 기다렸다.

그때에 마침 신라는 국정이 문란하여 사방에 도적이 일어나서 여러

주군을 점탈하니 궁예가 스스로 생각하되 이러한 난시를 타서 아무 공도 이루지 못하고 산중에서 헛되이 늙는 것은 대장부의 할 일이 아니라 하고 장삼과 목탁을 모두 불사르고 즉시 산에서 내려가서 죽주(竹州) 즉 죽산(竹山) 도적 기훤(箕萱)을 찾아갔다. (진성왕 5년, 당 소종 대순 2년, 신해) 그러나 훤은 본래 위인이 오만하고 스스로를 크게 여기는 자인 까닭에 궁예를 대할 때 또한 오만무례한 일이 많으니 궁예가 울울불평하여 마음을 안정치 못하고 다만 그의 부하 원회(元會), 신선(申煊)으로 벗을 삼아 심사를 서로 의논할 뿐이러니 그 다음해 임자(壬子)에 다시 북원(北原) 도적 양길(梁吉)을 찾아가니 양길이 특히 후대하여 큰일을 맡기고 또 군사를 나누어주어 동으로 각지를 공략케 하니 궁예 크게 기뻐하여 치악산 석남사(石南寺)에 나아가 숙소를 정하고 주천(酒泉, 지금의 원주), 내성(奈城, 지금의 영월), 울오(鬱烏, 지금의 평창), 어진(御珍, 지금의 울진) 등 여러 고을을 습격하니 여러 고을이 모두 바람을 따라 귀항(歸降)하였다. 그 이듬해, 바로 진성왕 8년 갑인년에는 또 명주(溟洲, 지금의 강릉)를 점령하니 부하 병사가 2천5백여 인에 달하였다. 궁예는 전 군을 14대로 편성하야 김대(金太), 검모(黔毛), 흔장(昕長), 귀평(貴平), 장일(張一) 등으로 사상(舍上, 즉 부장)을 삼고 사졸과 더불어 감고와 노일(勞逸)을 같이 하여 지극히 사소한 물품을 분배하는 데까지도 극히 공평무사하게 하니 여러 인심이 모두 그에게 감복하여 그를 장군으로 추대하였다. 궁예는 다시 제족(猪足, 지금 인제), 성천(牲川, 지금 화천), 수야(水若, 지금 춘천), 금성(金城), 철원(鐵圓, 지금 철원) 등지를 쳐서 사방의 적도가 모두 귀화하였다.

일이 그와 같이 순조로 잘 되어 가니 궁예는 스스로 생각하되 자기의 세력이 그만한 이상에는 족히 국가를 건설하고 군왕도 될 만하다 하고 이에 내외관직을 설치하고 새로 투항한 송악군(松嶽郡) 사람 왕건(고려 태조)을 들어 철원 태수로 삼고, 홍술(弘述, 홍유洪儒), 백옥삼(白玉三, 배현경裵玄慶), 능산(能山, 신숭겸=申崇謙), 복사귀(卜沙貴, 복지겸卜智謙) 등 여러 인물을 들어서 부하 장군을 삼았다. 그리고 진성왕 10년 병진년에는 승령(僧嶺, 지금 삭령), 임강(臨江, 지금 장단) 두 고을을 취하고 그 다음해 정사년에는 또 인물현(人物縣)을 취하였는데 궁예는 또 말하되 송악군은 한북의 명군으로 산수가 기려한 즉 가히 국도가 될 만하다 하고 이에 그곳으로 국도를 정하고 공암(孔巖, 양천) 검포(黔浦, 김포), 혈구(穴口, 강화)등 성을 쳐서 점령하니 때에 양길은 아직까지 북원에 있어서 국원(國原, 충주) 등 30여 군을 차지하고 있으나 궁예가 땅 넓고 백성 많은 것을 보고 시기 분노하여 부하 30여 성의 날랜 군사를 뽑아 궁예를 습격하다가 도리어 궁예에게 먼저 습격을 당하여 크게 패하니 궁예가 그의 30여 성까지도 전부 차지하게 되었다. 궁예는 다시 그 승세를 타서 효공왕(孝恭王) 2년 무오년 2월에는 송악군에 성을 쌓고 왕건으로 정기대감(精騎大監)을 삼아 견주(見州, 지금 양주)를 쳐서 파하고 4년 경신년에는 또 광주(廣州), 충주(忠州), 당성(唐城, 지금 수원, 남양), 청주(靑州 혹은 靑川, 지금 청주), 괴양(槐壤, 지금 괴산) 등을 토평하고 그 공으로 왕건에게 아손(阿飡)의 벼슬을 주었다.

태봉국의 창건

궁예는 세력이 날로 그와 같이 커지니 천하의 왕이 되고 싶은 패심이 더욱 발발하게 되어 효공왕 5년 신유년에는 당당하게 왕이라 칭호하고 국내에 선언을 하되 전날에 신라가 당나라의 원병을 청하여 무리하게 고구려를 쳐서 멸한 까닭에 고도 평양(平壤)이 덧없이 황무한 폐허가 되고 만즉 내가 반드시 고구려를 위하여 그 원수를 갚겠다 하니 고구려의 유민이 모두 기뻐하며 향응하였다. 이 선언은 물론 고구려의 유토, 즉 북부 조선의 인심을 수습하고 일방으로 신라 왕조가 자기 학대한 것을 원한한 데서 나온 것이다. 그가 흥주(興州, 순흥) 부석사(浮石寺)에 갔다가 신라왕의 벽상(壁像)을 보고 칼로 친 것을 보아도 평소 그의 원한이 어떠하였나를 짐작할 수 있다. 이에 효공왕 8년 갑자년(서기 904년)에 나라를 새로 창건하되 이름을 마진(摩震)이라 하고 연호를 무태(武泰)라 하며 관제(官制)를 새로 정하고 추칠월에는 청주의 인호(人戶) 1천을 철원에 이주시키고 그 성으로 왕경(王京)을 삼으며 또 상주(尙州) 등 30여 주를 쳐서 뺏으니 공주장군 홍기(弘奇)가 또한 와서 항복하였다. 그리고 그 다음해 을축년에는 신경에 들어가서 궁궐과 여러 관청을 크게 건축하니 그 화려 굉장함이 능히 신라의 왕경을 능가하고 무태의 연호를 고쳐서 성책(聖冊) 원년이라 칭하고 패서(浿西)에 13진을 설치하니 평양 주장 검용(黔用)이 그의 위풍에 눌려 스스로 항복하고 증성(甑城)의 적의(赤衣) 황의적(黃衣賊), 명귀(明貴) 등이 또한 와서 항복하였다. 궁예는 이에 다시 신라를 병탄코자 하여 자기 나라 사람으로 하여금 신라를 부르되 멸도(滅都)라 하고 또 신라에서 오는 사람이면 모조리 다 죽이며 왕건을 명하여 남으로 금성(錦城)을 쳐 얻어서 나주(羅州)라 개칭하고 성책 7년 신미년에는 다시 연호를 고쳐 수덕만세(水德萬歲)라 하고 국호를 태봉(泰封)이라 고쳤다.

궁예와 불교

궁예는 이와 같이 무공으로 국가를 건설하고 왕이 되었으나 원래 불교의 신도인 까닭에 불교에 대한 신앙과 연구는 항상 게으르지 않아서 자호 왈 미륵불(彌勒佛)이라 하고 머리에는 금책(金幘)을 쓰고 몸에는 방포(方袍)를 입으며 맏아들은 청광보살(靑光菩薩) 끝에 아들은 신광보살(神光菩薩)이라 하고 외출할 때에는 채승으로 장식한 백마를 타되 동남동녀(童男童女)로 하여금 일산과 향화(香花)를 받들고 앞을 인도하며 승니(僧尼) 2백여 인으로 영불을 하고 뒤를 따르게 하였다. 그리고 또 그는 불경 20여 권을 저술하였으니 그 말이 모두 신기 괴이하여 원래 경전에 없는 것이 많고 또 어떤 때에는 정좌 강설(正坐講說)을 하되 그 강설을 반대 비난하는 자가 있으면 당장에 철퇴로 때려죽이니 누가 감히 이론을 하지 못하였다. 수덕만세 4년 갑술년에는 연호를 고쳐서 다시 정개(政開) 원년이라 하고 왕건으로 백선장군(百船將軍)을 삼아 나주 해상에서 후백제의 함대를 쳐서 멸하니 국위가 일시 천하를 진동하였다. 그러나 교사자만의 결과로 실덕과 비행이 많아서 부인 강씨(康氏)가 즉간하니 그는 크게 노하여 그 부인을 간음죄로 몰아 불에 뜨겁게 달군 쇠공이(鐵杵)로 그 외음부를 쳐서 죽이고 그의 아들 형제까지 다 죽였다. 그 후부터 그는 정신이 더욱 흥분되어 아무에게나 의심을 많이 두고 또 조금만 하면 격노하여 부하 관료와 일반 평민까지 무고하게 살해를 하니 그 부근의 백성들이 모두 공포에 씌워서 안정한 생활을 하지 못하였다.

기괴한 경참문(鏡讖文)

정개 5년 무인년이었다. 당나라 상인 왕창근(王昌瑾)이 철원에 우거하여 장사를 하더니 하루는 본즉 상모가 잘 생기고 의관이 기괴한 어떤 백발노인이 왼편 손에는 사기 사발을 가지고 오른편에는 옛날 거울을 가지고 와서 거울을 사라고 하므로 왕창근은 쌀을 주고 바꾸었더니 그 노인은 그 쌀을 갖다가 거리에 있는 거지 아이들에게 나누어 주고 어디로 갔는지 종적을 감추고 말았다. 왕창근은 그 거울을 벽상에 걸어 두었더니 일광이 경면에 비치며 아래에 기록한 것과 같은 가는 글자가 완연이 나타났는데 어찌 보면 옛 시와도 비슷하였다.

上帝降子於辰馬(상제강자어진마)

先操鷄後搏鴨(선조계후박압)

巳年中二龍見(사년중이룡견)

一則藏身靑木中(일직장신청목중)

왕창근은 처음에 그 글자 있는 것을 알지 못하였다가 나중에 발견하고 이상히 여겨 궁예왕에게 고하였더니 왕은 관리를 명하여 왕창근과 같이 그 거울 임자를 찾게 하였으나 마침내 찾지 못하고 다만 발삽사(勃颯寺) 불당에 진성(鎭星)의 소상(塑像)이 있는데 그 사람과 모양이 비슷할 뿐이므로 왕은 이상히 여겨 한참 개탄하다가 문인 송함홍(宋含弘), 백탁(白卓), 허원(許原) 등을 명하여 그 뜻을 해석하라 하니 송함홍 등이 서로 논의하여 왈 '상제강자어진마(上帝降子於辰馬)'는 진한, 마한(辰韓馬韓)을 이름이요, '이룡견'에 하나는 '장신청목'하고 하나는 '현형흑금'(二龍見一則藏身靑木, 一則現形黑金)이란 것은, '청목'은 소나무니 송악군 사람 중에 '룡'으로 이름을 지은 사람의 손자 되는 왕건(王建)을 이름이오. '흑금'은 철이니 지금의 국도 철원을 이름인데, 지금 국왕이 처음에 이곳에서 흥하였다가 나중에 이곳에서 망할 것을 뜻함이오. '선조계후박압(先操鷄後搏鴨)'은 왕건이 먼저 계림(鷄林), 즉 신라를 얻고 뒤에 압록강까지 얻는다는 뜻이다. 그러나 지금에 주상이 이와 같이 사나우니 우리들이 만일에 실상대로 그 말을 한다면 당장에 우리만 화를 당할 뿐 아니라 왕시중(王侍中)까지도 해를 입을 것이라 하고 이에 말을 달리 꾸며서 대답하니 왕은 그대로 믿고 조금도 회오 경구하는 기색이 없이 흉포가 더욱 심하니 일반 신민이 크게 공구하며 어찌할 줄을 몰랐다.

가련한 궁예의 말로

그해 6월이었다. 장군 홍유(洪儒), 배현경(裵玄慶), 신숭겸(申崇謙), 복지겸 등이 혁명의 음모를 하고 밤중에 왕건의 사택에 가서 말하여 왈 지금 주상이 무도 난폭하여 신민을 함부로 죽이고 생민이 도탄 속에 든지라 자고로 어두운 임금을 폐하고 밝은 임금을 세우는 것은 천하의 대의니 공은 옛날 탕무(湯武)의 일을 행하라 하니 왕건은 처음에 사양하다가 그의 부인 류씨(柳氏)의 강권으로 결국 혁명의 깃발을 들고 여러 장군을 선두로 하여 북을 치고 나팔을 불며 궁성문 앞으로 돌진하니 일반 인민이 또한 향응하여 만세를 부르며 환호하였다.

왕은 그때까지 그 사실을 알지 못하고 궁중에 있어서 여러 궁녀들과 놀이를 하다가 졸지에 변을 당하매 어찌할 줄을 모르고 창황망조하다가 미복으로 도망하여 산중에 숨어 난을 피하던 중 기갈이 심하여 인민의 보리밭에 내려가 보리이삭을 따먹다가 부양(斧壤, 지금 평강) 농민에게 붙잡혀 해를 입으니 이에 태봉국은 18년을 일기로 하고 그만 멸망하였다. 평강 사람은 그때에 자기 나라 임금을 죽인 죄로 고려조 초부터 정배를 당하였다가 이조 영조 때에 비로소 해소되었다.

—「별건곤」 70, 1934년 2월

복계역

서울에서 원산까지 경원선 따라 산문여행

21

원산
갈마
배화
안변
남산
석왕사
용지원
고산
삼방
삼방협
세포
검불랑
성산
이목
복계
평강
가곡
월정리
철원
신탄리
대광리
연천
전곡
동두천
덕정
의정부
창동
연촌
동경성(청량리)
왕십리
수철리
한강리
서빙고
경성
용산

★　강원도민과 황해도 사람들 출발　★

북간도로 가는 사람이 매일 느는 중, 지난 3일 경원선 복계 역에서
차를 타고 북간도로 향한 사람만이 270여 명에 달하였다 하며 그
들은 대개 강원도에 있어서는 춘천, 원주, 인제, 양구 등지와 황해도
로 송화, 금천, 평산 사람들이였었다더라. (평강)

—「동아일보」, 1927년 4월 6일

★　월경越境한 동포, 강원도로 집중　★

살길을 찾아 만주벌판을 향하였다가 거기에서도 또한 신신한 꼴
을 보지 못하고 갖은 고초를 겪던 나마에 전자에 일어난 구축문제
도 말미암아 어찌할 수 없이 남부여대하고 길로 쌓인 눈길을 헤치
며 다시 고국으로 돌아오기는 하였으나 지접할 곳이 어대이랴 고향
으로 다시 가자는 것도 어려운 일이요 그렇다고 길가에 헤매고 있기
만 할 수도 없는 관계로 그래도 농사짓기에 좀 낫다는 강원도를 향
하여 오는 사람이 많다는 바, 경원선 평강, 복계, 철원 역으로 내리어
양구, 화천, 김화 등지로 다시 이사하는 흰 옷 입은 무리가 연락부절
한다는데, 지난 연말에도 염안현에 이주하여 살던 평남 양덕군 수암
리 김윤정, 함남 덕원 금구리 박재홍 외 열두 사람이 복계 역에서 내
리어 화천으로 갔다는 비보는 사람으로 하여금 눈물을 금하기 어렵
다더라.

—「동아일보」, 1928년 1월 28일

이목역

서울에서 원산까지 경원선 따라 산문여행 ㉒

원산
갈마
배화
안변
남산
석왕사
용지원
고산
삼방
삼방협
세포
검불랑
성산
이목
복계
평강
가모
월정리
철원
신탄리
대광리
연천
전곡
동두천
덕정
의정부
창동
연촌
동경성(청량리)
용산리
수절리
한강리
서빙고
용산
경성

교량 공사 1913년 8월, 경원선 용담천(龍潭川, 강원도 화천 소재) 교량 공사 장면. (출처: 조선총독부 철도국, 『朝鮮鐵道史』, 1929 / 서울대학교 중앙도서관 제공)

★ **경원선 이목리**梨木里**에 시장 신설** ★

평강(平康) 경원선 복계 역과 검불랑 역 사이에 있는 이목 역은 금년 봄 신설된 이후로 부근의 발전상이 현저하여졌는데 이에 따라 금년 가을부터 시장이 열리기로 되었으므로 발전도상의 이목리로 하여금 더욱 반가운 일이라 한다.

—『동아일보』, 1937년 8월 5일

검불랑 역

원산
갈마
배화
안변
남산
서왕사
용지원
고산
삼방
삼방협
세포
검불랑
성산
이목
복계
평강
가곡
월정리
철원
신탄리
대광리
연천
전곡
동두천
덕정
의정부
창동
연촌
동경성(청량리)
왕십리
수철리
한강리
서빙고
용산
경성

Набережная Сунгари.

Сунгари.

검불랑에서의 대공사 경원선 건설 당시 가장 어려운 구간이었던 검불랑 구간 공사 장면 (출처: 조선총독부 철도국, 『朝鮮鐵道史』,
1929 / 서울대학교 중앙도서관 제공)

★ **검불랑의 혹한** ★

　하늘 아래 첫 동리라 일러오는 검불랑 등지엔 벌써 얼음이 한 뼘
이나 얼어서 썰매를 타게 된다 하며 금년 들어 초유의 극한인데 5일
최저 온도는 영하 20도 2분이며 행인의 수염엔 고드름이 주렁주렁
달려 있다고.

―『동아일보』, 1937년 12월 8일

검불랑 전경 1912년 7월에 촬영한 검불랑(劍拂浪) 일대의 전경이다. (출처: 서울역사박물관 / 朝鮮總督府鐵道局, 「京元線寫眞帖」, 1914)

★ 검불랑의 범 사냥 ★

경함선 검불랑과 세포 사이에 있는 선로를 순시하는 공부가 지나
간 4일 밤에 선로를 순시하려고 전기 구역의 산모퉁이를 지나가던
중 별안간에 큰 범이 나타나서 잠차 덤비려 하는 것을 크게 소리를
지르며 도망하여 간신히 생명을 구하였다 하며 수일 전에도 어떠한
공부 한 명이 그 처소에서 전기와 같은 범을 만났다 하여 소관 구역
철도원들은 대대적으로 범 사냥을 행할 터이라더라.

—「동아일보」, 1922년 3월 9일

『흙』을 쓰고 나서

이광수(李光洙)

    나는 이번에 『흙』을 써 가는 중에 모르는 여러분에게서 수백 장 편지를 받았습니다. 과분해서 등에 찬 땀이 흐르도록 격려해 주시는 편지들입니다. 나는 이 편지들을 보고 내가 하는 변변치 못한 말씀이 우리 동포들 중에 공명을 일으킨 것을 고맙고 기쁘고 영광스럽게 생각하였습니다.

    그런데 이 여러 장 편지 속에 가장 인상을 주던 글발은, 어느 여성인 듯한 분으로부터, 허숭이가 '살여울'을 찾아갈 때 그의 아내가 자살하려 차에 뛰어들어 중상을 당하여 결국 다리를 잘리는 대목이 있는 바 거기에 이르러, '너무 악착스럽다, 차라리 죽일지언정 다리를 끊게 하여 일생을 불구자의 설움 속에서 살아가게 함은 아무리 죄의 값이라 하여도 사람이 주는 벌로서는 너무 지나치지 않느냐'하는 뜻의 항의 비슷한 글이었습니다.

    그의 필치는 여성 특유의 예민한 관찰을 섞어 인도주의적으로 작자의 사건 만드는 수법을 반박한 것이었습니다. 나는 이 편지를 보고 죄와 벌에 대하여 많은 생각을 하여 볼 기회를 얻었던 것입니다.

어쨌든『흙』은 끝나는 줄 모르게 끝이 났습니다. 나도『흙』이 얼마 더 있을 줄 알았으나 더 쓰려고 생각해 보니 벌써 쓸 것을 다 써 버렸습니다. 사진사는 '있는 것'밖에 더 박을 수가 없습니다. '없는 것'을 박는 것은 요술입니다.

나는 몇 해를 지난 뒤에『흙』의 후편을 쓸 날이 올 것을 믿습니다. 살여울 동네가 어떻게 훌륭한 동네가 되는가를 지키고 있다가 그것을 여러분께 보고하려 합니다.

나는 살여울이 참으로 재물과 문화를 넉넉히 가진 동네가 되기를 바랍니다. 동시에 김갑진이가 새로운 생활을 하고 있는 검불랑이 살여울과 같이 잘 되고 온 조선에 수 없는 살여울과 검불랑이 일어나기를 바라고 믿습니다.

나는 이건영 박사도 그 좋은 재주와 공부를 가지고 심기일전하여 조선에서 큰 일꾼이 되어지이다 하고 빌고 있습니다, 사람이 뉘 허물이 없으랴만 고치면 조흔 일입니다. 우리 조선 사람이 전부 허물이 있지 아니합니까.

전부 허물이 있기 때문에 지금은 잘못 살지 아니합니까. 그러나 우리 조선 사람들이 허물을 고치는 날 우리는 반드시 잘 살 것입니다, 이것이 우리 희망이 아닙니까.

그러나 나는 바쁜 사무를 보는 여가의 실낱만 한 틈을 타서 쓰는『흙』이라 잘 생각해 보고 또 고치고 할 틈이 없었음을 부끄럽게 생각합니다. 그렇지만 내가 그 속에서 여러분께 여쭈운 말씀은 모두 내 진정입니다.

나는 이『흙』을 지금 신의주 형무소에서 치안유지법 위반으로 복역 중인 벗 채수반(蔡洙般) 군에게 드립니다. 채수반 군은『흙』의 주인공인 허숭과 여러 가지 점에서 같다고만 말씀해 둡니다. 채 군이 출옥할 날이 아직 앞으로 삼 년이나 남았으니 언제나 나와서 이『흙』을 읽어주나.

마지막으로 나는 이『흙』이 미성품인 것을 자백합니다. 그러나 위에도 말씀드린 바와 같이 이『흙』은 미성품이 되지 아니치 못할 운명을 가진 것이라고 믿습니다.

　　왜 그러냐 하면 살여울이 아직 미성품이기 때문입니다. 나는 한 선생이 살여울로 들어가시는 것을 보았고 허숭 변호사가 아직 출옥하지 아니하였고 유정근, 심순례, 이건영, 현 의사 같은 이들이 무엇을 할지를 모르는 까닭입니다.

　　그러나 나는 차를 타는 것까지는 보았다고 믿습니다. 나는 그네들이 힘쓰는 하회를 볼 수밖에 없지 아니합니까. 그것을 보아서 아까도 말씀드렸거니와『흙』의 속편을 쓸 수밖에 없지 아니합니까.

─『삼천리』5권 9호, 1933년 9월

성산역

서울에서 원산까지 경원선 따라 산문여행

24

원산
갈마
배화
안변
남산
석왕사
용지원
고산
삼방
삼방협
세포
성산
검불랑
이목
복계
평강
가곡
월정리
철원
신탄리
대광리
연천
전곡
동두천
덕정
의정부
창동
연촌
동경성(청량리)
왕십리
수철리
한강리
서빙고
용산
경성

철도국 청사 용산역 앞에 자리한 총독부철도국 청사의 전경이다. 일제강점기에 조선의 국유철도는 원칙적으로 총독부 철도국에 의해 운행되었으나 1917년 7월 31일 이후에는 경영의 효율성을 들어 남만주철도회사(약칭 '만철') 경성관리국 에 위탁 운영되었다가 1925년 4월 1일부터 다시 운영권이 반환되어 총독부철도국이 부활하였다. (출처: 서울역사박물 관 / 朝鮮總督府鐵道局, 『京元線寫眞帖』, 1914)

★ 경원선 성산역 신설 ★

철도국에서는 경원선 검불랑(劍佛浪)과 세포(洗浦)역 사이에 성 산(城山) 정거장을 신설하고 오는 7월 1일부터 운수영업을 개시하기 로 되었는데 화물취급은 하지 않기로 되었다.

—『매일신보』, 1941년 6월 14일

세포역

원산
갈마
안변
배화
남산
서왕사
용지원
고산
삼방
삼방협
세포
검불랑
성산
이목
복계
평강
가목
월정리
철원
신탄리
대광리
연천
전곡
동두천
덕정
의정부
창동
연촌
동경성(청량리)
왕십리
수철리
한강리
서빙고
경성
용산

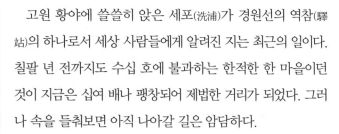

세포의 당면문제

세포의 한 기자

고원 황야에 쓸쓸히 앉은 세포(洗浦)가 경원선의 역참(驛站)의 하나로서 세상 사람들에게 알려진 지는 최근의 일이다. 칠팔 년 전까지도 수십 호에 불과하는 한적한 한 마을이던 것이 지금은 십여 배나 팽창되어 제법한 거리가 되었다. 그러나 속을 들춰보면 아직 나아갈 길은 암담하다.

첫째는 교육문제이니 고삽면 일원에 미취학아동이 일천에 가까운 숫자이다. 그런데 개량 사숙(私塾) 하나 변변한 것이 없이 세포와 검불랑 등지의 학동이 멀리 타도 타군에 통학을 하고 있다. 몇 해 전에 보교기성회(普校期成會)가 생기었으나 고식(姑息)상태에 있다. 이제 겨우 군의 지시에 의하여 기성회가 부활되어 다시금 교육문제의 급을 논하게 되었으나 일부 인사의 의견은 불경기만 빙자하고 사건의 보류를 강요하는 사실을 본다. 어찌 한심치 않으랴. 세상이 다 가난해 간다는 것은 항상 신문지상에서 보는 바이지만, 초등교육은 공민이 받을 권리라 이것을 하지 않고 문맹으로 일생을 두는 것은 부형의 수치와 사회의 수치다. 무엇을 하여서라도 보교(普校) 하나는 세워야 한다.

둘째는 도로개수 정비문제다. 세포가 강원북부의 관문이니만치 세포 회양 간 도로문제는 긴급하다. 경제적 가치로는 미약하다 할지라도 정비된 도로를 완성치 않으면 세포의 퇴폐는 필연한 사실이다. 어찌 우리가 일사나 경솔히 취급할 수 있는 일이랴. 면민 전부가 다 같은 목적을 위하여 하루바삐 교통문화의 촉진을 바라고 있는 것이니 당국은 속히 이것을 실현치 않으면 안 된다.

셋째는 조선인 상계(商界)의 위축 그것이다. 조선인 상계가 몰락되는 반면 현재 세포의 상권이 전혀 중국 상인의 장악한 바 되어 몽매한 농민을 별별 방법으로 착취하는 것은 우리가 모두 아는 문제가 아니던가. 그들이 결코 자본을 많이 가지고 하는 까닭도 아니다. 경영방법이 충실한 것도 물론 아니다. 그들에게 근검 소박한 기풍은 있다고 하지만 첫째로 그들이 우월한 성적을 내는 것은 단지 농민을 상대로 하는 그 수단이 족히 고객을 끄는 힘이 있다. 혹은 희롱 섞인 언어로 혹은 악소지심(惡疎至甚)한 상략으로 상업도덕을 벗어난 수단방법이 도리어 우매한 고객을 끌어드는 것이다. 조선인 상인은 모름지기 상업도덕을 기초로 한 상략으로 고객을 끌 방책이 없는가. 물론 조선인대 조선인 상업이 조선인 대외인에게 떨어질 이유는 없는 것이다. 다만 박리로써 끌지 않고도 능히 고객을 끌만한 방법은 얼마든지 있다. 객에게 응대하는 방법 여하로 족히 성공을 기할 수 있다. 상인에게 뿐 아니라 그러나 일방 소비자도 각오가 있어야 할 것이다. 서로서로 부조하여 나가는 것이 미덕이 되며 이익이 된다. 이조를 일석으로 잡기를 꾀하는 것이 곤란한 것이 아니다.

넷째는 농업방법에 대한 문제다. 세포가 고원지대로서 한랭의 도와 풍세(風勢)의 심함이 강원도에도 드물게 있는 곳이니만치 이 지방에 적당한 농경 방법이 필요할 것이며 종자도 보통 강원도 산으로는 부적당하여 평북, 함북의 농산물이 이 땅에 적의(適宜)할 것을 간파한 자도 있거니와 토질까지 특이하여 시비 방법도 유달리 할 필요가 있는데 농장 혹은 면에서는 이에 적당하도록 연구를 가하여 일반에게 지도하는 것도 긴요한 방법일 것인데, 전혀 이를 등한시하여 넓은 지면을 버려두며 너무도 조방적(粗放的) 농경방법을 행하여 생산량이 과소함은 극히 한심한 사실인 중 여하한 방법으로든지 기어이 연구 지도 기관의 설비를 바라는 바이다.

　다시 한 가지 쓰려는 것은 시가(市街)의 정리이다. 위생 사상이 철저히 보급되지 못하여 하는 수 없다고 하지만 관민이 좀 더 착목하여 남의 눈에 더러운 시가를 보이지 않도록 하여야겠다. 간선 대로에 건축되는 가옥도 장래를 생각하여 너무 꼴 흉한 것은 짓지 않도록 어느 정도의 제한이 필요할지며, 변소의 설비, 퇴비사(堆肥舍)의 설비가 필요하다. 경찰당국으로서 춘추 청결을 좀 더 엄중히 할 필요를 느낀다.

―『동아일보』, 1931년 3월 25일

석왕사와 안변 공자묘 강원도 고산군 설봉리에 위치한 석왕사(釋王寺)의 모습을 찍은 사진들과 공자묘의 사진이다. 위에서부터 차례대로 석왕사(釋王寺)의 전경. 석왕사(釋王寺), 광천장(鑛泉場), 석왕사(釋王寺) 산문(山門) 입구, 석왕사(釋王寺) 영월루(暎月樓)의 모습과 함경남도 안변읍에 있는 공자묘(孔子廟)의 모습을 볼 수 있다. (출처: 서울역사박물관 / 南滿洲鐵道株式会社京城管理局, 『朝鮮鐵道旅行案内』, 1924)

세포에서 석왕사로

일 공민(公民)

세포는 경원선의 보헤미아라고 하고 싶다. 나는 보헤미아를 본 적이 없소. 그러나 우리로 하여금 보헤미아를 보이면 세포를 연상케 하오리다.

기차가 철원에서 검불랑을 지나 올 때 한편 터널에서 꼬리가 빠지기 전에 머리가 또 다른 터널을 찾아 들어가서 한 골을 지나면 다음 골은 점점 더 깊고 한 산을 지나면 다른 산은 점점 더 높아진다. 순간의 암흑에서 찰나의 명계를 통과할 때에 나의 의식은 더욱 명민하더이다. 심곡에서 천고의 불평을 품은 유수는 층암에서 뛰어내리고 조약돌에 부딪혀 부서지며 깨지면서 자유의 대해로 질주하고 침묵과 적요를 생명 삼아 우뚝우뚝 허울 좋게 일어선 녹수는 바람을 만날 때마다 노호하고 질타하여 공기의 유동하는 폭력을 대항하니 자연과 자연의 무의식한 전투는 영원에 긍(亘)하여 평등을 요구하는 것이다.

기차가 터널을 다 지나놓고 씩씩 헐떡헐떡 하면서 경사지를 반상(攀上)하는 것이 마치 여름 폭양에 무거운 짐 실은 황소 모양이다. 나의 안전에는 별세계가 전개되었다. 양편을 돌아보니 지질 번한 땅이 산으로는 너무 얕고 언덕으로는 너무 굉대(宏大)한 것이라 별로 넓지도 아니하고 지세 상 얕지도 아니 한 평평한 산이 반공에 부출(浮出)하였는데 큰 나무는 하나도 볼 수가 없고 짤막짤막한 나무와 풀이 가지런히 덮여 있는데 젖은 안개가 무겁게 산 중복에 은색으로 끼었고 만학십봉의 산을 흉내 낸 구름은 허리를 굽혀 나직이 넘겨다 본다. 오후의 일광은 훨씬 피곤한데 찬바람이 선들선들하더이다. 고원 지방 안에 흥치와 기분에 서 있는 동안에 세포 역에 다다랐다. 이를 좇아 기차는 원기를 회복하여 훅훅 달아나는 것이 빙상에 철구를 굴리는 것 같더이다.

나로 하여금 보헤미아 고원을 연상케 한 것이 무리가 아닌 줄 알아 주시오. 차중에서 로서아 사람을 하나 만나서 아까부터 무슨 말을 하여 보려 하였으나 다음 어구의 대답이 딱 막힐 듯하여 겁 내고 있다가 고원 흥취에 무젖은 나는 대담히 개구하였다.

"어떻소?"

부득이 한 침묵을 고수하고 눈만 껌쩍껌쩍 하고 있던 작자가 별안간 벌떡 일어서면서 두 손을 쩍 벌리고 감동이 격절한 표정으로,

"참 좋소."

그 뒤의 어구는 슬라브의 독특한 풍부한 형용사로 흉중에 정체하였던 감상을 진술하는 모양이나 새 꼬리만 한 나의 노어는 이를 이해하기에 너무 저급이었다. 졸지에 어학력이 부족한 것을 한탄하나 할 수 없는 일, 기왕 무식이 폭로되기는 일반이라, 닿는 대로 나가는 대로 성명도 묻고, "왜 왔느냐?" "어디로 가느냐?" 한즉, 자기는 원래 반과격파로 합이빈에 있는 세묘노프 휘하의 장교로 해삼위 과격파를 토벌하러 갔다가 패전한 후 노함(露艦)을 타고 도망하여 원산에 상륙하여 경성 노국 영사관에 있다가 지금 다시 본국으로 간다 하더이다. 그 말을 듣는 동안에 나는 몇 번 노어 사전을 폈는지 알 수가 없소. 그리 하는 동안에 석왕사 역에 도착하였소. 그대로 원산까지 갔다가 익조(翌朝)에 다

시 석왕사에 내렸소.

때는 오후 두 점쯤 되었소. 대지에 질펀히 내버려 둔 길은 정면으로 폭양을 받아 반사하는 백사에 눈이 부시고 길 양편에서 구부려져 들어온 소나무와 낱낱이 늘어진 버들 아래에 들어서니 별안간 딴 세상에 온 듯 합디다. 나무 그늘을 다 지나니 사정없이 두상에 내리쬐는 일광은 만유를 다 홍거(烘去)하고야 말 형세입디다. 논바닥이 쩍쩍 갈라진 둑에 한 농부가 서서 다 말라가는 도랑물을 들여다보고 있는 것은 산중의 활비극(活悲劇)입디다.

그럭저럭 여관에 도착하였소. 시간이 가지 아니하여 3인의 친구가 생겼소. 도시 생활이 성습(成習)된 사람은 무슨 욕심을 충만할 만한 사람의 약점을 발견할 때에만 필요 이상의 은근한 태도를 뵈이려 하지만 우리 사람들이 여기 와서는 호대(浩大)한 자연에 속진의 악덕을 소거하여 버리고 잠시라도 일부분이라도 이해에서 뛰어나와서 천연한 본성에 돌아가는 모양인가 봅디다. 서로 미묘한 정서가 전속(纏束)되고 미온의 애열이 폭사하여 접근치 하니하면 견디지 못하는 듯 합디다. 극히 간단한 서정이 허위가 없고 간격이 없이, "우리 목욕 가세" "우리 물 먹으러 갑시다" 하는데 인생의 본연한 진미가 있소. 물병을 하나씩 둘씩 가진 자연인의 한 떼가 영천(靈泉)을 향하여 가오.

여관에서 나와서 '上元周將軍(상원주장군)'이라고 대서특필한 장승문을 들어가서 삼십 간쯤 가면 우편 노방에 무지러진 나무 한 개를 중심 삼아 목책을 방형체로 둘러싼 그 안에 "我太祖御手植松(아태조어수식송)"이라는 표목이 있소. 바로 그 곁에 비각이 있는데 비석이 대소 두 개가 있소. 소비석에 "太祖大王手植松(태조대왕수식송)"이라는 것은 지난 시절에 부사가 세운 것이고 큰 비석에 "太祖高皇帝御手植松(태조고황제어수식송)"이라는 것은 광부 시대에 세운 것입니다. 그 나무가 속속들이 썩어서 비스듬히 서 있소. 실로 감개무량하옵디다.

이 나무가 이조 오백 년을 가리켜 말하는 듯 속속들이 썩었소. 단속문을 통과하여 수선교를 건너서 약수에 다다르니 일본식 오처(吾妻) 소옥에 때 묻은 중 한 놈이 상건을 쓰고 앉았소. 무엇인가 했더니 들어본즉 신화족(新華族) 송(宋) 자작이 이 약수를 수축(修築)하고 또 청결을 보존하기 위하여 수세를 매인에게 1전씩 받는다 하오. 사람이 창조하지 못한 인공을 가하지 아니한 자연의 단편을, 천연수의 한 잔을 1전에 방매함을 명령한 자가 그 누구뇨. 전(前) 대한국 농상공부 대신 신화족 자작 대감이 곧 그 작자라. 무한히 발산하는 타난와사를 밀폐하게 연와(煉瓦), 시멘트로 콘크리트를 박아 외기(外氣)를 차단하는 위생학은 누가 발견하였느냐. 일본 오처옥(吾妻屋)에 조선 중놈을 앉혀서 자연과 공예와 인물의 대조를 억지로 부조화 하게 하는 예술을 누가 창작하였느냐. 천연에 임하여 용출하는 약수에서 자연인을 거절하고 1전에 방매하는 경제학, 누구의 학설이 기초된 것인가.

돌아오는 길에 감천정이란 욕장(浴場)에 들어서니 산 밑 언덕 어귀에 일본식 건축 4, 5개 있소. 일본식 초옥에 현관, 우호(雨戶), 다다미, 초자장(硝子窓)으로 들여다보니 가구와 음식 제구(諸具)까지 다 현해탄 건너온 것인데 그 가옥 그 가구 일습을 가지고는 정경부인이나 대감마마는 살림을 할 수 없고 옛날 기생조합장 조(趙) 자작의 우부인인가 좌부인이라야 딱 들어맞겠다. 그 4, 5개의 건축이 신화족 모모의 별장이라 하니 더욱 전율함을 금치 못하였소. 그 포부와 그 경륜과 그 취미를 가지고 국정을 처리하여 필경은 그 사회를 타락케 하더니 금일 우리 목전에 그 횡포와 그 잔인과 그 무식을 유감없이 전개하여 자연의 신성한 풍치를 또 파괴하였소.

여관에 돌아와 석반(夕飯)을 마치고 황혼에 신선한 바람에 깨어서 산보를 하노라니 근처에서 들리는 것은 물소리, 형용할 수 없이 와각와각 하는 것은 개구리 소리요 공중에서 무겁게 멀리 쏴, 하는 것은 밤바람에 춤추는 나뭇잎 소리인 듯, 시인으로 하여금 이것을 듣게 하면 자연의 음악이 미묘하다 하겠으나 허다한 조음(譟音)은 결코 우리의 쾌감을 휴기(休棄)치 아니한다. 인류의 과학과 음악이 더욱 진경에 들어가면 이 허다한 부조화한 음성을 조화 하도록 물체나 생물을 배치하고 또는 자연의 음성을 가미하여 고창(苦唱)과 간음(間音)으로 충분히 조화한 일대 음률을 사람의 청각이 있는 곳마다 장치할 시기가 있겠소? 이런 것을 몽상하면……

6월 9일 영월여관(暎月旅館) 한 방에서

—「동아일보」, 1920년 6월 12일, 14일

삼방협 역

서울에서 원산까지 경원선 따라 산문여행 26

원산
갈마
배화
안변
남산
서왕사
용지원
고산
삼방
삼방협
세포
성산
검불랑
이목
복계
평강
가곡
월정리
철원
산타리
대광리
연천
전곡
동두천
덕정
의정부
창동
연촌
동경성(청량리)
왕십리
수절리
한강리
경성
서빙고
용산

삼방협 역 (출처: 조선총독부 철도국, 『朝鮮鐵道四十年略史』, 1940 / 서울대학교 중앙도서관 제공)

★ **삼방협 6개 역 신설과 승격** ★

철도국에서는 오는 9월 1일부터 함경, 경원 양 선의 삼방협, 용지
원, 용운, 강상리의 네 간이역을 보통 역으로 승격, 또 고원, 영흥 간
에 영흥 역을, 서호진, 여호 간에 마전 역을 각각 신설하여 9월 1일
부터 영업을 개시하기로 하였다.

—『동아일보』, 1939년 8월 5일

태평양과 삼방 유협幽峽

이기영(李箕永)

강산의 승경(勝景)을 말하자면 천하의 명승을 두루 돌아다니며 놀고 난 후라야 말할 자격이 있다 할는지 모르나, 그리운 산, 그리운 물이라면, 반드시 그런 것도 아닐 것 같다. 비록 명승은 아니라도 자기의 주관으로 인상 깊게 잊지 못할 곳이라면, 우리는 어디든지 거기를 동경할 수 있는 것이다.

이런 의미에서 나는 보지 않은 금강산을 말할 수도 없고, 관동팔경이니, 명사십리를 말하고 싶지도 않다. 나는 나의 족적이 미친 바로서 가장 인상 깊고, 그리워하는 두어 곳을 적어보기로 하겠다.

그러나, 솔직히 말하면 조선의 산천은 빈약하다. 산에는 나무와 물을 껴야 하고 물은 또한 청산과 무림을 배경 해야 이에 있어 강산의 아름다움을 드러낼 수 있다. 그런데 조선의 산에는 나무가 없고, 내에는 물이 없다. 사람들이 수척하니만치 산천도 수척하고 벌거벗었다.

실로 이 어찌 우연한 일이랴?

나는 더구나 메마르기로 유명한 천직산(天稷山)에서 자라나다가 왕년에 비로소 현해탄을 건너서 그곳의 울창한 삼림과 창일(漲溢)한 녹수를 볼 때 과연 감탄하기 마지않았다. 밥이 물론 첫째 조건이지만 사람은 밥만 먹고도 못 한다.

동물은 산소를 흡수하여 산다 하지 않는가? 그리고 산소는 초목에서 발산된다 하지 않는가? 소위 호연지기(浩然之氣)를 기른다거나 대기를 깊이 마신다는 것도 산하가 풍요한 곳이라야 말할 나위가 있지, 척박한 토지에서 무엇을 기를 수 있으랴? "인걸은 지령(地靈)"까지는 몰라도 마실 것은 먼지밖에 없을 것이다.

그런데 거기는 도처에 청산이요, 녹수가 흐른다. 나는 세토나이카이(瀨戶內海)를 밤에 지났기 때문에 명석(明石), 수마(須磨)의 절경을 못 보았거니와 차창 밖으로 내다보이는 도국(島國)의 기름진 풍광이 명미한 산과 바다를 조망하던 것은 지금도 오히려 심안을 황홀케 한다.

그러나 나는 동경에 건너간 그 이듬해 여름에 저 관동대마재(關東大魔災)의 어마어마한 광경을 겪고 나서『동아』에서 제1회 구조선으로 보낸 홍제환(弘濟丸)을 지포(芝浦)에서 잡아타고, 진원지인 이두반도(伊豆半島)의 몽몽한 흑연을 토하는 활화산을 쳐다보며 태평양 연안을 돌아나올 때 대양의 장엄한 광경을 평생 처음으로 느끼었다. 그때 폭풍우를 만나서 경혼낙백(驚魂落魄)하기도 하였으되, 그 중에서도 오직 물빛이 하늘에 접하는 무변(無邊) 대양에서 산같이 몰려오는 파도와 싸우던 것은 육지 사람으로는 보기 어려운 장쾌하기 짝이 없는 장면이었다. 그때에 같은 배를 탄 동포 중에서 혹시 이 신문을 보는 이가 있다면 나의 이 말에 누구나 공명할 줄 믿는다. 일주일의 그 항해는 그야말로 청산만리일고주(靑山萬里一孤舟)의 느낌이 있었다.

태평양이 그리운 물이라면 나의 그리운 산은 아마도 삼방 유협을 쳐들 수밖에 없다. 태평양을 말하다가 삼방 유협으로 옮기는 것은 너무도 엉뚱한 것 같으나 대양에서 장엄한 위대를 느낄 수 있다면 유협에서는 정교한 자연미를 맛볼 수 있다. 실로 삼방유협은 일 폭의 천작(天作)

금강산 **구룡폭포** 강원도 고성군 온정리에 있는 높이 74m, 너비 4m의 폭포. 앞 넓은 바위에는 신라 말 최치원이 시를 새겨놓은 곳이 있고, 폭포 우측 바위벽에는 '미륵불(彌勒佛)'이라는 거대한 글자가 새겨져 있다. (출처: 조선총독부, 「施政二十五年史」, 1935 / 서울대학교 중앙도서관 제공)

예술뿐이었다.

그때는 봄철이었다. 나는 그때도 잡지사 일로 함흥을 갈 적이다. '패스' 덕분에 이등차를 탔다. 그전에는 늘 저녁 차를 탔었는데 그날은 전날 밤 차를 놓쳤기 때문에 아침 차를 타고 갔다.

차가 철원 역을 지나서 차차 고원지대로 올라가며, 숨이 차서 헐떡이는 창밖으로는 여전히 가는 비가 시름없이 뿌리었다. 새봄을 만나서 푸른 싹은 비를 맞아 더욱 푸르고 나무마다 파릇파릇 연두 잎새가 돋아 나오고 있다. 그러나 고원지대라 절기가 늦어서 그런지, 경성보다 나무 순이 덜 자란 것 같다.

그동안 차는 삼방 깊은 산골짜기로 들어섰다. 별안간, 조그만 터널을 뚫고 나가서는 기암괴석이 중첩한 골짜기의 철교를 건넌다. 철교를 건너서는 다시 터널을 지나고, 터널을 지나서는 다시 계곡의 철교를 건너는데 그 가운데 청정한 녹수는 양 기슭의 절벽을 뚫고 굽이쳐 흐른다. 거기에 점점이 붉게 핀 진달래꽃, 푸른 솔, 검은 바위……, 그 순간 왼편으로 흐르는 물이 바른쪽으로 흘러가고 가로로 비껴난 물은 다시 철교를 뚫고 왼쪽으로 흐른다.

한 줄기 시내는 이렇게 감돌고 풀돌아서 유수한 깊고 큰 골짜기를 뚫고 나가는데 나는 이등차 안의 자리가 텅 빈 것을 기회로 동에 번쩍 서에 번쩍 하는 이 시내를 붙잡으려고 이리 닫고 저리 닫기를 수없이 하였다. 더구나 가랑비가 가리는 속에 진애(塵埃)를 씻어 내린 산의 생김새가 새로움을 따라, 진달래꽃은 푸른 솔과 대조되어 더욱 연연히 붉게 되었다.

어린 가지에 점점이 붉은 놈! 수풀을 이루어서 떨기로 우거진 놈. 청류가 굽이쳐 흐르는 대로 기암과 절벽에 수를 놓아 나간 진달래꽃이 가랑비를 무릅쓰고 피어난 경치야말로 참으로 무엇이라고 형언할 수 없이 선연하였다.

그러나 삼방 유협은 두견화뿐만 아니다. 유수한 골짜기 속으로 완연히 둘러있는 뾰족한 산봉우리에는 군데군데 폭포가 떨어지고 무림(茂林)이 울창하여 여름에는 녹음, 가을에는 단풍, 겨울에는 백설의 승경이 나그네의 발길을 멈추게 한다. 속칭 삼방의 명명은 여름에는 장마에 막히고, 가을에는 도적에 막히고, 겨울에는 눈에 막히기 때문에 '삼방(三防)'이라 한다는 말과 같이, 삼방은 지리가 극험함에 따라서 기후도 비상한 모양이었다.

내려다보면 곡곡 잔잔한 석계(石溪)! 치어다보면, 중중한 산형에 수목이 삼삼하다. 그때는 봄철이다. 밀림이 우거진 속에, 새순이 퍼렇게 피어나는 것은, 마치 천병만마(千兵萬馬)가 진을 친 것처럼 새로 약동하는 것 같았다. 산봉우리 위에는 늦은 안개가 어리고, 가랑비는 여전히 계곡에 뿌리었다. 나는 그때 어떻게도 이 황홀한 풍경에 감격했던지 석왕사 역에서 엽서를 사가지고 나의 친척 형 되는 L씨에게 일부러 자연의 경치를 담은 글을 써 보낸 일까지 있었다.

—「동아일보」, 1934년 7월 20일

밤차

이은휘(李恩徽)

별안간 오른편 다리가 얼어붙은 포도(鋪道) 위에서 찍 미끄러지는 바람에 어렴풋한 잠에서 소스라치며 세웠던 무르팍이 툭 미끄러져 떨어지면서 온몸이 균형을 잃고 앞뒤로 도리질 친다. 덜커덕 차가 서고 이어 문이 열리며 망태를 진 사나이, 함지박을 뒤집어 인 부인네, 누런 코르덴 양복, 허름한 중절모자들이 두리번두리번거리며 들어온다. 그들의 눈에는 오직 빈 자리다. 앉을 자리를 찾기에 온 정력이 든다. 그러다가 2인분 자리를 혼자 도맡아 가지고 누워 가는 사람이 많을 때 그들의 얼굴에는 적이 안심의 빛이 떠돈다.

"어디메꺼지 가우?"

사십 좀 넘어 뵈는 중년 안 늙은이가 가느다란 눈에 눈웃음을 치며 맞은 편 자리 퉁퉁한 부인에게 말을 건다. 이 고음은 조자(調子)가 빠르다.

"서울꺼정 간당이."

억센 악센트의 사투리가 조심성 없는 큰 목소리로 대답한다. 느릿느릿하게.

"아이 세상에 멀리 가우다나. 난 철원까지 간다우다. 우리 딸이 요좀에 몸 푸렀시요.(해산했어요.)"

"앙이 무시기 낳소?(뭘 낳소?)"

"아들이 앵이요. 발세 둘채라우."

"앙이 여사 질겁겠소. 난 우리 아들아가 서울서 굉붜(工夫) 허능기 밥 사먹기가 그리 힘이 든댕요. 그렁이 어디 내 해 먹어 볼깐 해서 가지앵이유."

그들의 얘기 속에는 벌써 소박한 친밀이 흠뻑 떠돌고 있다. 화려하고 사치한 속에는 이런 정다움이 있기 어렵다. 남이야 알아주건 몰라주건 두 아낙네는 서로서로 자기들의 아들, 딸, 외손자에 대해 담배 연기, 입김, 콧김, 위스키 냄새들이 혼합된 속에 온통 즐거운 자랑거리 화제를 쏟는다.

어느덧 함북(咸北) 아낙네는 보따리 속에서 까만 맛있어 뵈는 엿뭉치를 꺼내 한 옆을 꾹 잡고 잡아 늘여 가지고는 배배 비틀어 떼어 내여 함남(咸南) 아낙네에게 권한다. 그들의 보따리 속에는 아들을 위한 엿뭉치며 자반이며, 간장, 고추장, 이런 것들이 수북이 들었으리라. 외손자에게 가는 보따리 그 속에는 미역꼭지, 어린애의 기저귀라도 듬뿍 들었을 듯하다. 이 외조모는 갓난 외손자의 색동저고리 어서 꾸미기를 은근이 바라고 있을 게다. 한 시간 남아 그들은 화재의 궁핍을 느끼지 않는가 보다. 여전히 악센트의 소리가 높다.

보따리, 보따리, 시골정거장에는 이 울긋불긋한 보따리가 한 이채를 띤다. 말라빠진 명태 몇 개, 떡 부스러기, 옷가지들 이렇게 변변치 않은 이루 생각조차 할 수 없는 왼갖 물건들이 여인의 정성된 손끝에서 가진 각색의 설화(說話)를 담고 있는 것이 아닐까.

멀리 일터로 간 남편을 골몰히 생각하며 밤마다 밤마다 등잔의 심지를 돋우고 오로지 외롭고 안타까이 그리운 정을 한 뜸 두 뜸 떠가는 혼솔 속에 마디마디 담으며 꿰매어 포개 둔 두루마기, 바지, 버선, 색시는 지아비한테서 소식 오기만 기다리고 기다리다 이윽고 눈물을 흘리도록 기뻐할 이날이 와, 색시는 돈 벌러 간 남편을 찾아 저 보따리를 침착을 잃은 손으로 꾸려 가지고 오늘밤은 몹시도 초조히 이 밤차 속에서 드새운다. 아니 너무나 기쁜 나머지 잠을 이룰 수 없음인지도 모른다. 이렇게 해서 그들의 살림살이의 한 조각이 이 보따리 하나로 말미암아 얼마나 즐겁고, 윤택이 나는 것일까, 오직 이 보따리 하나를 만들기 위해서 여인의 왼 솜씨가 기울여졌을 것이다. 이 보따리를 아내의 머리에서 받아드는 남편의 마음도 애정과 향수에 흠뻑 젖으리라.

혼혈아 같은 트렁크보담은 협수룩하고 맵시가 없는 보따리가 가지고 다니기는 무척 꺼려하면서도 어딘지 살뜰하게 정답고 측은해진다. 하긴 시골 할머니들이 값비싼 트렁크를 드는 것이 격에 맞지 않고 파리쟌느 같이 말쑥한 여인이 울긋불긋한 큰 봇짐을 손수 지닌다면 그것을 귀엽게 보아줄 사람이 몇이나 될까.

번화를 모르는 플랫폼에는 화려한 송영객이 없어도 날마다 날마다 애끓는 이별이 자지 않고 오직 비단 손수건보다 정의 표정이 느리고 두터운 미명 치마꼬리로 빡빡 부벼대는 눈물의 애정과 작별의 서러움이 더욱 애처롭다.

거센 호흡을 가지고 무언의 작별을 거듭하는 이 거대한 나그네와 함께, 하루에도 몇 십 차례씩 차안과 밖에서는 하루살이의 만남과 작별이 거듭된다. 거대한 나그네는 홈씩(home sick)에서 면역된 지 오랜가 보다만 그 속에 작은 나그네들은 향수를 못내 못 잊어 한다.

"아카츠키니, 쓰메바니 하는 급행은 탈 멋이 없어, 황소같이 느려도 완행을 타야만 재미있어, 시골 정차장에서 내리고 오르는 사람들의 풍경이 보기 심심치 안해."

하며 완행을 타기 즐기는 동무는 아무래도 악취미였다. 그러나 그것은 정말 멋있는 마음이다. 이런 것은 우리가 느낄 수 있는 하나의 커다란 풍물시다. 하나 요즘은 정차 없이 한달음에 내닫는 급행을 타야 좋다는 것은 현대인의 상식이다. 창백한 마음들이 모두 문화를 따르기에 여념이 없다.

오전 2시.

삼방협.

경원선에선 이 곳을 지날 때가 가장 유쾌하다. 돌돌 구르고 샘이 솟아오르며 흰 거품을 담뿍 내뿜고 굽이굽이 흘러내리는 이 산협의 물줄기, 각양각색의 고산식물이 한데 엉켜 깊은 총림(叢林)의 느낌이 있는 산, 여름이면 이곳이 즐거움이련만 겨울 더욱이 밤 풍경의 운치는 야속스럽게 모두 일었다. 이곳도 치운 밤 얼지 않으려 고요히 고요히 잠들어 오직 덜커덩 덜커덩 나그네의 발자국 소리만이 코 고는 소리와 아울러 이 협(峽)의 호흡을 맞춰준다.

별 하나 볼 수 없는 겨울의 밤열차는 타고 있는 사람만이 자꾸자꾸 늙어 가는 듯하여 서글프다. 몇 백리를 어둠 속을 달리는 동안 공간과 시간이 무척 달라지고 옆에서 지껄이는 화제, 금광 브로커들의 얘기, 해

경원선을 가로지르는 과선교의 모습 (출처: 조선총독부 철도국, 『朝鮮鐵道四十年略史』, 1940 / 서울대학교 중앙도서관 제공)

산물장사의 얘기, 어린 학생들의 얘기, 정체 없는 청년들의 잡탕얘기, 요런 분위기 속에서 가만히 혼자 도사리고 앉았으면 어느 듯 시커먼 그림자들이 내 머리 속을 샅샅이 뒤지고 달아난다.

세 시, 네 시, 온갖 잠의 추태가 벌어진다. 그 중에 나도 하나 이 긴 밤을 그냥 다 새울 수가 없어 눈을 감아 본다.

잠이 오지 않는 밤은 맘에 드는 소설이라고 골라 읽고 누웠으려면 삑삑 막차의 우짖는 소리 그 소리를 들으며 가지가지의 재미있을 꿈을 생각해 본다. 어떤 때는 저 차를 잡아타고 멀리멀리 저 멀리 아무도 만나지 않을 곳에 혼자 살짝 가 버릴까도 생각해 보았다. 꿈은 역시 아름다운 것이었다. 꿈이 현실적이어서는 여유가 없다. 또 현실이어서도 안 된다. 꿈은 결말이 없고 현실이 될 가능성이 없어야 좋다. 여기에 꿈은 이상이 아니다.

눈을 감고 가만히 있으니 이대로 이대로 꿈꾼 것과 마찬가지로 자꾸자꾸 달아난다면 얼마 안 가 질식해 버리고 말 것 같은 이 삼등차 내의 분위기. 그러기에 청운의 꿈을 꾸는 것은 방년의 재인들, 오랜 경험을 가진 늙은이는 꿈을 잊은 지 오래다.

점점 달가운 꿈(공상)이 희미해지고 현실의 쓰라림이 찾아오는 일이 잦을 때 저녁이 아침 되는 그런 짧은 시간이 아니라 긴 날 동안을 두고 점점 현실의 세계에서 마음이 자람을 느낀다.

—「삼천리」 12권 4호, 1940년 4월

삼방역

서울에서 원산까지 경원선 따라 산문여행

27

원산
갈마
배화
안변
남산
석왕사
용지원
고산
삼방협
삼방
세포
성산
검불랑
이목
복계
평강
가곡
월정리
철원
산탄리
대광리
연천
전곡
동두천
덕정
의정부
창동
녹천
동경성(청량리)
왕십리
수철리
한강리
서빙고
경성
용산

삼방산 설경 (출처: 서울역사박물관 / 新光社, 『日本地理風俗大系』, 1930)

★ 삼방 역 행 할인 ★

철도국에서는 경원선 삼방 역의 폭포 유람객과 약수 복음객(服飮客)의 편의를 도(圖)키 위하여 6월 25일부터 10월 31일까지 삼방 역 행의 2,3등 차임(車賃)을 3割引한다는데 할인권을 발매할 역은 경성, 용산, 청량리, 철원, 원산, 함흥의 6개 역에 한(限)한다더라.

—『동아일보』, 1926년 6월 29일

★ 삼방 석왕사 행 주유단을 모집 ★

철도국 경성 운수 사무국에서는 삼방 석왕사 주유단원을 모집한다는데 경성 이천과 서빙고 청량리 간 각 역에서 삼방 석왕사 간 삼등차비 반액이고 기간은 임시 열차로 내일 6일 밤에 떠나 8일에 온다 한다.

—『동아일보』, 1930년 9월 6일

삼방 약수는 과연 효력이 있을까?

의학박사 박창훈

삼방 약수만이 아니라 일반적으로 약수라 하면, 화학성분인 알루미늄 같은 것이 들어 있어서, 신경통, 위병, 피부병 등에 대단히 좋은 것입니다.

그러나 이상에서 말한 여러 가지 병에 약수 그 자체가 그렇게 효과가 있느냐 하면, 그것은 심히 의문이라고 하겠습니다.

우리가 흔히 약수가 이상에서 말한 여러 가지 병에 대단 좋다고는 하면서, 또 한편 약수 그 자체의 효과를 의심한다는 것은, 약수 그것보다도 약수가 있는 곳이면 대체로 산수가 좋고 공기가 맑고 모든 주위가 조용하여서, '전지 요양' 한다는 데서 직접 신체의 이로운 점을 발견한다는 것입니다.

그러면 약수 그 자체는 직접적으로는 아무런 효력이 없느냐 하면 그렇지도 않습니다. 물론 다소의 효과야 있다고 할

삼방 재천 계곡 재천(載川)은 강원도 세포군 남대천의 상류 지역이다. (출처: 서울역사박물관 / 朝鮮鐵道局, 『朝鮮鐵道旅行案內』, 1915)

수 있습니다.

　그런데, 약수 가운데는 여러 가지 종류가 있습니다. 즉 약수로서의 화학적 성분이 많이 들어있는 것과 적게 들어 있는 것이 있습니다. 그러므로 모든 사람은 제각기 자기의 신체의 강약에 맞춰, 약수도 마셔야 하는 것입니다. 만일 약한 육체를 가진 사람이 강도의 알미늄 성분이 들어 있는 약수를 마시게 되면 도리어 몸에 해로울 것입니다.

　내가 연전에 삼방 약수를 마셔본 일이 있는데, 삼방 약수는 세 가지 종류가 있는 것을 보았습니다. 여기에 맞춰서 여러 사람들도 적당하게 약수를 택해 마셔야 할 것입니다.

　즉 위장이 튼튼한 사람은 '신약수', 위장이 튼튼치 못한 사람은 '구약수'를 먹도록 하는 것이 매우 좋겠습니다.

　삼방의 약수는 비교적 약수 중에서는 좋은 편입니다. 더구나 산수 좋고 공기가 맑은 승지입니다. 늦은 봄부터 여름철과 이른 가을까지는 몸 약한 분들은 금전과 시간의 여유를 낼 수만 있으면 다만 얼마 동안만이라도 가서 수양하는 것이 좋은 것입니다.

─『삼천리』 8권 6호, 1936년 6월

강원도 삼방폭포(출처: 서울역사박물관 / 朝鮮風俗研究會, 『朝鮮風俗風景寫眞帖』, 1920)

삼방폭포행

박승극(朴勝極)

　나는 여기 오면서부터 삼방 팔경의 하나인 삼방폭포가 좋은 곳이란 말을 들었으나, 이 짧은 시일에 될 수 있는 대로 많이 마셔야 할 약수가 축이 날까봐서 구경을 가지 못하고 있었다.

　또 며칠 전, ○○일보 지국 주최의 관폭(觀瀑) 대회에도 동반의 권유를 받았으나, 각층 잡인과 어울리기가 싫어서 그대로 거절하였다.

　오늘은 내 이곳을 떠날 날도 사격(紗隔)하였고, 삼방의 명물인 궂은비도 개어서 날이 좀 더운 편이므로, 5인 남짓이 한 그룹이 되어 삼방 폭포를 볼 숙원을 성취하게 된 것이다.

　이 약수포에서도 여름 한철에 더위를 모르고 지내는 것이지만, 삼방 폭포는 끓는 날에도 도리어 신선해서 특별이 더운 날을 택하여 가지 않으면 안 된다는 것이다.

　○○일보 지국을 중심하고 모인 우리 4, 5인은 약수 먹으러 와서 어쩌다 만나 인간적으로 친근하게 되어 서로 놀기도 하고 물도 같이 먹으러 다니고 하지만, 따지고 보면 계절조(季節鳥)보다도 더 못한 비조직 생활을 하고 있는 것이다. 우리는 제각기 헤어져 갈 운명을 올 때부터 가지

고 있는 때문이다.

그러나 오늘만은 삼방폭포 구경이라는 동일한 목표를 앞세우고 모두들 마음에서 우러나오는 친근미가 있는 행동을 했다.

우선 점심거리도 논의껏 해서 조선다운 떡인 '징편'을 장만하고 화락한 말소리도 떠들어대며 준비를 마친 후 약수포 입구를 나서서 쉬엄쉬엄 걸었다.

삼방의 북촌! 서울의 북촌과 마찬가지로 빈궁한 사람들만 모인 곳!

이들은 정말 병자로서 약수를 먹으러 왔지만, 돈이 없는 탓에 이 깨끗하지 못한 곳에 있게 된 것이다.

여기를 지날 때에 무슨 이상한 냄새가 코를 찌른다. 동구를 나서면 왼편으로 궁예의 능이 있는데, 참으로 빈약해 보였다. 늙은 전나무가 서 있고 다 헐어진 돌담이 둘러 있으니, 그 안에 두어 칸 되는 와가―이것이 궁예의 능이다.

일시는 왕! 최후의 전사를 하게 된 이곳에, 저것만이 최대의 유적으로 남아 있을 줄이야 어찌 예측하였을까?

문 위에는 '존경각'이라고 쓴 조그만 현판이 걸려 있으며, 내실에는 궁예―태봉 왕―의 아주 무섭게 생긴 초상이 붙어 있다.

이 구석 저 구석 검은 현판에 흰 글씨로 추억의 한시와 장문이 씌어 있으며 그중에는 '병오 오월 태봉 전우 중건(丙午五月泰封殿宇重建)'이니 하는 것들이 눈에 띄었다.

우리는 이 능을 나와서 원삼방(元三防)을 향하여 걸었다. 삼방까지 오는 길은 퍽이나 험했다.

삼방폭포인 '삼방협' 역이 생기기 전에는 여기도 좀 번화했다고 하나, 지금에는 퍽 쓸쓸하다.

요새 신간 잡지 하나 똑똑히 볼 수가 없어서 너무 심심하기에 삼방 역전 신문 취급소에 들러 『週刊朝日(주간 아사히)』 혹은 『아사히 그라브』

나 『썬데이 매일』을 찾으니까 젊은 여인이 한참 쳐다보더니 "아리마생" 하고 생끗 웃는다. 그러면 신문도 없느냐고 하니까, 그것도 마침 없다고 하며 불안한 표정을 한다.

무료하기 짝이 없어서, 걸음을 빨리하여 폭포 입구라고 한 표목이 서 있는 길로 올라갔다.

맑은 물이 골짜구니에서 흘러내린다.

물소리가 짤짤…… 난다.

나무가 우거진 속에서 매미의 소리가 들려온다.

시원한 바람이 부딪쳐 온다.

어디쯤 올라갔는지, 나무 사이를 통해서 동편을 바라보니 훤한 바다가 눈에 띈다.

"저─, 어떤 바다인가?" 하고 나는 부르짖었다.

그러나 좀 더 가서 다시 내려다보니, 그것은 바다가 아니라 맑게 갠 하늘의 한 폭이 눈을 희롱한 것이다.

큰 나무에는 굵다란 칡넝쿨들이 마치 큰 뱀 모양으로 휘휘 감겨 있다.

돌로 싼 움집이 나선다.

이것이 아마 폭포 어귀의 '길 가리킴 집'이나 아닌가 하고 생각했다. 집의 생김생김, 늘어놓은 것이 모두가 원시인의 원시적 생활을 상상케 한다.

어찌된 셈인지, 그 돌움집 방속에서 비교적 반반한 젊은 여자가 옷도 깨끗이 입고 점잖을 빼고 앉아서 바느질을 한다.

나는 퍽 이상한 호기심에 끌렸다. 이런 깊은 산 속에서 저런 여자가 홀로 있어 생활하는 것이 무슨 곡절이 있는 일이다, 하고.

그러나 우리들은 한참 서서 둘레둘레 보기만 하고 그대로 올라갔다.

폭포가 바로 이 앞에 있는 모양으로 쩡, 쩡, 하는 물소리가 들린다.

산비탈에는 목탄 굽는 굴이 띄엄띄엄 있다.

커다란 나무 넝쿨이 우거져 있다.

늙은 나무 옆구리에 작은 풀들이 났다.

맑은 물이 발 아래로 흘러내린다.

오른편 산은 자꾸 높아갔다.

처음 듣는 새 울음소리가 산속을 울린다.

초동이 지게를 지고 부리나케 우리를 따라서 올라온다. 늙은 사내와 여인이 숯(목탄) 섬을 지고 천천히 내려온다. 이 위에서도 사람이 사는 모양! 오! 사람의 생은 이같이 가지각색일까?

나는 이것저것을 보고 이것저것을 생각하며 물소리 가까운 것도 정신 차리지 않고 올라갔다.

눈앞에 몇 백 척 되는 흰 폭포를 걸쳐 놓은 것 같은 물줄기가 번쩍 띄어 그제서야 폭포인 줄 알았다. 힘있는 물줄기!

맑다 못해 흰 깨끗한 물줄기! 쉴 새 없이 흘러내린다. 신선한 기운이 몸을 감촉하게 한다.

우리는 우선 다리를 쉴 겸 폭포 옆 바윗돌에 늘어앉았다.

물 흘러내리는 것을 바라보는 것이 퍽이나 재미난다. 저 위에서도 또 쩡, 쩡……소리가 난다. 그것이 정말의 삼방폭포인 것을 우리는 나중에야 알았다. 옛날 한시에 '飛流直下三千尺(비류직하 삼천척)'이라더니, 그만은 못해도 꽤 높은 곳에서 물이 떨어진다.

찬바람이 휘, 돈다. 비말이 옷깃을 적신다. 내객들의 성명이 암벽에 허옇게 지저분하게 써 있다.

찬 것을 용기를 다하여 참고 목욕을 한 후에 폭포 위로 기어 올라갔다. 그러나 폭포 맨 꼭대기에는 갈 수가 없어서 작은 댓잎을 쥐고 도로 내려오느라 힘만 들었다.

우리는 물 떨어지는 데서 한동안 놀다가 먼저 폭포로 내려와서 가지고 간 '징편'을 맛있게 먹고 물 가운데 바위에서 장난을 했다.

물 위로 돌을 던지면 어느 틈에 벌써 저 아래로 떨어져 버린다. 누구나 죽고 싶으면 여기 오는 것이 가장 장쾌할 것이라고 생각했다. 한번 떨어지면 그만 죽고 말 것이 아닌가?

나는 부지중에 몸을 부르르 떨었다.

일행이 돌아올 때는 해가 서편에 걸쳐 있는 퍽 쓸쓸한 마음이 날 적이다. 그 돌움집 수상한 여인이 있는 곳에 다다르니 난 데 없는 남자 두엇이 떠들고 앉았다.

나는 그들의 생활 형편을 물어보고 이런 곳에서 사는 취미도 들어 보았다. 더욱이나 그 여자의 일이 궁금해서 실례 안 되도록 이리저리 돌려 물어보니 목탄 대상(大商)이 임시로 데리고 온 것이라 한다.

우스운 말을 섞어가면서 말대답을 하는 그 사람의 쾌락성이 나의 우울한 마음을 찔렀다. 이번 회로(廻路)에는 삼방 역에서 원산에서 오는 기차를 탔다. '삼방협'에 내려 약수포에 오니 그만 해도 우리집에 온 것 같은 감상이 났다. 나는 무엇보다도 먼저 녹슨 약수 그릇을 들고 약수터로 향했다.

—「다여집」, 금성서원, 1938년 7월

고산역

서울에서 원산까지 경원선 따라 산문여행

28

원산
갈마
배화
안변
남산
석왕사
용지원
삼방협
고산
삼방
검불랑
성산
세포
이목
복계
평강
가곡
월정리
철원
신탄리
대광리
연천
전곡
동두천
덕정
의정부
창동
연촌
동경성(청량리)
왕십리
수철리
한강리
서빙고
경성
용산

★　　**경원 마라톤 신고산에**　　★

　　경성 원산 간 왕복 마라톤의 장도에 오른 정명성(丁命成), 안철
희(安喆熙), 박구봉(朴龜鳳) 세 군은 도중 대광리에서 동지 이근태
(李根泰) 군과 함께 검불랑의 준령과 삼방의 유곡을 답파하고 지난
28일 오전 11시 20분에 신고산 본보 지국에 도착되었는데, 박구봉
군이 삼방 험로에서 실족하여 오른쪽 발에 부상을 당한 외에 전부
는 건강하였다. 동일 오후 1시에 신고산을 향하여 출발하여 최종 코
스인 원산에 향한 바 신고산의 동지 정정섭(鄭廷燮) 군은 용지원 역
까지 현송하였다 한다.

—「동아일보」, 1934년 8월 31일

향토정서 넘노는 곳

기자

신흥의 패기 속에 날로 채금고를 높이고 있는 학소 광산의 교통은 지극히 편리하며 또한 절승이다 여기는 실로 "별유천지 비인간(別有天地非人間)"이란 옛 시구를 연상케 하는 선경의 감이 있는 곳이다.

경성서 오전 8시 경원선 열차에 몸을 싣게 되면 오후 1시 반 신고산 역에 내리게 된다.

이 신고산 역은 조선민요 중 가장 아름다운 향토적 향기가 무르익은 「신고산타령」이 이곳 처녀들의 주홍빛 입술에서 흘러나오나니 장거리 여행의 지친 몸에 지극히 반가운 선물을 받으며 역에 내려 자동차가 통할 수 있는 대로로 이십여 리 조선리수를 도보나 혹은 필마로 가면 바로 안변군 위익면 학소리 학소 광산에 이르게 된다.

이 신고산에서 서방으로 얼마 가지 아니하여 역지현(域址峴) 마루에 올라서 고개를 들면 안전에 전개되는 소리쳐 흐르는 백사(白砂)의 내평천(內坪川), 배산임수의 조선적 마음을 형성한 내평촌(內坪村), 그리고 그 앞으로는 푸른 논이 있고 푸른 곡식이 훈풍에 흔들리고 있는데 내평천 맑은 물소리를 헤치고 건너서 얼마를 가노라면 수양 버드나무 가지가 휘늘어져 맑은 물소리에 춤을 추고 있어 가는 연로(沿路)야말로 선경을 보이고 있다.

이렇게 선경 속에 가는 줄도 모르고 창평리를 지나고 종자리도 지나 학소리 돌목골의 계류(溪流)를 끼고 이 리 가량 올라가면 거기 험산지대에 70여 호의 안개 어린 마을이 있으니 여기가 바로 학소광산이다.

여기는 험한 산이나 교통은 지극히 편하고 또한 선경이다. 일의 고(苦)를 알지 못하고 일을 할 수 있는 곳이다.

—『동아일보』, 1938년 8월 21일

용지원 역

서울에서 원산까지 경원선 따라 산문여행

29

원산
갈마
안변
배화
남산
석왕사
용지원
고산
삼방협
삼방
검불랑
성산
세포
이목
복계
평강
가곡
월정리
철원
신탄리
대광리
연천
전곡
동두천
덕정
의정부
창동
연촌
왕십리(청량리)
동경성
수철리
한강리
서빙고
경성
용산

경원선 부설에 필요한 건축 자제를 운반하는 건축열차 경원선 삼방협 구간 중 제5호 터널 남쪽 출구 (출처: 조선총독부 철도국, 『朝鮮鐵道史』, 1929 / 서울대학교 중앙도서관 제공)

★ 용지원 역 개시 화물도 취급 ★

경원선 용지원 역은 과거 간이역이므로 그 지방 주민의 불편이 많을 뿐 아니라 화물을 취급치 아니하여 곤란 중이었던 바 금반 철도당국에서는 25일부터 화물을 취급한다는데 취급은 조선 운송주식회사 고산 대행 업소에서 출장소를 설치하였다고 한다.

—『동아일보』, 1931년 10월 6일

★ 청년 비강飛降 역사轢死 ★

여객과 화물이 없는 관계상 함남 안변군 용지원 역은 야간에는 기차를 정거치 않는 바 지난 16일 오전 한 시 경 서울로 향하는 504 열차는 급속도로 동역 구내를 통과하다가 20세의 청년을 무참히도 죽여 버리고 암흑의 지평선으로 사라졌다는 바 이제 조사한 바에 의하건대 그는 안변군 문산면 서삼리 조은희(20세)인데 원산서 물건을 사가지고 돌아오던 중 기차에서 뛰어내리다가 참변을 당하였다 한다.

—『동아일보』, 1936년 1월 24일

석왕사 역

서울에서 원산까지 경원선 따라 산문여행 30

Сунгари.
원산
갈마
배화
안변
남산
석왕사
용지원
고산
삼방
삼방협
세포
성산
검불랑
이목
복계
평강
가곡
월정리
철원
신탄리
대광리
연천
전곡
동두천
덕정
의정부
창동
연촌
동경성(청량리)
왕십리
수철리
한강리
서빙고
용산
경성

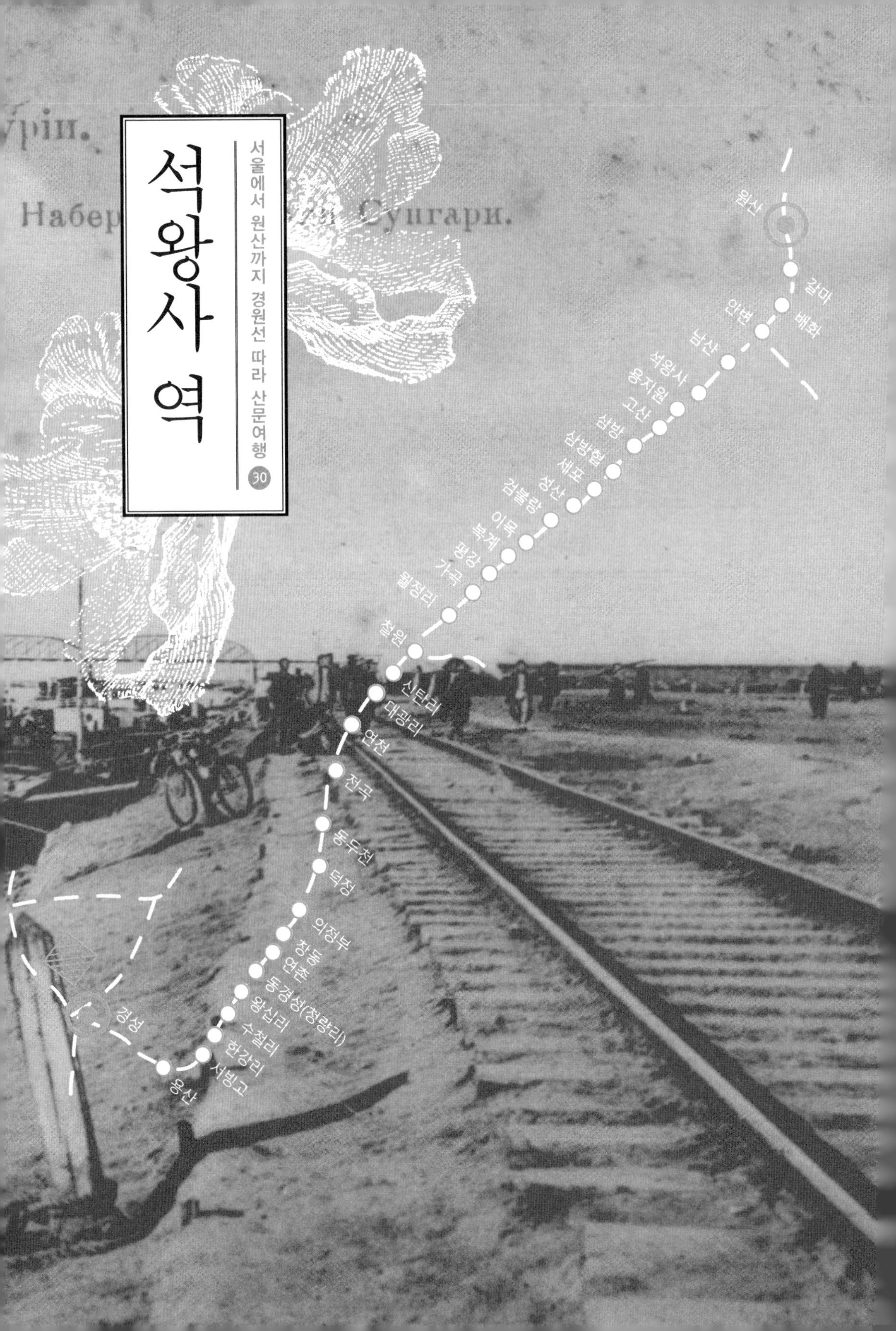

석왕사 가는 길

C. K. 생

1

나는 일주일 동안 휴가를 이용하여 석왕사를 중심으로 경원선 방면 기행문을 써보기로 하였습니다. 나는 일찍이 한 번도 기행문이라는 것을 써본 일이 없고 남편의 말을 들을진대 기행문이란 썩 쓰기 어려운 것이라고 합니다.

뿐만 아니라 나는 본래 티끌만 한 도회지에서 자라나서 자연과 인연이 퍽 멉니다. 아스팔트나 시멘트로 꽁꽁 다져 놓은 길거리의 와벽 돌집은 내 눈에 익지만 산과 들, 바다와 시내는 내 눈에 서투릅니다.

나는 칠팔 년 전에 금강산을 간 적이 있었으나 시골 사람이 서울에 왔다가 대궐을 한 번 삥 돌아 나온 것 모양으로 정신이 띵 하고 얼떨떨하여 갈피를 잡을 수가 없었습니다. 그러한 내가 관북 제일강산의 경치를 그려야 할 기행문을 쓴다는 것은 내 스스로 생각하여도 망발입니다. 대담스럽게 쓰겠노라고 편집 당국께 말씀을 드리고 여비까지 타가지고 나섰지만 속으로 퍽 근심이 되더이다. 떠나기 전날 밤에 남편에게 기행문이란 이렇게 이렇게 쓰는 것이라는 강의를 한참 듣고 나니 더욱더욱

내 수로는 써지지 아니할 것 같아서 근심이 되어 잠이 잘 안 오더이다.

그러나 처음부터 잘하는 것이 어디 있사오리까. 이번에는 실패하여 남의 웃음거리가 된다 하더라도 그것이 동기가 되어 다음번에는 잘 쓰게 될 지도 모를 것이올시다. 이번에는 소학교 생도 모양으로 자연을 배우고 사귀며 그것을 붓으로 나타내는 법을 배우려 하나이다. 다행히 남편이 동행이니 그는 이번 길에 나에게 좋은 선생이 되리라고 믿습니다.

일주일이나 내리퍼붓던 비가 아직도 그칠 줄 모르고 비가 부슬부슬 오는 28일 아침 원산행 기차를 탔나이다. 북쪽 하늘이 먹장 갈아 부은 듯이 캄캄하고 서빙고에서 보이는 한강의 물결이 무섭게도 늠실늠실하며 병정들이 배를 대고 만일을 예비하고 있는 것이 분명히 지금 우리가 향하여 가는 강원도 방면 한강 상류에서 비가 오는 것을 짐작할 수가 있습니다.

기차가 용산에서 궁둥이를 빼어 왕십리로 머리를 들이밀 때에 안개가 자욱한 서쪽 하늘에 높이 솟은 종현(鍾峴) 천주교당 뾰족집을 보았나이다. 장안 만호가 연무에 묻혔는데 신기루 모양으로 공중에 홀로 뜬 것이 말할 수 없이 아름답고 거룩해 보입니다. 저 집을 지은 건축가의 정신이 여기 있다고 하면 그는 대성공일까 하나이다.

산들은 비의 안개에 가렸으며 백운대는 어디에 붙었는지 그림자조차 찾을 수 없나이다. 동두천에서부터는 소낙비로 쏟아지는데 냇물이 분 것을 보니 아마 이 모양으로 여러 시간 비가 계속된 것 같습니다. 골짜기에 물 흐르는 소리만 요란하여 어떤 것이 바퀴 소리인지 물소리인지 분간할 수 없나이다.

2

세포 역을 떠나 평평한 고원 길로 찾아 오륙 분을 더 가면 머리가 뭉

툭한 산이 앞을 막는구나 하자마자 물소리가 요란한 협곡으로 달려 들어갑니다. 내려다보면 철철 흐르는 물굽이요 치어다보면 석벽입니다. 우루루, 하면 철교요 캄캄하여지면 굴입니다. 열두 철교 열두 굴이라더니 대체 굴도 많고 다리도 많습니다. 톱날 두 개의 이를 어긋 맡겨 놓은 듯한 좁은 골짜기 석벽 중턱에다가 돌을 쌓아 좁은 길을 내고 건넌 물을 또 건너고 또 건너 차는 바위에 부딪칠 듯 격류에 떨어질 뻔 하면서 황망히 달아나나이다. 이렇게 꼬부랑길을 가는 동안에 우리의 차를 뒤따르는 것은 무서운 삼방천의 급류이외다. 와, 하고 대드는 한 물굽이를 피하여 굴속으로 들어가면 어느새 따라와서 소리를 치고 덤빕니다.

물굽이와 숨바꼭질을 하면서 가노라면 점점 석벽은 없어지고 초원이 넓어지며 철교와 굴도 띄엄띄엄해지다가 차가 긴 철교를 건너면 삼방 역입니다. 예서 몇 굴을 뚫고 나아오면 고산 평야인 고산 역에 닿습니다. 세포에서 고산까지 팔십여 리, 이 사이의 협곡을 삼방 유협이라고 합니다. 옛날 같으면 주막에서 2, 3일을 두류하여 수십 명의 동행을 얻어가지고야 이 팔십 리 장협(長峽)을 넘었다고 합니다.

길주 명천 가는 베 장수야 첫닭이 운다고 가지를 마소 저 닭이
정닭이 아니라요 야산(野山) 밑에 인(人)닭이라네

라는 노래가 있습니다. 이것은 길주 명천 가는 베 장사가 서울 가서 베를 팔고 돈을 많이 지고 오다가 주막에 들어 잘 때에 그 주인이 밤중에 닭 우는 흉내를 내어 객을 떠나게 하여 놓고 야산에 지키고 있다가 죽이고 돈을 빼앗으려는 것을 그 집 며느리가 부엌에서 부지깽이로 부뚜막을 치면서 이 노래를 불러 그 뜻을 알려 주었다고 합니다. 아무려나 이 노래는 그 때의 정서를 전하는 듯합니다.

3

삼방 역에서 내려서 약수포까지가 32정이라 합니다. 역에서 우리가 서울서 올 때에 건너온 철교를 건너 육성봉(六聖峯) 밑을 뚫고 낸 굴을 지나 기찻길로 오면 5리이고 산비탈 험한 길로 오면 10리라고 합니다. 그러나 5리쯤 더 걷더라도 산길로 오는 것이 경치가 좋습니다. 팝십 리 삼방협을 다는 못 걸어도 약수 10리는 산길로 걷는 것이 운치일까 합니다.

하폭이 자못 넓어서 거의 대하의 풍도를 가진 삼방천을 왼편으로 굽어보고 앞으로는 층만첩장(層巒疊嶂)을 바라보면서 한 고개 두 고개 넘어오노라면 길가에는 칡꽃이 붉고 물소리 그치는 곳에는 벌레 소리가 요란합니다. 오랜 장마에 조그마한 웅덩이에는 맑은 물이 고이고 조그마한 골짜기에도 애기 폭포와 새끼 시내가 즐거운 듯이 졸졸 흐릅니다. 우리는 오후 일곱 시 반에 삼방 역에 내렸기 때문에 이 길을 걸을 때에는 마침 석양이었습니다.

구름 사이로 스며나오는 낙조가 산머리에 엉킨 구름을 붉게 물들인 것이 푸른 산과 대조하여 말할 수 없이 아름답습니다.

산머리에 붉던 구름은 침침한 자줏빛으로 변하고 먼 골짜기에 황혼의 기운이 어렸을 때에 우리는 유난히도 비장하게 보이는 전나무 하나를 보았습니다. 한 고개를 넘어오니 길이 갑자기 넓어져서 이런 산중에는 평원이라고 할 만한 거치른 들판에, 더구나 어둠침침한 황혼에, 우뚝이 하늘에 솟은 듯한 외나무는 천 층 만 층이나 높아 보이고 천 년 만 년이나 늙어 보이며, 혼이 있어 금방이라도 말을 할 듯해 보이며, 그 앞을 지나갈 때에 무시무시합니다.

멀리 보면 모르겠고 가까이 보면 머루 넝쿨 우거진 속에 기와 지붕이 보이니 이것이 태봉당(泰封堂)이라 하여 궁예의 혼을 제사하는 신당(神堂)이요 그 신당 있는 곳을 태봉궁 옛터라 하옵니다. 궁예도 간 지 이미 천 년이 지났으니 영웅의 자취가 푸른 풀뿐이외다. 저 우뚝이 선 전나무들 천 년이나 살았을 리는 만무하지만 그래도 영웅의 펴다 못 편 뜻이 아닌가 하여 슬픕니다.

거기서부터 냇물은 깊은 소가 치며 뾰족하게 우뚝이 솟은 산봉우리를 싸고 급각도로 휩니다. 욕성봉을 정면으로 바라보고 철교 밑을 지나 서면 불도 아니 켠 2, 3 인가 앞에 아이들이 모여서 행인을 보고 떠들며 캄캄한 방 안에서 이야기하는 소리가 들립니다. 벌써 우리의 길은 늦었습니다. 먼 길이 아니 보이고 하늘에는 터진 구름 틈으로 별이 반짝거립니다.

거기서 노적봉(露積峯)을 싸고도는 물굽이를 끼고 석벽 길을 도니 약수포의 등불이 반짝반짝 보입니다. 노적봉을 싸고도는 물굽이를 누가 지었는지 세심천(洗心川)이라고 부릅니다.

역에서 약수포까지 천천히 걸어가더라도 한 시간이면 넉넉하다는데 우리는 안내자의 재촉 소리를 귀가 아프게 들으면서도 경치에 팔려 어두운 길을 과연 두 시간이나 왔나이다. 여관에 짐을 풀어놓은 때에 꼭 아홉 시였습니다.

4

삼방 약수포는 천진봉(기각봉) 무르팍인 평지에 삼방천 급류에 임하여 지은 수십 호의 초가집이니 대개 약수에 오는 손님의 여관이외다. 여관이라야 낮고 좁은 방과 밥뿐이요, 책상도 금침도 없고 반찬이란 것은 한 번 그릇에 담기면 열 밥상 스무 밥상으로 돌아다닐 만한 것들이외다. 피서객이 사백 명에 달한다 하여도 목욕탕이 있을까 모여 노는 구락부 하나가 있을까. 어디로 보든지 정떨어지는 원시적 생활입니다. 그러나 알뜰히도 빈틈없이 잘도 따라다니는 청요리집은 이곳에도 두 군데나 됩니다. 자연은 좋건만, 주인이 어리구나하는 한탄을 금할 수가 없습니다.

삼방 약수의 자연의 주인은 산이외다. 민틋하고 푸른 풀 반으로 덮인 산등성이가 살찐 말 잔등이 모양으로 빤드르르하게 하늘에 접한 것이 매우 아름답습니다. 그러나 웅대한 맛도 없고 기이한 맛도 없고 골짜기는 좁디좁고 삼림도 볼 것 없고 만일 푸른 물결이 줄줄 흐르는 삼방천까지 없었다면 갑갑한 골짜기에 지나지 못할 것입니다. 다만 기후가 심히 청량하여 한더위(盛炎)에도 아침저녁에는 겹옷을 생각하게 하는 것과 무한히 솟아오르는 탄산천과 아울러 피서에 합당한 곳일까 합니다.

약물은 탄산이 퍽 많은 모양입니다. 물을 그릇에 뜨면 사이다병을 빼서 따라놓은 것 모양으로 탄산 방울이 톡톡 뛰어오릅니다. 입을 내면 혀끝이 짜르르하여 처음 먹는 사람은 깜짝 놀랍니다. 조그만 구멍에서 솟는 물이 어찌도 많은지 사백여 명 식구가 하루에 평균 맥주병으로 하나씩은 먹을 터이오. 낮에는 쉴 새 없이 쉬지 않고 연방 퍼먹지만 밤에 사람들 자는 동안에는 철철 흘러 넘어 내려갑니다. 어느 일본 사람이 물을 병에 밀봉하여 탄산수나 평야수 모양으로 도시로 내다 팔려고 다 계획을 세웠다가 교통이 너무 불편하여 이익이 적을 듯하여 그만두었다고 합니다.

이곳에 모여드는 사람은 병자가 많습니다. 뒷간에 가보면 피 섞인 가래침을 여기저기 뱉어놓은 것과 물터에 둘러선 사람들이 대개는 빼빼 마르고 핼쑥한 것을 보아 폐병 환자가 많이 모여드는 것을 짐작할 수가 있습니다. 여관방에 들어앉아 있으면 여기저기서 밭은기침 소리 가래 뱉는 소리가 요란합니다. 아니나 다를까 내가 닷새 머물러 있는 동안에 사람이 둘이나 죽어 나가고 절 맞은 편 셋집에서는 스물두 살 먹은 젊은 부인네가 요강으로 피를 하나씩 쏟기를 사흘이나 하다가 몸에 있는 피가 다 빠져 백지장 같은 몸을 교군에 싣고 나아가는 것을 보았습니다. 듣기만 하여도 끔찍끔찍한데 실려 가는 것을 본 사람들은 얼마나 송구하오리까.

비는 가는 곳마다 따라다닙니다. 여관에 짐을 풀어놓을 때부터 비가 오기 시작하여 사흘을 그칠 줄 모릅니다. 삼방폭포가 볼 만하다 하여 비 개기를 기다렸으나 비 개는 날은 동무가 없어 못 갔습니다. 약수에서 이십 리라고 합니다.

5

석왕사 역은 석왕사 때문에 생긴 역이외다. 이태조가 아니더면 석왕사도 아니 생겼을 것이요, 석왕사가 아니더면 석왕사 역도 없을 것이올시다. 저리 생기고 여기 생기여 호랑이의 소굴이던 무인공산(無人空山)이 사방 인사(人士)가 즐겨 모여드는 놀이터가 된 것도 이상한 인연이외다.

역을 나서면 곧 석왕사의 특색인 노송이 보입니다. 조선에 어느 곳엔들 노송이 없사오리까만 이렇게 줄기가 밋밋하고 가지가 여러 가지요, 굵기가 몇 아름이나 되는 것이 혹은 둘씩 혹은 셋씩 혹은 혼자 수풀을 이루고 서 있는 양이 심히 웅장합니다. 석왕사의 주인은 아무리 하여도 이 송림이요, 송림 중에도 이 수없는 노송들입니다. 인력거에 흔들려 물먹은 진흙 길로 가노라면 멀리선 혹 가까이선 노송들이 바람에 불려 흔들릴 때 우수수하는 웅숭깊고도 처량한 소리가 들려옵니다.

역에서 단속문 밖 여관촌까지 23정인데 자동차로 가면 5, 6분에 갈 수 있으나 인력거로 가면 20분은 걸립니다. 우리는 천천히 경치를 보기 위하여 인력거를 탔습니다. 역과 단속문의 거의 중간쯤 하여 '오산'이라는 장터가 있는데 납작한 초가집이 30여 호 가량 길가 좌우에 늘어 있습니다. 그곳을 지나 북으로 오다가 길이 서로 꺾일 때에 또 한 작은 촌락이 있으니 이것이 사기리라는 동네입니다. 이곳에서 인력거를 한 3, 4분 달리면 깊은 송림 속으로 여관촌이 보입니다. 사기리에서 여관촌에 이르는 동안 4, 5정은 순전히 노송장림 속입니다.

수많은 여관 가운데 유일한 기와집인 송선각(松仙閣)이라는 여관이 있습니다. 이 집이야말로 산문(山門) 밖에서 귀빈을 영접하던 휴게소였습니다. 석왕사가 본시 오백 년 이조에 인연이 깊은 절이기 때문에 매년 수차 궁중에서 내시나 상궁이 재를 올리러 왔고 더욱이 나라의 대사가 있을 때에는 궁중에서 봉명신(奉命臣)들이 와서 이 송선각에서 묵으면서 부처님께 제를 올렸던 것입니다.

송선각을 지나면 곧 '상원(上元) 주장군(周將軍)', '하원 주장군'이라는 서너 길이나 높은 큰 장승이 좌우에 무서운 형상을 보이고 섰습니다. 이부터는 모든 부정한 것이 한 걸음도 못 들어오리라는 것 같습니다. 여기서부터는 인가가 없습니다. 다시 수십 걸음을 가면 앞에 문 하나가 보입니다. 기왓골에는 수백년 썩은 낙엽에 풀이 났으나 조금도 찌그러진 곳은 없고 세 개의 문 중 가운데 칸은 통로로 좌우에는 마루를 놓아 행인이 자유로이 쉬게 하였습니다. 이것이 단속문입니다. 송선각에서 떨고 남은 속진을 여기서 마저 떨어버리고 골수와 심중에까지 박힌 속기(俗氣)까지도 똑 끊어버리고 오직 깨끗한 몸과 마음을 가지고야 이 앞을 들어가라는 옛사람의 뜻이 보입니다. 단속문을 나서서 하늘이 환히 열리는 곳에 고개를 들어 서쪽을 바라보면 푸르다 못해 검은빛을 띤 하늘에 닿은 병풍 같은 설악 석왕사의 서산(西山)이 보입니다. 병풍 한가운데 유난히 뾰족한 곳을 취봉(鷲峰)이라 하니 수리가 옹숭구리고 앉은 모양과 같다하여, 또 불교의 무슨 전설에 의지하여 지은 것이라 합니다.

6

단속문을 들어가기 바로 전, 왼편에는 한 비각이 있습니다. 이강공(李堈公)이 서명한 만춘각(萬春閣)이라는 액(額)이 붙고 홍살을 두른 안에는 큰 석비(石碑) 하나 작은 석비 하나가 가지런히 서 있습니다. 큰 석비에는 '고종태황제수식송(高宗太皇帝手植松)'이라고 새기고 작은 석비에는 '태조대왕수식송(太祖大王手植松)'이라고 새겼습니다. 큰 석비는 물론 대한제국이 된 뒤에 세운 것입니다.

그러면 태조의 수식송은 어디 있나, 비각에서 온 길로 두어 걸음 물러나오면 목책을 둘러놓은 썩은 나무 한 그루가 있습니다. 아직 넘어지지는 아니하였으나 말 못되게 다 썩어서 가지도 없고 껍데기도 없고 무슨 나무인지도 분간할 수 없게 되었나이다. 그래도 오백여 년 풍상에 아직 모양은 남았습니다. 몇 해를 안 지나면 석비만 노방(路傍)에 남겠지만 그것인들 얼마나 가겠습니까.

단속문을 나서면 곧 장마에 불은 폭넓은 냇물이 돌에 부딪혀 물보라를 내고 소리를 치며 흘러가고 그 위에 승선교(升仙橋)라는 돌다리가 있습니다. 이것은 임술에 놓은 것이라고 썼으니 5년밖에 안 되는 것입니다.

위에도 말하였거니와 여기서 서편으로 설악을 바라보기를 잊어서는 안 됩니다. 석왕사의 산옥미와 삼림미는 승선교두에 서서 서쪽 하늘을 바라보는 데 있다고 믿습니다. 만일 달밤에 여기 나선다 하면 산에 비친 달, 송림에 비친 달, 물에 비친 달을 함께 볼 것이올시다. 우리가 여기 나서기는 가는 비가 부슬부슬 오는 초저녁이었습니다. 청승스러운 반딧불이 캄캄한 밤 속으로 반짝반짝 영원히 찾지 못할 무엇을 찾노라고 두루두루 돌아다니는 혼 모양으로 청승스럽게도 뱅뱅 돕니다.

승선교를 건너 송림길로 4, 5정이나 더 올라가면 길이 둘로 갈라집니다. 오른편은 약수와 석왕사 큰 절로 올라가는 길이요, 왼편은 여승들이 사는 절인 백화암(白華庵)으로 가는 길입니다. 길을 오른편으로 취하여 다시 4, 5정을 가면 사람들이 표주박을 들고 장거리 모양으로 모여선 곳이 약수터입니다.

석왕사(釋王寺) (출처: 서울역사박물관 / 朝鮮風俗研究會, 『朝鮮風俗風景寫眞帖』, 1920)

석왕사의 산도 좋고 송림도 좋고 기후도 좋고 사찰도 좋지만 이 중에 약수를 겸하였으니 더욱 좋을까 합니다. 약수터가 여관에서 7, 8정쯤 되니 밥 먹고 나서 산보 겸 물 먹으러 다니기에 똑 알맞습니다. 아무 때 가보아도 사람 빌 때가 없습니다. 더구나 석반 후가 심합니다. 일찍이 저녁을 먹고 곧 떠나야지 좀 늦장 피우다가는 사람에 밀려서 한 시간이나 두 시간을 기다려도 물을 못 얻어먹는 수가 많습니다.

일찍이 저녁을 먹고 올라가서 약수터에 앉아 사람들 모여드는 양을 보는 것은 썩 재미있는 구경거리입니다. 헐레헐레 하는 일본 옷에 구두를 신은 사람, 바지춤 옷에 게다짝을 끄는 사람, 머리를 질끈 동인 사람, 기생, 여학생, 단발 미인, 색주가 같은 것, 가짜 여학생, 병이 들어 얼굴이 노랗고 헐떡이는 사람, 가운이 넘어 넘쳐서 얼굴이 시뻘겋고 뚱뚱한 사람, 별별 가지각색 인물이 다 모여듭니다. 산으로 가면 사람이 그립고 사람만 있는 데는 산이 그립건만 이곳에는 산과 사람이 다 있으니 그리울 것이 하나도 없나이다.

약수터에 모여서는 흔히 물 많이 먹는 자랑을 합니다. 어떤 무인 하나는 한 번에 알루미늄 표주박으로 열둘씩 하루에 여섯 번을 먹는다고 합니다. 그러면 하루에 일흔두 컵, 웬만히 큰 동이로 하나는 됩니다. 이것은 내가 들은 바 가운데 가장 놀라울 만한 예이지만 하루에 4, 50컵씩 먹는다는 이는 수두룩합니다. 물맛이 삼방 물보다 더 비리고 떫습니다. 처음 먹는 이는 비위가 역하여 먹을 수 없으나 맛만 들여놓으면 끊을 수가 없다고 합니다.

7

약수터에서 좔좔 흐르는 물소리를 왼편에 끼고 물굽이 휘는 대로 쫓아 올라갈수록 송림의 아름다움은 더욱 그 특색을 나타내나이다. 그 윤택하고 불그레한 몸뚱이며 그의 완완한 곡선의 아름다움이며 가지의 굴곡이며 바람을 맞아 우수수하고 한가롭고 웅숭깊은 소리를 하고 우뚝하니 서 있는 것이 말할 수 없이 사람의 마음을 끄나이다. 물소리와 소나무 소리처럼 사람의 마음을 안정케 하고 유한케 하는 것은 다시 없을까 하나이다.

이 모양으로 7, 8정을 오르노라면 등안각(登岸閣)이라는 문이 있습니다. 문은 아까 지나온 단속문과 똑같이 가운데가 통로요, 좌우에는 마루인데 절에서 심부름하는 노인들이 무슨 짐을 벗어놓고는 앉아서 때 가는 줄 모르게 쉬고 있습니다. 물어보면 혹은 이 산 중에 온지 40년이 되었다고 혹은 50년이 되었다고 합니다. 새파란 청춘이 산중에 들어와 절 심부름하는 동안에 집도 없이 처자도 없이 팔십 평생을 다 보낸 이들입니다.

"영감님 무슨 낙으로 사시우?"

하고 우리가 물으면 웃지도 아니하고 노여워하지도 아니하고

"그저 죽지 못하니 살지요."

합니다. 등안각에서 잠깐 쉬어서 큰 바위 모퉁이를 돌 때에 우리는 지금껏 왼편에 끼고 오던 냇물을 건너야만 되게 됩니다. 이 다리를 적조교(寂照橋)라 합니다. 이 다리에 서면 석왕사의 앞산인 응왕봉(鷹王峯)이 동편 끝이 보이고 지금 우리가 뚫고 올라온 송림이 눈 아래로 보이어 송림을 위에서 보는 맛이 더욱 아름답습니다. 석왕사 달의 진면목은 이 다리에서 볼 수 있다고 생각합니다.

적조교에서 건너면 활엽수의 수풀 속으로 길이 열립니다. 이곳으로 3정쯤 올라가면 불이문(不二門)이라 하는 재미있는 문이 있습니다. 이것은 냇물을 타고 건너 놓은 홍예석교(虹霓石橋)를 밑바닥으로 하고 지은 삼간(三間) 집인데 우리는 이편 박궁으로 들어가 저편 박궁으로 나오게 됩니다. 기둥에다 서까래에다 도리에다 변변치 못한 사람들의 이름이 다닥이다닥이 붙은 가운데 오직 육군 참위로 북청대(北靑隊)로 가던 이동휘 선생의 이름이 우리의 주의와 감개를 끕니다. 이 열정적 애국자인 청년 사관은 지금은 백발이 성성한 망명 국사(國士)가 되어 시베리아로 유리(流離)하십니다.

불이문을 나서면 석왕사의 웅장한 거찰이 동천(洞天)을 압(壓)하고 서 있는 웅장한 모습이 보입니다. 불이문에서 수십 보를 가면 두 기둥으로 세운 조계문이 있으니 매우 아름답습니다. 거기서 수십 보를 가면 운성동루(雲城東樓)라는 극히 속된 이 층 누문(樓門)이 있고 거기서 눈을 북으로 돌리면 속악한 줄행랑 같은 것과 높다란 변소가 보입니다. 그 웅장한 선인(先人)들의 정신을 표현한 건축을 이런 속악한 것으로 가려 놓은 것이 섧습니다.

게다가 때마침 순종 황제의 국재일(國齋日)이라 하여 국수집, 술집, 맥주·사이다·소주·과자 등을 파는 가게들이 늘어서니 모처럼 좋은 자연에 깨끗해진 가슴에 구역이 북받쳐 오름을 금할 수 없습니다.

다시 못 볼 국재라 하여 원근 사방에서 사람이 물밀 듯 들어오고 어

느 신문사에서는 이재를 구경시키기 위하여 천우신조를 다해가면서 4
백여 명의 남녀를 데리고 내려왔다 하므로 퍽 볼만한 것으로 알고 얻기
어려운 자동차를 두 시간이나 기다려 타고 올라갔더니 때 묻은 양말에
때 묻은 장삼을 입은 중들이 목탁과 제금 치고 돌아가는 것이 구경이
라고 할까, 엄숙한 맛도 깨끗한 맛도 신통한 맛도 아무것도 없더이다.

8

석왕사 앞내에 임한 영월루(暎月樓)는 자못 웅장해 보입니다. 그 서쪽
에 있는 용비루(龍飛樓)는 이태조의 기념전으로 결구(結搆)와 단청이 모
두 아름답습니다. 이 속에는 태조의 유물 몇 가지를 봉안하여 특별한
참관자에게만 관람을 시킨다고 합니다. 작년까지도 큰절 객실이던 연
빈관(延賓館)은 사무소가 되어버리고 연빈관은 불이문 밖 북편에 새로
짓고 여관이 되어 손님을 칩니다.

바로 법당 정문인 범종은 540년이나 되는 옛 건축으로 소박한 고풍
을 보이는 이층루(二層樓)인데 누상에는 한 길이나 되는 큰 종이 달렸습
니다. 새벽마다 이 종을 울려 중들의 깊이 든 잠을 깨우는 것입니다.

사(寺)의 서쪽에는 응진당(應眞堂)이라는 오백나한을 모신 집이 있습
니다. 이 오백나한은 전부 곱돌로 만들었는데 키는 한 자 가량 되고 별
로 미술적 가치가 있는 것으로 보이지 아니하나 오백 개를 같은 모양
으로 새긴 이의 정성을 탄복하옵니다.

오백나한에 대하여는 흥미로운 이야기가 있습니다. 이태조께서 길주
어느 폐사에서 오백나한을 한 분씩 한 분씩 꼭 몸소 업어 모셔오셨는
데 맨 나중 두 분을 한꺼번에 모셔오셨다고 합니다. 맨 나중 분 독성존
자(獨聖尊者)는 이것을 노하여 묘향산으로 달아나고 이곳에는 499분만
있습니다. 빈자리 하나에 방석만 깔아 놓았으니 그것이 독성존자가 오
셨다 가신 자리라 합니다. 나한들은 모두 장삼을 입고 방석을 깔았으

니 이 장삼과 방석은 모두 불교를 믿는 신도들에게서 들어온 것이라고 합니다. 응진당 서쪽에는 무학대사를 사(事)하는 석왕사라는 것이 있고 또 동쪽에는 신한각(宸翰閣)이 있습니다.

큰 절에서 서쪽으로 냇물을 끼고 한참 올라가노라면 산모퉁이를 돌아 자못 깊숙한 곳에 내원(內院)이라는 절이 있으니 이것은 예전에 참선하던 곳입니다. 거기서 더욱 서쪽으로 물을 따라 올라가면 물이 끝나는 곳에 향적암(香積庵)이 있는데 설악의 거의 꼭대기에 있어서 동해가 환하게 내려다보입니다. 암(庵)의 북쪽 벽송대(碧松臺)라는 데는 절벽을 부여잡고 올라가는 곳인데 거기 조그마한 암자가 있어 수도객, 기도객들이 숨어있는 곳입니다.

나는 지금 원산 송도원 해수욕장에 있습니다. 시퍼런 바닷물이 몹시 차가울 것 같지만 건장한 젊은 남녀들은 물결을 즐기며 떴다 잠겼다 왔다갔다 합니다. 이에 따라 바닷물은 쏴쏴, 하고 그들에게 노래를 불러줍니다. 그렇습니다. 푸른 바다는 물결 위에 떠오는 젊은 남녀들을 위하여 노래를 불러줍니다. 마치 아기를 안고 부르는 어머니의 노래가 곧 그 아기의 노래인 것과 같이 젊은 남녀를 안고 쏴쏴, 노래를 치는 바다의 노래는 곧 젊은 남녀의 노래올시다. 우리는 물속에 몸을 잠금이 어머니 품에 깊이 안기는 것 같습니다.

물결은 다투어 몰려와서 오래간만에 외가에 온 어린 손자를 귀애하는 외조모의 손가락 모양으로 따뜻한 젊은이들의 몸을 샅샅이 만져주고 그리고는 잠깐 물러갔다가 또 만져주고 씻어주고 끊임없는 노래를 불러줍니다. 그들이 어머니의 젖을 실컷 먹고 무릎 위에서 기어 내려오는 아기들 모양으로 물에서 뛰어 나올 때에 물결은 그들을 안 놓치려는 듯이 따라 나와서 그들의 발뒤꿈치를 만지고 물러갑니다.

어떤 건장한 남자는 "내 힘 보라! 육체미를 보라!" 하는 듯이 두 다리를 쩍 벌려 대지를 밟고 두 팔을 번쩍 들고 몸을 쭉 폅니다. 그 볕에 걸고 기름이 흐르는 젊은 몸이 천지에 꽉 차는 듯합니다. 어떤 여자는 한 팔을 세워 베개를 삼고 풍후한 육체를 모로 뉘어 그의 동그레한 곡선미와 대국민(大國民)을 속에 품었노라 하는 육체미를 자랑합니다. 머리맡에 파라솔을 세웠으나 그것은 사람의 눈을 가리려 함도 아니요, 해의 눈을 가리려 함도 아니요, 오직 여성의 수치심만을 표하는 것입니다. 젊음도 좋고 건강도 좋거니와 젊음과 건강은 바다에 와서야 그 진면목을 발하는 것 같습니다. 만일 피부가 쭈글쭈글하고 뼈만 남은 사람이 저렇게 나체로 나선다 하면 얼마나 추할까, 비참할까. 미와 애의 환희는 청춘의 것이요, 건장한 자의 것이와다.

바다는 움직입니다. 운동과 음향과 색채가 쉴 새 없이 변동하는 영원한 변동이 바다입니다. 그러므로 우리는 바다를 대할 때에 신경이 흥분됩니다. 약한 사람은 곧 피로를 느낄 만치 흥분됩니다. 바닷속에 들어선 때 우리와 바다는 함께 승강하고 진퇴하고 운동합니다. 그러나 백사장은 정지합니다. 백사장은 바다의 격동 속에 지친 우리의 신경을 안정하게 하는 진정제입니다.

따뜻하고 부드러운 가는 모래 속에 몸을 파묻고 누웠으면 마치 무슨 감정에 격동을 치르고 돌아온 사람과 같이 스르르 잠이 들려 합니다. 그럴 때에 고개를 번쩍 들어 바다를 바라보면 진정되었던 신경이 다시 흥분되어 벌떡 일어나 바닷속에 아니 뛰어들지 못하게 합니다.

서늘한 바다, 움직이는 바다에 푹 앉았다가 따뜻한 모래, 안정한 모래에 다리를 뻗고 눕는 것이 해수욕의 쾌미와다. 젊고 건장한 인생의 큰 쾌락입니다. 그러나 이 맛을 아는 사람은 아직 조선 사람 가운데 적습니다. 더구나 여자는 없습니다. 벌판에 누워 지껄이는 소리, 바다 속에서 외치는 소리 들리느니 일본말이요, 반가운 우리말은 어찌하여 없습니까.

9

바다 속에서 어지간히 피곤해지거나 시장해지면 그들은 나와서 맑은 물에 목욕을 하고 바람 소리 우수수, 하는 송림 사이에 있는 여관으로 돌아옵니다. 송림의 바람 소리는 우리의 신경을 안정케 하고 또 세속을 잊게 합니다. 그러므로 백사와 청송이 없는 바다는 병신 바다입니다. 이 세 가지를 겸한 곳에 원산 해수욕장의 묘미가 있습니다.

그러나 여관이 젬병입니다. 자연은 좋다만 주인이 없구나 하는 한탄이 여기서도 나옵니다. 아무리 천하절경이라도 밥 못 먹고 파리, 빈대, 모기, 뒷간 냄새에 부대끼는 지옥이 되어버립니다. 송도원 호텔도 있고 빌리는 별장도 있지만 이것은 생활이 유여한 저 사람들의 것이요, 우리와는 아무 상관이 없습니다.

저녁 밥상을 받아놓고 무수히 한탄하면서 가까스로 밥 몇 보시기와 냉수에 간장 쳐서 담가놓은 오이 몇 쪽을 입에 집어넣고는 뒷간 냄새와 파리를 피하여서라도 바닷가로 아니 나올 수가 없었습니다. 바닷가로만 나오면 이것저것 다 잊어버리고 "참 좋구나" 소리를 아니 말할 수가 없습니다.

그동안 연일 비가 왔으므로 해수욕 하러 왔던 손님은 비 개기를 기다리다 못해서 다들 돌아가고 해수욕장은 퍽 쓸쓸합니다. 그러나 비만 잠깐 개면 날이 비교적 서늘하건만 바닷가에는 해수욕하는 남녀가 끊이지 아니합니다. 우리가 도착한 이튿날부터 날이 말짱하게 개고 볕이 쨍쨍히 나기 시작하니 갑자기 바닷가로 수백 명의 해수욕꾼이 모여듭니다. 남녀를 좌우편으로 갈라놓아 옷 벗는 데, 헤엄치는 데가 다릅니다. 그러나 바닷가에 웬만큼 나아가면 남녀가 혼합해 버립니다. 남자들 가운데는 조선 사람이 더러 있는 모양이나 여자들 가운데는 하나를 찾아볼 수 없습니다.

나도 해수욕의(海水浴衣)를 옆에 끼고 여러 번 바닷속으로 들어가려고 하였으나 콩나물 나듯이 섞인 조선 남자들이 나를 유심히 보는 것 같아서 옷을 벗으려다가는 고만두고 고만두기를 여러 번 하다가 낮에는 차마 부끄러워 못 들어가고 밤에 들어갔다가 너무 추워서 벌벌 떨고는 기어 나오기만 몇 차례 하였습니다.

10

오래간만에 볕이 났습니다. 우리는 오후 네 시쯤 하여 작은 배 하나를 빌려 타고 명사십리를 향하여 떠났습니다. 일행이 여섯 사람, 배 젓는 사람까지 일곱입니다. 바다는 무시무시하게 푸르고 물결은 없습니다. 없으되 하나도 없습니다. 평양 사투리 쓰는 사공은 힘도 안 들이게 슬슬 배를 저어줍니다.

일행 중에 여자가 나까지 세 사람인데 나는 바다라는 '바'자만 들어도 멀미가 나는 사람이어서 일본 다닐 때는 아무리 풍랑 없는 때라도 겨우 빈 창자만 토해버리기를 면하고 가지고 다니는 못난이요, 또 한 분은 서울에 생장하면서도 한강 구경을 이번에 원산 오는 길에 처음 구경하고 "에구머니"하고 놀랐다는 분이요, 또 한 분은 "그까짓 바다가 무얼"하고 큰 소리를 하지만 배탄 지 5, 6분이 못 되어서 얼굴이 발갛게 상기가 되고 어지러워 어쩔 줄 모릅니다.

삼면 환해국(環海國)이라는 조선의 여성으로 심히 부끄러운 모양입니다.

"여기는 몇 길이나 치오?"

하고 우리들이 물으면

"댓길 되지요."하고 사공은 웃고 대답합니다.

"여기서 빠져도 죽나요?"

하고 물으면

"살기 어렵지요."하고 숭굴숭굴하게 잘 대답을 하게 해줍니다.

"이렇게 잔잔하다가도 갑자기 풍랑이 일어나는 수가 있어요?"

"있고 말고요. 별안간에 일어나는 일이 많지요."

"에그머니, 그러면 어떻게 해."

하고 우리는 깜짝 놀랐습니다.

"파선해 죽지요."

뱃사공이 이렇게 대답할 때에 우리 세 여자는 소리를 모아

"에그머니, 저를 어째."

하였습니다. 뱃사공의 이 말을 듣고 보니 하늘에 뜬 구름장이 모두 폭풍우 같고 퍼런 바닷물이 금시에 늠실늠실하는 풍랑이 되어 덤비는 것 같습니다. 그래도 무서운 줄 모르는 남자들은 우리를 더 놀라게 하느라고 이편에서 저편으로 왔다갔다 하면 배는 무서운 걸음을 따라 이리 쏠리고 저리 쏠리어 금방에 한편으로 기울어져 우리가 모두 물속으로 들어갈 듯합니다.

그럴 때마다 우리는

"에그머니, 배 기울어지네. 이를 어째."

하고 배 가장자리를 꼭 붙잡고 쩔쩔매나이다.

이런 때는 우리 여성은 너무나 약합니다. 끝없이 넓고 깊은 바다는 안방구석에만 앉아 있던 우리 여성에게는 너무 크고 외람합니다. 그러나 우리 여성에게는 여자 특유의 무서운 용기가 있습니다. 바다보다도 산보다도 더 무섭고 위험한 가정의 모든 고락을 눈을 깜짝 아니하고 참고 견디고 또는 모성의 모든 고통과 우수와 위험을 사랑의 웃음으로 깜짝 아니하고 참고 견디고 배기는 무서운 용기가 있습니다.

11

배는 점점 멀리 나와 인제 원산의 전경을 해상에서 바라보는 위치에 있습니다. 원산은 해상에서 바라보아야만 좋습니다. 거진 원형으로 보

이는 영흥만의 서쪽 모퉁이 첩첩한 노인치(老人峙) 제봉을 뒤에 두고 신월형(新月形)으로 앉은 것이 원산 시가입니다. 노인치에서는 운무가 자욱한데 지금도 번개 번쩍거리고 우레소리도 들리는 듯하고 아마 한바탕 큰 천둥과 비가 있는 모양인데 그 대뇌우 있는 운무 위로부터 천조만조(千條萬條) 비낀 햇발이 우리 두상을 통과하여 갈마반도와 명사십리라는 띠 같은 장제(長提)를 비칩니다.

"저기 저 파랗고 기다란 것이 무엇이오?"

"그게 명사십리라오."

"어디 모래 있나, 파란 풀만 있는 것 같은데."

과연 명사십리의 서쪽 원산으로 향한 쪽에는 파랗게 풀이 보일 뿐입니다.

"모래는 저쪽에 있지요."

"또 명사십리 끝에 있는 저 산은 무엇이오?"

"그거요? 뛰임섬이오."

하는 것은 사공의 말이나 나중에 알고 보니 그것이 갈마도라는데 아마 명사십리라는 긴 모래장 등이 생기기 전에는 섬이었던 것은 분명하고 또 지금도 명사십리에 있는 동네를 두남(斗南)이라고 한다니 '뛰임섬'이라는 것이 우리 조상 적부터 불러오던 본명인 듯합니다.

"뛰임섬 다음에 저기 멀리 있는 것은 무엇이오?"

"섭섬이오."

"또 섭섬 더 가서 저 까맣게 보이는 섬은 무슨 섬이오?"

"어느 거요? 그건 섬이 아니라 영흥 땅이오."

"꼭 섬 같은데."

"그래도 섬 아니라오— 섬 같기만 하지요."

섬 같기만 하다는 섬에는 산과 백운이 피어올라 보랏빛으로 보이는 봉오리가 숨었다 나왔다 합니다.

"그다음에 있는 저 산은 어디요?"

"그것 문천(文川)이오."

문천산은 영흥산보다 푸른빛이 많으니 거리가 좀 더 가까운 표인 듯합니다.

"또 저기서 해 올라앉고 비 오는 저 산은 무슨 산이요?"

"그거요? 노인치요, 양덕(陽德) 맹산(孟山)으로 넘어가는 데입니다."

하고 뱃사공은 5년 전에 떠났다는 평양이 그리운 듯이 물끄러미 비오는 노인치를 바라봅니다.

"양덕 맹산 흐르는 물은 대동강으로 돌아든다 하는 양덕 맹산이로구려."하고 남자 중에 한 분이 말합니다.

12

짬째리 짬째리 요놈에 짬째리 무슨 일로 그렇게 째륵 그리니 여보게 그건 알어 무엇하나 챙견두 경치게 많이 하네, 엄마야 아빠야 다 돌아가고 눈물이 흘러 늪히 되고 도래팽팽 죽어지는데.

이것은 우스운듯하나 퍽 그럴듯한 동요올시다. 사실 해가 뒷산으로 넘어갈 때쯤 해서는 이 메뚜기 같은 벌레가 째르륵 거리면서 길 가는 사람을 훼방 칩니다.

새로 지은 것 농구꽃이 피었네. 서울 계신 나라님 돌아가셨는데, 엄마야 저 꽃이 떨어져 돌아갔나요. 우리나라 금상님 보고나지고.

농구라는 말은 왜지(倭地) 이화(李花)란 말이외다. 또 하나 문제는,

네 어깨에 손 놓고 내 어깨에 손 놓아 쌍가마 손가마 아기 태우고서

흥청흥청 걸어가세. 서울 임금께 한 바퀴 돌고 돌아 개울 건너고 두 바퀴 돌고 돌아 산을 넘어서 어머니 보고 싶어 울음 울었네.

배가 닿은 곳은 조그마한 어촌입니다. 옛날 조선 그대로의 가난하고 납작한 어촌입니다. 언제나 그들이 다 부요(富饒)하게 문명하게 살아볼까.

까맣게 볕과 해풍에 거른 벌거숭이 아이들이 조그마한 그물을 가지고 바닷가에서 고기를 잡습니다. 그물을 한 번씩 끌어내릴 때마다 도미 새끼 같은 한 치나 되는 고기들이 한 줌씩 팔딱팔딱 그물에 깔립니다.

그것을 용하게 빠르게 주워 담고는 또 다른 데로 그물을 끌고 갑니다.

"너희들 학교에 가니?"

하고 물으면

"네, 학교요? 여기는 학교 없어요."

하고 그러한 한가한 소리는 들을 새 없다는 듯이 고기 있을 만한 데를 고르느라고 물속을 들여다봅니다. 물결은 파란 모래미역을 밀어 찰싹찰싹 하고 아이들의 다리를 치고 굴 조개와 홍합 껍데기로 된 바닷가를 툭툭 칩니다.

"그럼 글은 안 배우니?"

"글이요?…… 애, 저기 망둥이 있다 저리로 돌아. 이 주릴 할 녀석아, 에, 아까운 것 놓쳐버렸다"

하고 망둥이 쫓느라고 대답할 것은 잊어버렸다가 그물을 툭툭 떨면 다른 아이가

"우리는 이것만 합니다."

하고 아주 어른스럽게 그물을 가리키면서 자기의 재주 있는 대답에 만족하는 듯이 웃습니다.

과연 그물질하는 것이나 고기 주워 담는 것이나 여간 익숙하지를 아니합니다. 그것이 그네들의 글이니까요.

"이 바람이 북풍이지."

하고 동행중에 한 사람이 돌아가는 뱃길에 바람이나 안 일어날까 하여 말하는 것을 듣고 아이들은 깔깔 웃으며

"이 바람이 북풍이야요? 하하 그러면 서울 해는 북으로 지오?"

하고 서울 사람이 동서 분변 못하는 것을 비웃고 깔깔댑니다. 인제 겨우 12, 13세 된 아이들이 바람의 방향을 환하게 알고 있습니다. 어느 바람이 불면 아버지 탄 배가 돛달고 들어오기에 편한 것을 다 알고 있습니다. 우리들은 조개껍질 위에서 동네를 지나 명사십리로 행하였습니다. 허리띠와 같이 긴 땅은 전부가 세모래로 되었는데 거기는 키 작은 소나무가 있고 빨간 석죽이 피고 높다란 원두막이 있고 뱀장어 등심뼈와 같은 풀 덮인 큰 길이 있습니다.

정말 명사십리라는 곳은 이 뱀장어같이 긴 땅의 동남쪽입니다. 거기 진한 일자로 10리나 되는 긴 해안이 모두 옥가루 같은 백사로 되고 거기는 다북다북 해당화가 여기저기 피어있습니다.

이 명사십리 서단(西端)에는 서양인의 피서지 부락이 있어 금발 벽안의 남녀가 물결에 뜨락 잠기락 하나 이곳에는 조선 사람은 하나도 없습니다.

우리 일행은 안내자도 없이 오다가 길을 잘못 들어 헤매는 사이에 날은 벌써 저물었답니다. 금발 남녀의 물속에서 노는 모양도 한가히 보지 못하고 급히 배를 몰아 여관으로 돌아오니 8시가 넘었더이다.

―『동아일보』, 1926년 9월 1일~13일

석왕사

이광수(李光洙)

　석왕사의 송림은 언제 보아도 좋다. 사기리(沙器里)에서 단속문(斷俗門)까지의 평원성(平原性) 송림도 특색이 있거니와 단속문에서 등안각(登岸閣)에 이르는 약 5리 간의 계곡성(溪谷性) 송림이 더욱 좋다.

　송림의 미는 단순한 소나무의 집합이라는 하나의 조건만으로만 되는 것이 아니다. 첫째는 소나무 개개의 생김생김, 둘째는 어린 솔, 젊은 솔, 늙은 솔, 큰 나무, 작은 나무의 포치(布置)된 위치, 셋째는 송림이 놓여있는 환경, 넷째는 전송림(全松林)을 통일하는 어떤 원리, 이런 것들이 어떤 송림의 미적 가치를 결정하는 것이다.

　그런데 석왕사 어귀의 소나무 종류로 말하면 우미전아(優美典雅)한 적송인 데다가 노소, 대소의 포치와 설봉산의 웅대를 배경으로 하고 고저와 구배(句配)의 곡선이 불험불이(不險不夷)한 구릉의 형세가 다 그 알맞음을 득하였고, 또 물 맑고 소리 맑고 굴곡(屈曲)과 형상(形狀) 아름다운 일조(一條) 계류(溪流)가 전폭의 풍경을 통일하여 주었고 이 시내를 따라 낸 도로가 또 우리에게 완상하는 변화 많은 위치를 제공하는 외에 완연한 도로 자신이 자연의 미관을 돕는 하나의 요소를 이루었다.

단속문, 등안각, 불이문(不二門), 조계문(曹溪門) 등의 길 목목이 세운 우아한 고대 건축이 자연의 미에다 인류의 심미감의 고상한 일 교정(校正), 일 보첨(補添)을 더한 것은 물론이다.

나는 음력 9월 9일 밤의 상현(上弦) 월하(月下)에 단속문 안 시냇가에 올연히 홀로 섰다. 얼음같이 찬 대기는 엉키어서 움직이지 아니하건만 달빛과 별빛을 이고 선 노송의 가지 끝에서는 그침 없는 읊조림이 우수수수, 하고 울어 나온다. 이 무슨 삼엄(森嚴)인고, 이 무슨 정적(靜寂)인고. 돌 위로 어둠 속으로 굴러오는 시냇물 소리조차도 멀고 깊은 신비의 나라에서 울어오는 듯하다. 반쪽보다도 약간 더 큰 달은 수양버들 모양으로 가지 축축 늘어진 키 큰 늙은 소나무 위에 배회한다. 수풀 속으로부터는 송지(松枝) 향기가 있는 듯 마는 듯 떠나온다.

평생에 솔이 조희 곧음도 좋거니와 굽음도 멋있거니 애솔인들
굳으려만 늙도록 더 아름다움을 못내 부러워하노라.

소나무는 늙을수록 몸이 붉어지고 가지가 축축 늘어지고 살이 윤택해지고 속태(俗態)를 벗어 신선의 풍채를 갖추게 되는 것이다. 세계에 조선 사람처럼 솔을 애호하는 이가 있으랴. 소나무집에 소나무 때고 살다가 소나무 관에 담겨 솔밭 속에 묻히는 이는 조선인밖에 없을 것이다. 소나무의 탈속하고 숭고하고 한아(閑雅)한 기상을 사랑함이다.

별과 달, 솔과 나와 울어대는 저 물소리, 향기로운 찬바람이 더운 볼을 스쳐가네 수풀이 어둡사오니 더욱 거룩하여라.
어렴풋 아는 듯하고 채 모르는 우주신비 경경(怳怳)한 작은 혼이
그 앞에 서 있사오니 이 밤을 어이 잘까나 잠 못 이룰까 하노라.

—『동아일보』, 1928년 10월 30일

그해 그 여름 연인의 무릎을 베고
이를 잡히다 들켜

박순천(朴順天)

이십 년 전 하기 휴가에 연인과 같이 석왕사 보문암에서 한여름을 지난 일이 있다. 여름의 피서객을 부르는 곳이 경원선에서 삼방, 석왕, 원산에 있는 것은 누구나 다 아는 일이고 또 석왕사가 어떠하다는 것을 이제 내가 이십년 전 소견을 말할 자격이 없는 줄로 안다.

그러면 한여름 그곳에서 자유스럽게 시원하게 지내던 것이나 말하여 볼까. 그곳을 가기는 친구의 형님이 당신의 친구를 데리고 가 계시면서 우리들을 청한 셈인데, 형님들이니 다소간 조심스럽다가 며칠 후 두 형님이 떠나시고 나니 우리는 껑충껑충 뛸 만큼 시원섭섭하였다.

단 둘이만 있게 된 우리는 설봉산 일원이 독무대나 된 것 같았다. 공양주가 갖다 주는 향기로운 산채의 맛도 좋거니와 식사만 끝나면 목욕옷 한 벌로 그저 숲속에서 흘러내리는 냇물에 '풍덩실풍덩실' 발버둥치는 맛이 더 좋았다. 더구나 나중은 입술이 쪽빛이 되고 동지섣달에 빙판에 눕는 것처럼 달달 떨리는 그 맛, 그저 말로 졸필로 형용키는 어려우나 아무튼 한여름을 부들부들 떨고 지낸 것만은 사실이다. 그렇게 한참 떨다가 물밖에 나오면 또 폭포에 들어가 머리 위에서 발끝까지

안변 석왕사 (출처: 서울역사박물관 / 朝鮮總督府, 「朝鮮」, 1925)

찬물을 뒤집어쓰고 이것 또 염증이 나면 밥알 가지고 개울 고기를 몰고 가재를 붙들었다 놓아주기를 한여름 하노라니 고기도 얼마 후에는 우리를 용궁선녀로 알았던지 제법 사귀어서 곧잘 동무가 되어주었다.

그런 중 또 한 가지 점심시간에 잠깐씩 극락에 산보를 하는데 극락 산보는 다른 것이 아니고 추위를 녹이기 위해서 한잠 자기도 하고 혹은 연인의 무릎을 베고 머리 이도 잡는 것이다.

말이 났으니 말이지, 이 머리 이 잡는 맛이라니, 아무 때이고 사지가 녹는 듯하지만 절간에서 연인의 무릎을 베고 연인의 손으로 꾹꾹 찍어주는 맛은 경험자 아니고는 여간 설명쯤으로는 그 맛을 훼손할까 두려워 그만두거니와, 하루는 이를 잡다가 유람객에게 발각된 일이 있는데, 나중에 중이 전하는 말이 조금 전에 오신 손님들이 저 방에 계신 이들이 누구누구 아니냐고 하였단 말을 듣고, 이십 처녀의 이 잡는 꼴을 외간 남자에게 들킨 것만은 아무리 시원한 석왕사 개울물이라도 화끈한 얼굴을 식혀줄 수 없었다. 그 손님들이 점잖게 체모를 지켰기 다행이

지 나 같은 험구이었더라면 저 방에 이 잡는 이라고 했을 것이다. 시원하던 맛도 잊혀지지 않거니와 이 잡다 들킨 일도 잊을 수 없는 일이다.

그때의 보문암은 심지어 변소까지 그저 모두가 맘속까지 시원하게 좋은 것뿐이었다. 이러다가 절을 떠나올 때 백연암 노승을 보고 후일 상자 중으로 입산할 것을 언약하고 동구까지 나온 우리는, 먼저 눈에 보인 것이 닭 잡는 여인이니 한여름 가라앉은 비위가 일시에 뒤집혀 닭 두 놈을 단숨에 집어먹었다. 우리는 고기 맛이 그렇게 좋은 것도 그 여름에 처음 맛보았다.

일생을 통해서 가장 자유스럽고 걱정 없고 희망, 이상, 동경을 가슴에 듬뿍 안고 생의 진리를 발견하려던 그 아름답던 시절, 그 여름은 어찌 그렇게 시원하고 좋았던지. 이제 비린고기 '사파망'에 걸려 벗어나지 못하고 발버둥 침이여! 그 옛날 보문암 개울에서 발버둥 침과 이렇게 다름을 서러워할 뿐이다. 잊혀지지 않는 것은 그해 그 여름의 그 산간 생활이랄까?!

그해 그 여름에 이 잡아주던 우리 연인은 현재 모 신문사 부인기자로 활약하고 있다.

—「동아일보」, 1938년 8월 16일

남산 역

서울에서 원산까지 경원선 따라 산문여행 31

Сунгари.
원산
갈마
배화
안변
남산
석왕사
용지원
고산
삼방
삼방협
세포
성산
검불랑
이목
복계
평강
가곡
월정리
철원
신탄리
대광리
연천
전곡
동두천
덕정
의정부
창동
연촌
동경성(청량리)
왕십리
수철리
한강리
서빙고
용산
경성

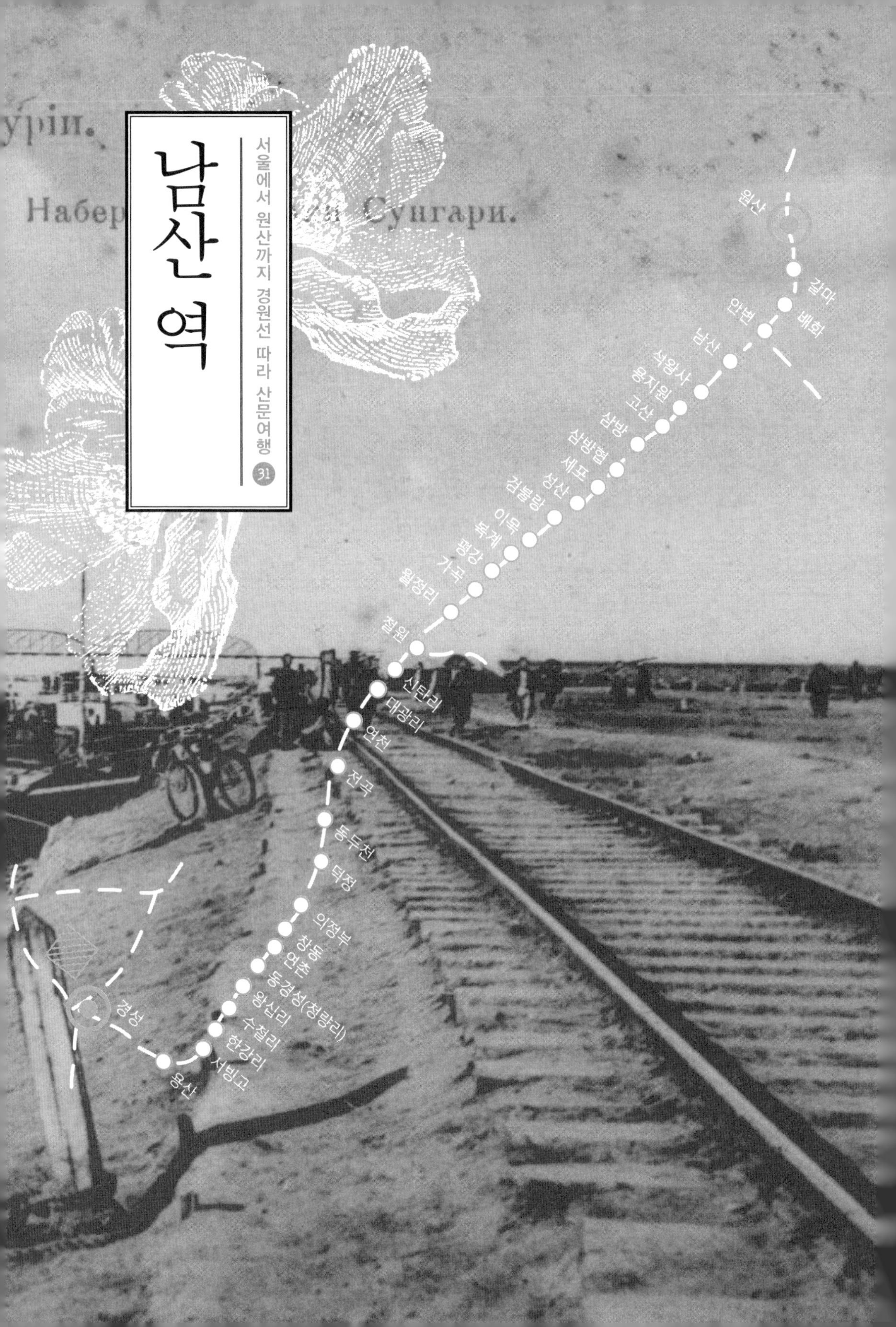

역원 배치 간이역

조선선의 현재 간이역은 15개 역인 바 역원을 배치하여 여객 수하물의 취급을 위하는 역은 아래의 13개소라더라.

가수원(佳水院), 임곡(林谷), 몽탄(夢灘), 임성리(任城里), 창동(倉洞), 덕정(德亭), 대광리(大光里), 월정리(月井里), 남산(南山), 문평(文坪), 덕원(德原), 전탄(箭灘), 왕장(旺場)

—『동아일보』, 1921년 4월 22일

기차에 역사轢死 궤도에서 자다가

지난 13일 오후 10시경 경원선 석왕사 역을 떠난 기차가 남산 역에 도착될 즈음에 안변군 문산면 오산리 안성근(安成根)의 장남 안병률(安炳律, 16세)은 기차 선로에서 잠을 자다가 그만 진행하는 기차에 치여 즉사하였다더라.

—『동아일보』, 1929년 8월 17일

열차에 달렸다가 전주에 충돌

31일 오후 10시 15분 용산을 떠난 원산행 제543 열차가 경원선 남산 역을 떠날 즈음에 만원으로 객차 승강대의 문을 닫았으므로 동 열차 차장 조병춘(趙秉春)은 부득이 닫은 문밖에 매달려 객차 안의 승객에게 간신히 문을 열어 달라 하였으나 진행 중의 열차가 구내에 진행하다가 차장을 전주에 충돌케 하여 추락 부상하여 안변 병원에 입원 가료 중이며 생명에는 관계없다고 한다.

—『동아일보』, 1936년 6월 2일

안변역

서울에서 원산까지 경원선 따라 산문여행 32

Набер
Сунгари.
원산
갈마
배화
안변
남산
석왕사
용지원
고산
삼방
삼방협
세포
성산
검불랑
이목
복계
평강
가곡
월정리
철원
신탄리
대광리
연천
전곡
동두천
덕정
의정부
창동
연촌
동경성(청량리)
왕십리
수철리
한강리
서빙고
용산
경성

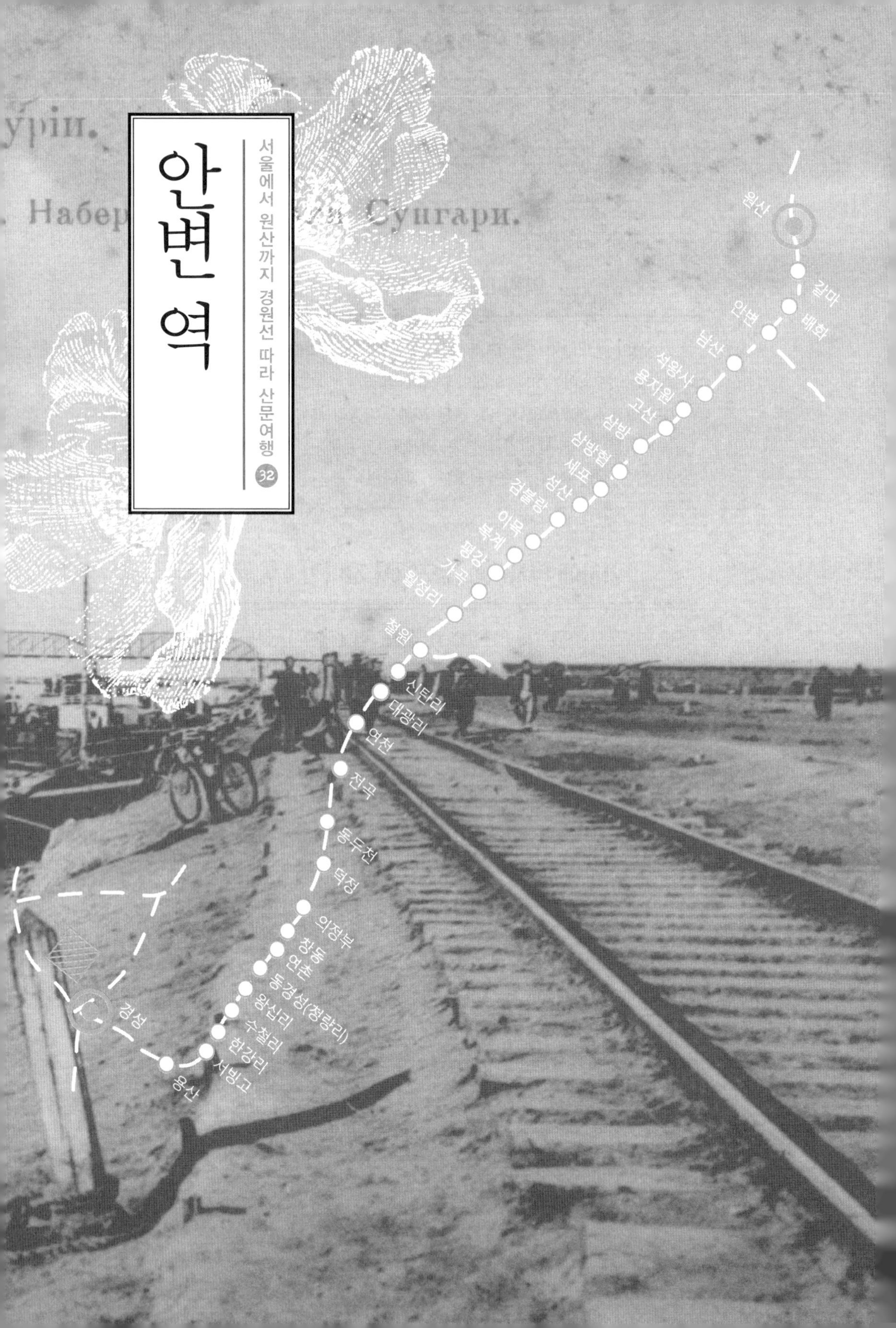

아이와 강아지 (출처: 서울역사박물관 / 新光社, 『日本地理風俗大系』, 1930)

강아지에 주의
—애 불알을 떼어 먹어—

    지난 30일 오후 6시 안변군 안도면 가평리 119번지 이태호(李泰鎬)의 집에서는 금년 정월달 출생인 그의 장남 봉근(鳳根)을 그의 어머니가 일터로부터 돌아와서 젖을 먹여 밤에 뉘여 놓고 뒷산으로 저녁 지을 나무를 긁으러 간 사이에 그 집에서 양(養)하는 햇강아지가 달려들어 그만 장난을 치면서 불알을 떼어먹어 버렸다. 즉시 원산 고려의원에 입원, 목하 치료 중인데 생명에는 관계 없으나 일반 가정에서 크게 주의할 일이라 한다.

—『조선일보』, 1933년 7월 3일

원산 이남에 안계(眼界)가 활연한 것은 안변평야다. 그러나 안변 일군은 산읍이라 아니할 수 없다. 동서남 삼면이 통천, 회양, 이천, 평강의 네 군과 경계하여 경계 위에 설수(雪水), 황룡(黃龍), 풍류(風流), 마상(麻桑) 등 거산과 분수(分水), 동사(東莎), 철령(鐵嶺), 청학(靑鶴), 추가(楸柯), 설음(雪陰), 박달(朴達) 등 준령이 환치하여 천연의 대성곽을 이루었다.

고구려의 비열홀(比列忽), 천성(淺城)으로 신라의 비열주(比列州), 삭정현(朔庭縣)으로 벌써 오랜 역사를 가졌으며 고려 현종 때부터 안변 도호부가 된 것은 문득 국방의 요지임을 알 수 있다.

행정구역은 7면 203동리에 10,513호, 인구수 61,370명이 있으며 총면적은 68방리다.(일본인 473, 지나인 24, 외국인 2)

교육기관으로는 공립보통학교 3, 사립학교 8, 일본인소학교 2가 있고 종교로 불교, 예수교, 천주교, 시천교 등이 있으나 그 중 불교가 많은 신도를 가짐은 저 유명한 석왕사의 여풍(餘風)인 듯하다. 그 다음은 예수교인이 5백여 명, 천주교도가 270여 인이다. 시천교는 유야무야 중에서 겨우 명의만을 유지할 뿐이다. 실지로는 향교를 중심으로 한 유림 일파가 중심세력을 가진 모양이다.

사회라고는 아무리 산읍이지만 너무나 한심하다. 전 조선이 들끓어 풍미하던 기미운동 당시에도 꿈적한 일이 없는 것을 보아서도 인심을 짐작할 수 있지만 340여 호의 읍내에는 비위 좋게 청년회 간판을 4년 동안이나 그냥 붙여둔 것도 가

중하거이와 취생몽사로 그냥 마치려는 셈인지 노소를 물을 것 없이 노상에 방황하는 자는 반수 이상이 '홍면아(紅面兒)'다. 그 바람에 양주(釀酒) 회사 읍내 2개소의 경기는 매우 좋다. 그 위에 남들이 신문, 잡지 보는 대신으로 바둑 도박을 일삼는 것이 상례가 된 모양이다. 안변 인사 그대들의 사회가 그렇게 위미(萎靡) 부패한 결과로 저 일군의 마물 최달빈(崔達斌)이가 횡행 유란(蹂躪)함이 아니냐.

생활 상태는 산야의 산물이 비교적 질소(質素)한 생활의 수지 상쇄는 되어왔다. 그러나 만근(挽近) 10년 래로 동척의 흑수와 일선인 지주가 늘어가는 서슬에 전도를 낙관할 수 없다. 삼방, 석왕사 같은 명승을 가지고 일 년에 3, 4만의 탐승객을 영송하지만 무슨 토산물 한 가지로 안변 경제에 비익(裨益)될 것이 아직 없다. 오직 주식(酒食) 영업자가 그 덕에 호구는 하는 모양이나 그것도 이익 먹을 만한 것은 일인의 차지다.

군내에서는 신고산이 오직 앞으로 발전할 희망이 보인다. 철도 개통 전은 수삼 호의 고촌(孤村)과 일대의 황무지이던 것이 지금에는 4백여 호의 대촌락이 되었다. 회양, 이천, 평강 일부의 물산이 백자(柏子) 마포, 대두, 목재는 고산을 중심으로 집산하여 상업의 전도 유망은 물론이요 거리에 부화(浮華)의 풍이 적고 청년들이 근검하여 향상의 기분이 많다. 지방 청년회에서는 야학을 개설하며 회관을 건축하여 앞으로 많은 발전을 기도하는 중이다.

인물은 내가 일일이 찾아보지 못한 유감도 있지만 방향(芳香)을 토하는 유곡(幽谷)의 난(蘭)이 적음도 유감이다. 읍에서는 장찬규(張燦圭) 군이 혼자 허덕허덕 애를 쓰는 모양이다. 환경이 원체 냉락하므로 하루에도 긴 한숨 짧은 탄식을 몇 번씩이나 하는 것이 동정할 만하다. 순실하고 자선심이 있기로는 김원섭(金元燮)을 말한다. 씨는 지난 임술년에 흉작으로 기아에 내몰린 동포에게

천여 원의 안남미를 배부하였다. 원래 재산가가 아닌데 그렇게 자선사업을 한 것이 특별하다고 피구자(被救者) 측에서 송덕비를 세웠다. 그러나 소위 송덕비 그것을 방지하지 못한 것은 씨의 작은 수치가 아니냐. 고산의 이대용(李大用) 군은 침중하고 무실적(務實的)인 실업가로서 청년사회를 위하여 노력하는 것이 가상한 일이며 강영균(姜英均) 군도 장래가 매우 유망한 청년이다. 지방의 장래 와 농촌자제의 전도를 위해서 교육기관에 대한 노력을 많이 하는 위익면의 이 재조(李載朝), 안도면의 이병재(李炳宰), 문산면의 이춘재(李春載) 같은 이들이 매 우 고마운 인물이다.

안변이라면 누구나 마찬가지로 삼방 약수와 석왕사를 연상하리라. 해발 1 천 척의 산중에서 비폭은 고공에 매달리고 창울한 임목이 그윽하고 깊음에 이 름을 극한 중에 또 유명한 약수가 있음은 긴 여름의 인산(人山)을 이름이 괴치 아니하다. 그러나 별장이니 무엇이니 하는 구리 냄새에는 비위가 적이 상한다.

무학(無學)이 이 태조의 선몽 잘한 덕으로 설봉산 아래에 굉대한 석왕사가 생기고 오백 년간 잘 우려먹은 것을 생각하면 창상(滄桑)의 감이 없을 수 없다. 창연한 노송이 하늘을 찌르고 검봉(劍峰) 단풍이 눈이 부신 것은 과연 사람으 로 하여금 단속(斷俗)의 염을 가지게 하며 흰돌(白石)에 굴러 떨어지는 물과 화 각(畵閣)에 차게 어린 달은 제천(諸天) 소식을 적조(寂照)함이 아닌가 할 만하다. 더욱이 내원(內院), 향적(香積), 백련안양(白蓮安養), 보문(普門) 등 암자의 유수함 은 진념(塵念)을 돈망(頓忘)케 한다. 광천(鑛泉)에 배를 불리고 특산인 송이를 맛 봄도 신선이 부럽잖을 만하다. 영월루(暎月樓)에 뭉텅이진 명패와 동구에 즐비 한 객관은 오히려 명구(名區)를 속되게 함이라 할 만하다. 그러나 따라서 관람 객의 여하히 다수임도 짐작하겠다.

읍내의 가학루(駕鶴樓)는 신라 효성왕 시대의 건물이며 학성산(鶴城山)의 학성산성은 신라 효소왕 시대의 축조로서 안변의 굴지(屈指)하는 고적이다.

그 다음은 군내에 굴지하는 부호청년 김창준(金昌濬)의 이야기를 좀 쓰겠다. 그는 내조내부(乃祖乃父)의 군수시대에 민간에서 착취한 재산을 옹호해 가지고 인류사회를 돌아보기는 커녕 소작인에 대한 착취는 연복연심(年復年甚) 하고, 닭마리 청어 뭇이나 가지고 알랑거리는 자가 있으면 소작권 이동은 제 마음대로, 그 친족의 무산자까지 압박 구축(驅逐)을 기탄없이 하며 근일은 제집 보호책으로 소위 자위단이란 명의 하에 80여 호의 농민을 제집의 수문견(守門犬)을 만들었다. 가련아여! 귀를 기울여 조종(弔鍾)의 소리를 들을지어다.

"송도 망할 때「불가사리」안변 망할 때 최달빈이" 이것은 안변 동요다. 그 자는 무복(巫卜) 출신으로 권문에 아첨하며 일진회를 이용하야 북청(北靑) 군수 안변 군수를 지냈다. 그러나 구한국의 은사금 횡령사건으로 6년 감옥살이를 하고도 아직 불충분한지 유도(儒道) 진흥 국민협회의 회장이란 간판을 붙이고 사악이 날로 심하다. 근일은 장찬규 군이 유림회와 합력하여 성토문을 선전한 것이 일거리가 되어서 출판법 위반이니 명예훼손이니 하여 공판에 붓치었다나.

그리고 안학(案鶴) 수리조합에서 물만 좀 불면 소위 공사한 것이 그만 오유(烏有)에 몰아가고 만다니 그러면 준공은 언제나 될까.

대정(大正) 11년 수재에 상갑(上甲)이가 도주하고 12년 8월 물에 또 붕괴하여 약 10만원 손해를 내고 금년에 양류(壤流)하였다.

—『개벽』 54, 1924년 12월

안변 이야기

차천자(車賤者)

1. 함흥차사(咸興差使)

방석(芳碩) 방번(芳蕃) 등 두 사랑하는 아들이 비명에 죽고 또 계속해서 방간(芳幹)이 죽으매 태조의 태종에 대한 악감은 실로 극도에 달하여 하루라도 평안히 지내기 어려웠다. 또 방석의 동복 누이 경순공주(慶順公主)의 부흥안군(夫興女君) 이제(李濟)가 방석의 난에 연좌되어 피살되었으므로 태조가 친히 공주의 머리를 깎고 잠연(潛然)히 유체(流涕)하였다. 태조는 왕위를 선양하는 즉시에 금강산으로 가고자 하다가 이루지 못하고 그 후 태종 원년 3월에 새 도읍 한양에 머무른다 칭하고(태조 3년에 한양에 천도하였다가 태종 원년에 구도읍 개성으로 돌아왔다) 금강산에 갔다가 마침내 안변에서 머물러 누월이 되도록 환궁치 아니하니 태종이 도승지 박석명(朴錫命)을 보내어 환궁을 청하되 듣지 아니하다가 제신의 극권에 의하여 굳이 귀궁(歸宮)하였다. 그러나 평생의 원한을 품은 태조는 항상 울읍(鬱悒) 불평하더니 태종 2년 11월 밤에 표연히 왕궁을 떠나 양주 소요산에 가서 별전(別殿)을 세우고 거류하다가 다시 함흥 본궁으로 갔다. 그때에 태종은 태조의 문안사를 누차 보내었으나 다 태조에게 피살당하고 생환치 못하니 이에 세상에 '함흥차사'라는 말이 생겨서 지금까지 소식없는 사람을 가리켜서 함흥차사라고 한다. 그때 문안사로 간 사람 중 저명한 이는 성독곡(成獨谷) 린(璘)과 박충민(朴忠愍) 순(淳)과 신승(神僧) 무학(無學) 등이니 성린은 백마포삼(白馬布衫)으로 과객의 행색을 하고 본궁 부근에 가서 밥을 지었더니 태조가 멀리서 보고 환관을 보내 이유를 물으니 린이 답하되 개인적인 일이 있어 왔다가 날이 저물어 체숙(滯宿)한다 하였더니 태조가 의심치 아니하고 불러 보니 린이 조용히 인륜 처변(處變)의 길를 아뢰므로 태조가 변색(變色)하고 노하여 말하기를 네가 네 주인을 두호(杜護)함이 아니냐고 하니 린이 아뢰되 "신이 만일 그러하면 신의 자손이 반드시 눈이 멀 것이옵니다" 하니 태조가 믿고 그 말을 들어 뜻을 돌렸다. 독곡 이후 린의 장자 지도(至道)가 눈이 멀고 지도의 아들 구수(龜壽) 및 그 손자가 다 눈이 멀고 둘째 아들 차도(次道)는 또한 무자(無子)하니 세인이 언참(言讖)이라 칭하였다.

함흥 함경남도 함흥 시가지의 풍경. (출처: 서울역사박물관 / 朝鮮風俗研究會, 『朝鮮風俗風景寫眞帖』, 1920)

2. 모든 집의 닭이 일시에 울다

이것도 역시 태조의 미시(微時)의 일이었다. 태조는 안변 어떤 촌가에서 유숙하는데 꿈에 인가에 들어가 세 개의 서까래를 지고 나오고 또 모든 집의 닭이 일시에 울며 다듬이 소리가 사위를 움직이고 거울이 깨지고 꽃이 떨어지는 것을 보고 주인 노파에게 말하니 주인 노파가 말하되 이것은 극히 귀한 꿈인즉 비밀에 붙이고 설봉산(雪峯山)에 가서 이승(異僧)에게 물으라 하니 태조가 그 말과 같이 설봉산에 가서 승려 무학에게 물은즉 승려 답하되 " 세 서까래를 짊어짐은 王(왕) 자요, 닭울음소리는 고귀한 곳이니 왕위에 오를 것이요, 다듬이 소리는 '덕가동(德加東)'이니 덕을 동방에 펼 것이며 꽃이 떨어져 열매를 이루고 거울이 깨지면 소리가 남이니 당연히 조선의 군왕이 될 몽조라" 하니 태조가 마음이 홀로 기뻐 자부하여 이로부터 무학을 스승으로 섬기고 후일 등극 후에 그 기념으로 설봉산에 석왕사를 창건하였다 한다.

—『개벽』 70, 1926년 6월

우울 열차

이무영(李無影)

"13세의 소학생", 이렇게 한 번 자신을 웃어 본다. 삼십 고개를 넘었으니 그만하면 철 날 때도 됐으련만 그날로 되돌아오는 짧은 여행에도 마치 원족을 앞둔 소학생처럼 흥분하고 초조해 했다. 일을 하다 말고 캘린더를 쳐다보았다든가 꿈까지 꾸었다면 모두들 웃을 것이다. 어째서 이리도 저리 못날까?

그러나 이번의 여정만은 흥분할 만도 하다. 작년 여름 화씨 100도를 오르내리는 폭염을 무릅쓰고 '동해 기행'이니 '송전유기(松田留記)'니 하는 문우들이 피서지 통신 편집하던 비애를 회상하고 아직 한 사람의 문우도 발을 들여놓지 않은 동해안을 답습하는 것은 통쾌하려니와 동해 북부선은 내게 있어서 처녀지다. 강릉 농악대회 참석이라는 가벼운 짐을 지기는 했으나 어깨에 개갤 정도의 중임은 아니다. 보이는 그대로를 보고 느끼고 오랫동안 응어리처럼 가슴 속에 엉켰던 우울을 창망한 동해 위에다 내뿜는다면 이 어찌 즐거운 일이 아닐까 보냐.

옷도 입은 채 모자도 쓴 채 창밖의 희미한 점경을 즐기노라니 동두천 역을 지나서 차장이 검은 커튼으로 객차의 눈을 가린다. 출발 직전

급행열차 남대문 정거장에서 급행열차가 출발하는 광경을 담은 사진이다. (출처: 서울역사박물관 / 朝鮮總督府鐵道局, 『朝鮮鐵道線路案(內)』, 1911)

에 돌발한 불쾌한 사건의 여운이 아직도 머리를 떠나지 않았음인지 머리가 무겁고 덮다. 유리창에 이마를 대고 얼마동안 머리를 식힌 뒤에 요새 구성 중에 있는 장편 스토리를 얽어 보리라고 정신을 그리로 집중시켜 보았으나 얻은 것은 역시 우울뿐이다. 우울은 젊은이의 양식이라고 어떤 철학자가 말을 했다지만 이런 양식일진댄 차라리 기아만도 못하지 않을까.

돌이켜 보면 나도 한때는 우울을 양식 삼은 때가 있었다. 16, 7세부터 27, 8세까지의 10년 간 나는 밥보다도 우울로써 양식을 삼았다. 그러나 우울을 양식 삼은 시절은 갔나 보다. 그때의 우울은 명랑을 전제로 한 우울이었다. 명랑의 전주곡은 못 된다 치더라도 적어도 그때의 우울은 의식은 못하나마 명랑과의 반주곡이었다. 그때의 우울이 정열적이요 적극적이요 생에의 도전이라면 오늘날의 그것은 퇴폐성을 다분히 띤, 생활상으로나 정신적으로나 패배한 부류에 속하는 사람의 우울일 것이다. 천에 가까운 사람을 싣고 어둠을 달리는 이 현대문명의 괴물을 가리켜 '우울열차'라고 한다면 불평할 사람이 혹 있을까?

차가 눈꼽 낀 눈을 부빈 것은 석왕사 근방이리라. 남산 역을 지나서 나도 눈꼽을 뜨고 부리나케 행장을 수습했다. 행장이라야 보다 둔 화문(和文) 잡지 두 권에 담배, 파이프, 이것뿐이다.

안변 역에 내린 것은 5시 30분경, 동해 북부선까지의 30분간도 그렇게 지루하지 않다. 작야(昨夜)의 불쾌한 일로 해서 저녁을 궐한 탓인지 공복이라기보다는 속이 쓰리다. 머리도 무겁다. 학생시대에 한 것처럼 발뒤꿈치를 들고 심호흡을 십여 차례 하고 나니 그래도 기분만은 홀가분하다.

삑! 이윽고 앳된 기적을 울리고 차체가 건드렁 한다.

—「동아일보」, 1938년 6월 12일

배화역

서울에서 원산까지 경원선 따라 산문여행

33

원산
갈마
배화
안변
남산
석왕사
용지원
고산
삼방
삼방협
세포
성산
검불랑
이목
복계
평강
가곡
월정리
철원
신탄리
대광리
연천
전곡
동두천
덕정
의정부
창동
연촌
동경성(청량리)
왕십리
수철리
한강리
서빙고
경성
용산

철도사무소 강원도 원산 철도사무소의 전경. (출처: 조선총독부 철도국, 『朝鮮鐵道四十年略史』, 1940 / 서울대학교 중앙도서관 제공)

안변 간이역 개업

경원선 배화(구 안변 역) 남산 간 동해선 분기점 안변 역은 함경선 전 개통과 동시에 영업을 개시코자 하였으나 저간 강우를 당하여 그간 급히 수선한 결과 지난 7일에 복구되는 동시에 원산 기관구(機關區)에서 새 선로의 시운전을 행하고 8일부터 동(同) 안변 역 신설은 간이역으로 영업을 개시하였다더라.

—『동아일보』, 1928년 9월 10일

배화에도 염병染病

함남 안변 지방에는 초가을에도 전염병이 유행하더니 이 즈음 일기 부조화의 관계로 장질부사, 독감 등이 많이 유행되어 경찰 당국에서는 교통을 차단하는 등 만반으로 예방에 노력하는 바 배화면(培花面) 어은리(魚隱里)에서는 두 명의 사망자가 있었다는데 일반은 특히 위생에 주의하기를 바란다.

—『동아일보』, 1932년 12월 2일

흐르는 인생

금릉인(金陵人)

인생은 본시 흐르는 것이런가! 하늘에 떠가는 방랑의 구름과 같이 향방도 없이 표박하는 것이런가! 오늘도 창 앞에 기대어 서서 먼 하늘을 바라보며 한숨지으니, 오! 괴로운 인생의 자취여!

내가 영애(永愛)를 알게 된 것이 우연이 아니라 하고 내가 영애의 사랑을 받게 됨이 분에 넘치도록 감사하다 할 때, 내가 영애에 대한 진정은 결코 이만저만한 것이 아니었다.

젊은 여자의 순정이 귀엽고 중하다 할진대 젊은 남자의 진정은 그만 못하란 법이 어이 있더냐. 사랑이 모든 것을 초월한다 하거늘 지위와 황금이 무슨 소용이 있더냐! 내가 영애를 좋아함이 그의 아름다움이 아니었다. 학식이 아니었고 재산이 아니었다. 문벌이 아니었고 명예가 아니었다.

가을물같이 깨끗한 그의 마음이 아니었더냐. 구슬같이 곱게 맺힌 그의 인격이 아니었더냐! 영애 역시 나에 대한 태도가 나와 일반이었다. 적어도 나는 이렇게 믿었다.

순(純)한 인격과 인격이 맑은 마음과 마음이 합치되는 곳에 양귀비 꽃보다 더 붉은 사랑이 피어났던 것이다. 광망한 세상에 오직 두 사람 뿐이라고 굳게굳게 믿고 살아가면 세상 사람이 다 우리를 버릴지라도 결코 외롭지 않을 것이 아니냐! 오! 하늘아 우슴 짓고, 땅아 춤을 추어라! 무릇 천지가 개벽한 이후로 젊은 남녀가 마음껏 사랑하는 것보다 더 감격된 '씬'은 없었을 것이다.

그러나 세월은 흐른다. 세월이 흐르매 인생은 변한다. 천지의 공도(公道)도 더운 여름이 차디찬 가을이 되거늘 사랑의 열정이 언제까지든지 계속되리라고 믿는 어리석음이여! 차디찬 웃음을 던지고 돌아서는 영(永)애(愛)! 손을 떨치고 가버리는 영애! 나는 미칠 듯하였다. 너무 기가 막혀서 눈앞이 캄캄하였다. 아무리 세상이 허무하다 하나 이럴 수가 있단 말인가! 그러나 다시 생각하면 나는 본래 영애를 사랑할 아무 자격이 없었던 것이다.

명문의 딸이고 얼굴 어여쁘고 교양 있고 모던한 영애를 사랑하려면 그의 뒤처리를 해주려면 그의 애욕을 만족시키려면 첫째 돈이 많아야 하였고, 둘째 건강이 100%로 완전하여야 하였고, 셋째 시간의 여유가 많아야 하였다. 그러나 나는 이 모든 점이 모두 결핍되었다. 영애는 갔다. 깨끗하게 나를 버렸다. 나는 영애를 원망하면서도 참맘으로 영애의 행복을 빌었다.

세월이 흐른다. 한 해가 지났다. 영애는 이 봄에 여학교를 졸업하고 어느 돈 많은 의학사와 결혼하게 되었다. 나는 청첩 한 장을 받았다. 그날 나는 축전 한 장을 보내고 어둠침침한 하숙방에 앉아서 영애의 결혼식장의 번화한 광경을 눈앞에 그려보며 있었다. 무어라 형언할 수 없는 마음! 그러나 나는 입술을 깨물며 참았다. 다시 영애의 행복을 빌었다.

흐르는 세월은 다시 2, 3년이 훌훌 지나갔다.

나는 거친 세상을 외롭게 걸어오느라고 거울 속에 비친 내 얼굴은 내가 보기에도 몹시 초췌하였다. 그러나 이때 내 몸은 어찌 되었든지 행복되리라고 믿고 있던 영애의 결혼생활에 파탄이 났다는 말을 듣고 몹시 우울해졌다. 어찌하여 그 결혼생활은 깨지지 않으면 안 되었나! 어찌하여 영애의 가정은 영락하여 북쪽 시골로 흘러가지 않으면 안 되었나! 그러면 영애는 장차 어찌 될 것인가!

모든 것을 풀 수 없는 수수께끼로 남기고 세월과 인생은 자꾸자꾸 흐른다. 한 해 두 해 지남에 차차 망각이 오고 있었다.

그런데 바로 지난여름! 나는 내가 일을 보는 어떤 레코드 회사의 공무를 띠고 금강산까지 출장을 다녀오게 되었다.

세계적 영산 금강산을 고루고루 탐사한 다음 약 일 주일 간 온정리에 머물러 원고 정리를 마치고 비 오고 갠 날 아침 외금강 역에서 고성 방면으로부터 오는 기차를 기다리고 있을 때 저편 여러 사람 틈에 끼인 모양 초췌한 젊은 여인! 어린애를 안고 있는 그 여인! 아! 그는 확실히 영애가 아니냐.

놀라운지 반가운지 구별할 수 없는 마음으로 영애 있는 쪽으로 발걸음을 옮겨 놓으려 할 때 얼른 외면하는 영애! 그럼 다른 사람을 잘못 봄이런가!

나는 그제야 내 눈이 착각이었음을 깨달았다. 그리고 하마터면 모르는 여인에게 망신당할 뻔한 일을 생각하고 몸서리를 쳤다.

그렇다. 영애 같이 건강하던 여인이 저같이 초췌할 리가 없다. 운동가인 영애! 그는 톡 튀기면 피가 쏟아질 것 같이 동락하고 연한 육체의 소유자였다. 저 여인같이 창백한 얼굴의 소유자가 아니었다. 그리고 영애의 표정은 똑똑하고 생기에 차 있었다. 저 여인 같이 소심하고 남의 눈을 무서워하여 쩔쩔매는 이가 아니었다.

나는 이러한 생각을 하며 차에 올랐다. 차는 바로 손밑에 창망한 동해바다를 끼고 안변 역을 향하여 줄달음질을 쳐 간다.

나는 상상도 못하였던 기이한 경치에 바깥만 눈이 뚫어지게 내다보고 있었다. 기차는 송전 역도 어느 사이에 지나고 동으로 동으로 달리는 모양이나 그것조차 나의 알 바가 아니다.

"선생님!"

나는 별안간 등 뒤에서 부르는 소리에 획, 돌아 앉았다. 그는 아까 보던 초췌한 여인 그이였다.

나는 어찌 된 영문을 몰라 눈만 두리번두리번 하였다.

"영애야요!"

나는 몰랐다. 그러면 이 여인이 참말 영애던가?

"아까 선생님이 나를 알아차리는 것을 보고 나는 부러 모르는 사람같이 외면을 하였지요! 그러니까 선생님은 감쪽같이 다른 사람으로 속았지요."

나는 아직 아무 말도 못했다.

"그러나 이렇게 우연히 뵈옵게 된 때에 그냥 뵈옵지 않고 지나치면 언제 또 뵈올 지도 모르고 …… 아마 영원히 다시 뵈올 수 없는지 누가 알어요……."

나는 오직 만감이 교집하여 역시 말을 못했다.

"온정리에서 나는 여러 번 선생님 낯을 뵈었어요. 그래서 선생님이 무슨 일로 이곳에 오신 것까지 다 알게 되었어요. 그러나 끝끝내 모른 척하고 있었어요!"

"좀 이리 앉으시지요."

나는 비로소 입을 열고 자리를 비키었다.

"아녜요."

"왜 그러셔요?"

"곧 저편 차칸으로 가야지요."

"왜요?"

영애는 쓸쓸히 웃으며 대답이 없다. 아! 이 쓸쓸한 표정! 옛날의 영애가 아니었다.

"금강산엔 웬일로?"

"묻지 말아 주셔요."

"참 어디까지 가시는 길이지요?"

"그것은 묻지 말아 주셔요."

"왜 그러세요?"

"그것도 묻지 말아 주셔요."

나는 영애의 이 태도에 기가 막혀 멍멍하였다.

"선생님! 퍽 상하셨어요."

"영애는 감회 깊은 듯이 내 얼굴을 건너다보며 눈에는 눈물까지 넘쳐지는 듯하였다.

"영애씨도!"

"저야 당연한 일이겠지만!"

영애는 이리 대답하며 가만히 한숨을 쉬인다. 나도 울고 싶은 감회가 자꾸 가슴에서 솟아난다.

영애를 원망하던 마음이 내 가슴속에 잠겨 있었다 할지라도 이 말할 수 없는 천 가지 사정을 품은 듯한 영애의 적막한 얼굴을 보고는 그 원망이 봄눈 스러지는 듯하였다.

"앉아 계셔요!"

영애가 옆을 떠나는 것을 보고도 나는 말리지도 못했다. 울고 싶은 가슴을 손으로 누르면서 차가 안변 역에 닿았을 때다.

"나는 이곳서 내려요"

영애는 다시 내 옆에 와서 간단한 이 말을 남기고 차에서 내리려 한다.

"그러면 경성으로 바로 가시지 않던가요? 원산이 고향이시던가요?"

"글쎄, 그런 것은 묻지 말아 달라니까요."

금강산 연선풍경. (출처: 조선총독부 철도국, 『朝鮮鐵道四十年略史』, 1940 / 서울대학교 중앙도서관 제공)

영애는 차에서 내렸다. 차는 다시 떠났다.

차가 산모퉁이를 돌때 멀리 플랫폼에서 이곳을 바라보는 영애의 모양이 아련하게 보였다. 나는 차창 밖을 멍하니 내다 보았다.

저물어 오는 서쪽 하늘로 구름이 둥둥 떠간다. 아, 인생도 저 구름과 같이 끝없이 흐르는 것이런가. 수수께끼! 그렇다. 모든 것을 풀 수 없는 수수께끼가 아니냐!

영애의 모양이 왜 저리 변했을까? 영애는 대관절 지금 무엇을 하고 있는 모양인가? 그 어린애는 누구의 애일까? 영애는 다시 다른 남자와 생활을 꾸렸는가? 금강산엔 어찌 왔던가? 모두 알 수 없는 일이다. 누구에게 물을 수가 없는 일이다. 그러나 물을 필요조차 없는 일이다.

그것 역시 흐르는 세월은 다시 일 년을 지나 왔다. 오늘은 아스팔트 위에 늦은 봄날 궂은 비조차 촉촉하게 내리고 있다. 슬픔을 가진 인생의 가슴속에 속속들이 스며드는 봄비 소리! 듣지를 않으려고 귀를 막아도 아득히 속삭이는 봄비 소리! 이상하게도 봄비소리는 한 가닥 두 가닥 추억의 실마리를 끄집어낸다.

그러나 생각하면 무엇하리! 원래가 변하고 흐르는 인생인 것을.

—『별건곤』 73, 1934년 6월

갈마역

서울에서 원산까지 경원선 따라 산문여행

34

원산
갈마
배화
안변
남산
석왕사
용지원
고산
삼방
삼방협
세포
검불랑
성산
이목
복계
평강
가곡
월정리
철원
신탄리
대광리
연천
전곡
동두천
덕정
의정부
창동
연촌
동경성(청량리)
왕십리
수철리
한강리
서빙고
경성
용산

원산의 울타리 덕원군

큰 나무 아래에 작은 나무가 감히 자라기 어렵다는 격으로 원산부와 접근한 덕원군은 별로 발전할 수도 없고 따라서 무슨 특색을 찾아내기가 어렵다. 경성에 가까운 고양도 그렇고 인천에 가까운 부천도 그렇고, 대구의 달성, 평양의 대동 등이 모두 그렇다. 이 덕원(德源)도 또한 그렇다. 연혁은 물론 원산과 꼭 같으니까 더 말할 것도 없고 인정 풍속 습관도 대개 같고 명승고적도 서로 관련되고 각종의 시설도 공통점이 많아서 특별히 말할 것이 없다.

그러나 기왕 군과 부가 분립한 이상에는 개황이라도 말하지 않을 수 없다. 이 덕원군은 함경남도 남부에 위치하여 서는 평안남도 양덕군 및 함경남도 곡산군에 접하고, 북은 문천군, 남은 안변군에 인접하고 동은 원산부를 포옹하여 바다에 임하였다.

지형은 동서가 길고 남북이 짧아 그 원산부를 포옹한 일단은 동해에 돌출하여 반도를 이루고 영흥군의 호도(虎島)와

강원도 원산 갈마반도의 해안 풍경. (출처: 서울역사박물관 / 南滿洲鉄道株式会社京城管理局, 『朝鮮鐵道旅行案內』, 1924)

상대하여 영흥만을 형성하였다. 해안선은 약 27해리요 만의 내외에는 여도(麗島), 신도(薪島), 웅도(熊島)의 여러 섬이 점점이 산재하여 호개(好個)의 어장을 이룰 뿐 아니라 해중에 돌출한 반도는 백사청송에 풍광이 명미(明媚)하고 해수가 청정하여 외국인의 피서지 해수욕장으로 세상에 저명하다. 즉 명사십리다.

지세는 저 험준하기로 유명한 마식령(馬息嶺)으로 동서에 나뉘어 서부는 임진강 상류 지역에 속한 고지대를 이루었으니 산악이 많고 토지가 척박하며 동부는 동해에 면한 평지대를 이루어 지미(地味)가 대개 비옥하니 농업에 적의(適宜)하다. 광무(廣袤)는 동서 130리, 남북 약 100리요, 면적은 57.347방리로 6면, 133동리에 나뉘었으니 전체 호수는 8,227호(일본인 78호), 인구는 47,401인(일본인 217인)이다.

지질은 상기함과 같이 비옥하여 농업에 적의한 중 특히 과수재배에 적응(適應)하니 본군의 매년 소산 사과가 9만5천 관, 배 1만5천6백여 관에 달하는 것을 보아도 알 수 있겠다. 또 농산물로는 쌀 1만8천 석, 밤 1만6천 석, 대소두가 2만수천 석에 이르며, 수산물도 12만4천3백여 원, 공산물도 43만9천여 원에 이른다. 군내 정차장은 문평(文坪), 덕원(德源), 갈마(葛麻) 3개소가 있으니 덕원 역은 구 군청소재지로(지금은 원산 양지동) 평원 가도에 임하여 자못 번창하니 함남 종묘장 지장(支場), 기타 관공서, 학교가 있고 그 부근 덕원하(德源河) 상류에는 원산 수력 전기회사의 수력발전소가 있다.

고적은 갈마 역 부근의 진명성지(鎭溟城址), 덕원 역 북방의 망덕산성지(望德山城址), 또 그 서방의 의주성지(宜州城址), 문평 역 부근의 용진고성지(龍津古城址), 적전면 용주리의 이조(李朝) 발상지가 유수하나 모두 유지만 있을 뿐이요, 또 명소도 많으나 원산 기사에 사양하고 만다.

―「개벽」 54, 1924년 12월

세 처녀와 물싸움

노자영(盧子泳)

여름이 되면 반드시 바다를 한 번 다녀 와야 마음이 풀리던 그때였습니다.

원산 송도원을 가서 어울리지 않는 해수욕복을 입고 깡충다리가 되어 물로 뛰어 들어갔습니다. 은분(銀粉) 같은 모래와 찰싹찰싹 하는 물결은 나의 몸 위에 간지러운 촉감을 줍니다. 좋다고 남들이 뛰니까 나도 역시 좋은 듯하여 물장난을 치고 헤엄을 치고 조개를 잡고 오리같이 놀았습니다. 이처럼 혼자 장난을 치노라니까 몇 쌍의 고운 인어가 내 옆으로 찾아옵니다.

"누구요?"

"에그, R선생이시네."

그들은 경성 모 학교에 다니는 K와 그의 동무들이었습니다. K는 경성에서도 상당히 미인이라는 평판이었지만 이러한 자리에서 그의 온갖 설부(雪膚)를 내어놓고 채색의 해수욕복을 입으니 지중해의 달밤을 혼자 즐기는 고운 인어같이 어여뻤습니다.

나는 어느덧 그들과 어울리어 헤엄을 치고 물장난을 치기 시작하였지요. K는 한참이나 헤엄을 치더니 무슨 생각을 하였는지 동무들과 몇 마디 귓속말을 하고는 다짜고짜로 나에게 물을 끼얹는구려. 그러나 그 3인의 처녀는 일제히 나를 향하여 맹렬한 집중 폭격을 하였습니다. 나는 온갖 용기를 다하여 소위 고군분투를 하였으나 물만 실컷 먹고 무참한 패배를 당하였습니다. 나는 웃으며 그만 도망을 뺐지요. 그러나 다른 처녀들은 나의 도망하는 꼴을 보고 웃기만 하지만 K는 도리어 추격을 멈추지 않고 나를 따라옵니다. 나는 맹렬한 반격을 가하여 그에게 물을 폭포같이 끼얹었습니다. 그가 주저하는 틈을 타서 그를 물속에 잡아넣었지요.

"아이고, 푸푸."

나는 개가를 불렀습니다. 그러나 K편에서는 어느덧 응원군이 쇄도하여 나를 물속에 잡아 넣습니다.

"아이고, 푸푸. 죽겠소. 숨막혀요."

그들은 그래도 듣지 않고 나를 물속으로 잡아끄는구려.

"여보, 항복했소. 내가 졌소."

"그럼 한턱을 내야지."

나는 한턱을 낸다는 서약을 하고야 비로소 물에서 나왔습니다. 네 사람은 해변으로 나와 의복을 갈아입고 송도원 호텔로 나가서 양식을 먹었습니다.

점심을 먹고 우리는 다시 물로 뛰어들어갔습니다. 배를 타고 노를 저어 바다 중턱까지 흘러갔지요. 하늘도 푸르고 바다도 푸르고 우리의 마음까지 푸르러지는 듯합디다.

하늘이 바다에 내려 송이송이 구름 피네
하늘 바다 바다 하늘 어느 것이 바다런가
구름은 물에 잠기고 물새는 하늘에 가네

갈매기들이 공중에 윤(輪)을 그리며 날아다니다가는 물속으로 풍덩 빠지며 물결을 따라 흘러갑니다. 나는 어떤 시인의,

바다를 못 잊는 이는 갈매기 새
그대를 그리는 이는 나의 마음
아, 나는 당신의 바다 같은 마음을 그리워하여
애달프게 떠돌고 헤매는
한 마리 작은 갈매기 새외다

하는 시를 생각하고 여름바다는 청춘의 상징이라고 생각하였습니다. 바다로 가자. 이러한 슬로건이 신문에 나타나기 시작하는 이때 나는 그때의 바다를 다시금 추억합니다.

—『동아일보』, 1934년 7월 7일

명사십리

한용운(韓龍雲)

경성 역의 기적 일성, 모든 방면으로 시끄럽고 성가시던 경성을 뒤로 두고 동양적으로 유명한 해수욕장인 명사십리를 향하여 떠나게 된 것은 7월 5일 오전 8시 50분이었다.

차중은 승객의 복잡으로 인하여 주위의 공기가 불결하고 더위도 비교적 더하여 모든 사람은 벌써 우울을 느낀다. 그러나 증염(蒸炎), 열료(熱鬧), 번민, 고뇌 등등의 도회를 떠나서 만리 창명(滄溟)의 서늘한 맛을 한 주먹으로 움켜쥘 수 있는 천하명승의 명사십리로 해수욕을 가는 나로서는 보일보 기차의 속력을 따라서 일선의 정감이 동해에 가득히 실린 무량한 양미(凉味)를 통하여, 각일각 접근하여짐으로 그다지 열뇌(熱惱)를 느끼지 아니하였다.

그러면 천산만수를 격하여 있는 천애의 야미를 취하려는 미래의 공상으로 차중의 현실 즉 열뇌를 정복한 것이 아닌가, 이것이 이른바 일체유심이다. 만일 이것이 유심의 표현이 아니라면 유물의 반현(反現)이라고 할는지도 모른다.

나는 갈마 역에서 내리어 명사십리로 갔다. 명사십리는 문자와 같이 가늘고 흰 모래가 소만(小灣)을 연하여 약 10리를 평포(平舖)하고 만 내에는 참차부제(參差不齊)한 대여섯의 작은 섬이 점점이 놓여 있어서 풍광이 명미(明媚)하고 조망이 극가(極佳)하며 욕장은 해안으로부터 약 5, 60보 거리요, 수심은 대개 균등하여 4척 내외에 불과하고 동해에는 조석(潮汐)의 출입이 거의 없으므로 모든 점으로 보아 해수욕장으로는 이상적이다.

해안의 남쪽에는 서양인의 별장 수십 호가 있는데 해수욕의 절기에는 조선 내에 있는 서양인은 물론 일본, 상해, 북평(北平) 등지에 있는 서양인들까지 와서 피서를 한다 하니 그로 미루어 보더라도 명사십리가 얼마나 한 명구(名區)인 것을 알 수가 있다. 허락치 않는 다소의 사정을 불원(不願)하고 반 천 리의 산하를 일기(一氣)로 답파하여 만실일적(萬失一的) 단순한 해수욕만을 위하여 온 나로서는 명사십리의 소쇄한 풍물과 해수욕장의 이상적 천자(天姿)에 만족치 않을 수 없었다. 목적이 해수욕인지라 옷을 벗고 바다로 들어갔다. 그 상쾌한 것은 말로 형언할 바 아니다. 얼마든지 오래 하고 싶었지만 욕의(浴衣)를 입지 아니한지라 나체로 입욕함은 욕장의 예의상 불가함으로 땀만 대강 씻고 나와서 모래 위에 앉았다가 들어오니 김 군은 욕의 기타를 사가지고 와서 나를 기다리고 있다.

―「삼천리」 5권 9호, 1933년 9월

원산역

서울에서 원산까지 경원선 따라 산문여행

㉟

원산
갈마
배화
안변
남산
서왕사원
용지원
고산
삼방협
삼방
검불랑
세포
성산
복계
이목
평강
가곡
월정리
철원
신탄리
대광리
연천
전곡
동두천
덕정
의정부
창동
녹촌
동경성(청량리)
왕십리
수철리
한강리
서빙고
경성
용산

명태 왕국인 원산부

　쳐다보니 장덕산(長德山)이요, 내려 굽어보니 영흥만이라. 허리 굽은 긴 시가가 만궁(彎弓)같이 횡재(橫在)하여 조선인촌과 일본인촌을 남북으로 구분하고 빈민의 양식, 청년의 정신을 주야로 다 썩혀 태워 내느라고 몽몽(濛濛)한 흑연(黑烟)을 토하는 주조공장의 연돌(煙突)이 임립(林立)한 속에 댕기 없는 말총머리의 여학생, 두루마기 전당 잡히고 외투만 입은 시체(時體) 신사, "함경도 원산이 사람이 살기 좋아도 왜놈의 등살에 나 못 살겠네"라는 비애의 노래를 부르는 색주가 갈보 떼, "명태야 말 들어라. 너는 죽고, 나는 살자. 진사 급제도 네게서 나고, 수령 방백도 네게서 난다"라는 어부가를 하는 선부(船夫), 하루 3, 40전에 목을 매고 헌털뱅이 옷에 지게 목발을 쥐고 묵묵히 선 노동자 등 온갖 형형색색의 인물이 왔다 갔다 하고 예배당 종소리, 정차장 철마성(鐵馬聲), 일인의 달각거리는 게다 소리에 귀가 아픈 곳은 불문가지 원산부였다.

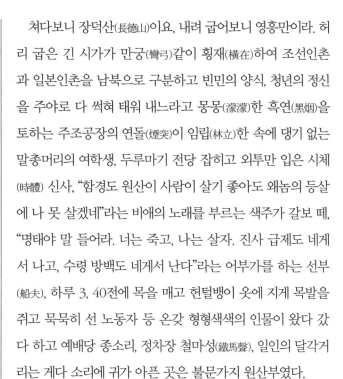

함경남도 원산항의 전경. (출처: 서울역사박물관 / 南滿洲鉄道株式会社京城管理局, 「朝鮮鐵道旅行案内」, 1924)

이 원산부는 우리 반도 동해안에 초중앙부를 점하여 호도, 갈마 양 반도로 포용한 영흥만 내의 서남안에 당한 원산 만에 임하였으니 그 광무(廣袤) 동서 20정, 남북 35정, 면적 43.7방리다. 영흥만 입구에는 신도(薪島), 송도(松島), 회사도(會沙島), 모도(茅島) 등이 산기(散棊)와 같이 나열하여 천연으로 풍파를 막으니 만의 넓이는 동서 약 16리, 남북 약 24리요, 만내 조류는 극히 완만하여 간만의 차가 근 3척 이내에 그치고 겨울에도 동결의 걱정이 없어 항해, 정박이 공히 편리하니 실로 동해안 유일의 양항이다. 원산부는 북서남의 3방이 공히 덕원군에 포위되고 동은 원산 만에 임하여 약 10리의 해안선을 가졌으며 항내는 물이 맑고 수심이 간조의 때에도 18척 이상에 달하므로 그 축항 안벽에는 능히 3천 톤 급의 선박 2쌍을 횡착(橫着)할 만하고 그 시가의 북방 배후에는 고준(高峻)한 산이 있으니 이름은 장덕이요, 또 시가의 남에 송림이 울창한 산이 있으니 그것은 남산이다. 본항은 이 태황 경진년에 비로소 개항했으니 개항장으로 장구한 역사를 가진 부산항에 다음 되는 항이다. 당시에는 봉수동(烽燧洞)이라 칭하여 노적(蘆荻)이 소소(蕭蕭)한 일한(一寒) 어촌에 불과하였으나 시대의 진운(進運)을 받아 점차 내외인의 이주자가 증가되고 상공업이 또한 발전되어 금일의 시가를 형성하였다. 그 시가는 원산리 및 원산항으로 이루어지고 구 적전천(赤田川)으로 경계를 나누어 두 시가 상접하였으니 원산리는 고래 북선(北鮮) 유수의 시장이요 원산항은 원 일본인 거류지와 기타 시가니 전 시가를 49정동(町洞)으로 나누었다. 최근 조사에 의하면 시내 총 호수는 6,117호, 총인구는 28,506인인 바 그 조선인 4,066호 20,390인, 일본인 1,910호 7,509인, 중국인 127호 567인, 기타 외국인 14호 32인이니 조선 동해안의 최번화한 도시다. 시내에 부청, 덕원군청, 영흥만 요새 사령부, 육군 창고, 세관, 상업회의소 외 각종 관공서가 구유(具有)함은 다른 항과 차이가 별무하고 또 교육기관으로는 일본인의 원산 중학교, 공립고등여학교, 공립소학교 2와 조선인의 공립상업학교 1, 공립보통학교 2개소 외 사립 보광(保光), 배성(培誠), 해성(海星) 3학교와 루씨, 진성(進誠)남여학교, 원산유치원이 있으니 해성은 천주교 소관이요, 그 외 4교 1원은 다 기독교 소관이다. 또 종교로는 기독교, 천주교, 천도교, 불교의 교회당이 있고 실업기관은 은행 4, 전분회사 1, 전기회사 1, 우반(郵般) 회사 지점 1, 척식 지점 1, 수산회사 3, 무역회사 3, 주조회사 2, 운수회사 1, 고무회사 1, 창고 3, 금융조합 2, 잠수기조합 1이 있으나 대개는 일본인의 경영이다.

교통은 대정 3년에 개통된 경원철도와 동 9년에 개통된 함경철도가 경내를 관통하여 각지의 연락을 편리케 할 뿐 아니라 이에 더하여 대정 7년부터 일본해 횡단선로가 개시된 후, 일본과 관계가 밀접하고 또 총독부의 사업으로 대정 4년부터 7개년 단속(斷續) 공사로 264만원을 들여 완성한 축항은 일층 선박 기항의 편리를 주었으니 그 해로는 부산에 떨어지기 약 290리, 하관(下關)에 떨어지기 약 413리, 포염(浦鹽)에 떨어지기 약 328리, 돈하(敦賀)에 떨어지기 약 470리다. 이 외 육로로는 안변 고산을 경유하여 경성에 이르는 경원 가도, 덕원군을 지나 평양에 이르는 평원 가도, 영흥, 함흥을 경유하여 국경 회령에 이르는 회령 가도의 일등 도로, 기타 2, 3등의 도로가 다 완성되어 수륙의 교통, 운수가 극히 편리하다.

원산은 상술함과 같이 천부의 좋은 위치를 점한 고로, 상공업이 또한 발달되어 최근 일 년간의 무역액은 수이출(輸移出) 465만 7,308원, 수이입(輸移入) 1,277만 7,864원에 달하였는데 수이출품의 주요한 것으로는 쌀, 소맥, 대두, 어류, 마포(麻布), 광물 등이요, 수이입품의 주요한 것으로는 밤, 대재(大材), 지물, 포목, 금속제품, 식료 등이다. 또 공장은 발전소 1, 철공소 5, 인쇄소 5, 정

미소 3, 양조소 9, 고무제조소 1, 초자연와(硝子煉瓦), 목재, 관힐(鑵詰) 등 제조소 각 1개소가 있고, 시장은 상시 하시, 가축 3시장이 있으나 해시(每市)가 다 은성하니 일 개 년 시장매매총고는 48만7천여 원에 이르고 그 외 어시장과 공설시장의 매매도 그 액수가 역시 막대하다. 또한 원산항은 그 천연의 형세가 어업에 적의(適宜)하므로 어획이 역시 풍부하니 그 중요한 어족은 명태, 청(鯖), 춘(鰆), 사(鰤), 조(鯛), 접(鰈), 동(鰊), 해(鮭), 설(鱈), 석화채, 해태 등인 바 그중 명태는 연산 3백만 원에 달하여 함남 일원, 자래(自來) 강원도의 약(鰯), 전라도의 석수어와 서로 나란히 하여 조선 3대어업의 하나 되는 것으로서 장래에도 특히 유망한 산업이 될 것은 물론이요 이외 수산 제조고도 또 연산(年産) 85만여 원에 달한다.

최후에 연혁을 잠간 말하자면 본부는 원래 맥종(貊種)이 거주하던 불내예국(不耐濊國)의 일부로 그후 고구려에 정복되어 천정군(泉井郡) 또는 어을매(於乙買)라 칭하다가 신라 때에 정천현(井泉縣), 또 동모군(東牟郡)이라 부르고 고려 조에는 용주(湧州), 이조 초에 선천(宣川), 또는 선춘(宜春), 춘성(春城), 덕주(德州)라 칭하여 변천이 무상하다가 세종 19년에 덕원군이라 고치고 그 후 누도(屢度)의 변경을 거쳐 이 태황 경진(명치 13년)에 개항되고 그후 갑신(명치 17년)에 감리서(監理署)를 신설하여 해외교섭의 부가 되었다가 경술년 10월에 원산부라 개칭하고 대정 3년 4월에 부제를 실시하여 금일에 이르렀다. 또 원산은 명소고적이 역시 많으나 타항 기사에 양보하고 이에 약한다.

—『개벽』 54, 1924년 12월

대륙적 경취로 본 원산항의 풍광

김춘강(金春岡)

원산항은 조선 반도의 동해안 함경남도의 남단 북위 39도 10분 53초, 동경 127도 26분 8초에 위치하여 서남은 장백산맥이 완연히 상련(相連)하고, 동은 양양한 조선해에 면하고, 호도반도(虎島半島)는 병풍과 같이 북방을 둘렀고, 갈마반도는 천교(天橋)와 같이 동남을 에워싸고, 신도(薪島), 송도(松島), 사회도(沙會島), 모도(茅島) 등은 비석(飛石)과 같이 항구를 눌러 항의 넓이 동서 약 16리 남북 약 24리, 위치로는 실로 조선 희유의 일대 양항이다.

자고로 조선에서 산수 가려(佳麗)의 땅을 말하려면 1. 원산 2. 마산 3. 목포라고 한다. 원산은 실로 3대 풍광의 수위로써 부르니 그 명미(明媚)한 풍광은 대륙적 경취가 있다.

시험 삼아 원산 시루봉(詩樓峰) 위에 올라 만구(灣口)를 따

갈마반도의 각등반(角燈竿) 함경남도 영흥만 근처 갈마반도의 각등을 단 기둥으로 임시 등대의 역할을 하였다. (출처: 농상공부 수산국, 『韓國水産誌』, 1908 / 서울대학교 중앙도서관 제공)

라가면 청라(靑螺)가 점점한 도서(島嶼)는 남청을 담은 분석(盆石)을 보는 것과 같은데 그 멀리 뵈는 최대한 것은 여도(麗島)요, 그 남단에 원형으로 백색을 드러내는 것은 등대이다. 이로부터 해상에 작은 섬들이 상집하여 하나의 군도를 이루어 이에서 부르면 저에서 답하려 한다. 갈마반도의 백사청송, 멀리 동남을 향하여 궁형장정(弓形長汀)을 이룬 바다 속에 고립한 것은 황토도(黃土島)이며 또 머리를 돌려 오른쪽을 보면 호도반도는 그 앞에 비끼어 곶 끝의 고봉은 하늘에 솟았고 송전(松田) 만은 해수가 깊이 침입하여 연하묘애(煙霞杳藹)한 것은 구름인가 바다인가 하는 의심이 나게 한다. 발아래를 내려 보면 우리네 인생의 주거하는 대소 가옥이 즐비한 가로에는 인마가 상직(相織)하는 것이 정히 생존 경쟁의 활무대인 듯한 느낌이 발흥하며 명사십리의 송림은 백사에 그 푸름이 상영(相映)함을 보겠으며 그로 동남을 바라보면 안덕 양 군의 평야에 전포(田圃)가 상련한 곳에 전가(田家)가 이곳저곳에 산재하여 수음산(樹陰山) 녹계견(麗鷄犬)이 상문(相聞)하는 전사의 풍경은 한 폭의 도화(圖畵)이다.

해면을 바라보면 대소의 기선은 연기를 토하고 기적성은 산하를 움직이며 순풍에 미끄러져 닫는 범선은 삼삼오오 그 벽해에 분석(盆石)과 같은 고도(孤島)는 항의 중앙에 백인(白堊)을 일광에 빛내는 등대가 선 곳은 장덕도(長德島)이다. 다시 안계를 종조(縱眺)하면 연만첩봉(連巒疊峰) 이은 것은 취대어(翠黛語)와 같고 가까운 것은 담야소(淡冶笑)와 같다. 연파(煙波)가 양양하여 수천(水天)이 일색인데 게다가 벽랑수금(碧浪水禽) 높이 날아 장쾌의 기 창일함을 느끼겠다.

좌로는 청청울울한 송림에 금운(琴韻)도 들을 수 있으며 위로는 망망호호(茫茫浩浩)한 해안을 때리는 물결의 대관도 있으니 실로 원산항은 대륙적 경취로 볼 것이다.

—「개벽」 54, 1924년 12월

기왕에 감사, 군수, 사또 님네 세력이 만능일 때에는 몇몇 고을에 토산(土産) 아씨들이 있던 모양이다. 그러나 원산이란 곳에는 개벽 이래로 토산이라고 할 기생은 전혀 없었단다. 근년에 와서 기생아씨깨나 구경하는 것도 평양이 아니면 대구 산으로 모두 수입품뿐이다. 권번은 둘이 있다. 춘성(春城)이요 원신(元信)이란다. 이 두 권번 소속 홍군(紅裙)의 수는 퍽 많다. 그러나 그들은 황금국 경성이나 또는 연연한 고향 산하에서 '낙방 필자'로 온 것들이 많다. 아씨들이 노여워할는지는 모르겠다만 대부분이 쓰레기 판이다. 이제는 여러 가지 평론을 할 것 없이 똑똑하고 얌전한 아씨 몇 분을 골라 등장시켜 보자.

원신 권번 대장 박녹주(朴綠珠) 군! 이 아씨에게는 두 가지 제일이 있단다. 삼남 소리가 제일이요 인물 못나기 제일이다. 소리는 참 명창이다. 화중선(花中仙) 초향(楚香)에게 뒤지지 않

원산역 경원선 개통 당시 원산역의 모습으로 영흥 요새사령부의 검열을 마친 후 게재된 사진이다. (출처: 조선총독부 철도국, 『朝鮮鐵道史』, 1929 / 서울대학교 중앙도서관 제공)

을만치 잘한다. 그런데 이즈음 어떤 실업가와 겉 연애 속 향몽(香夢)으로 안색이 초췌하다고.

춘성 권번 대장 황금향(黃錦香) 아씨는 평양 산이지만 이동백(李東伯)에게 빈급(貧笈)을 한 소이로 삼남 서도 소리란 소리는 다 잘한다. 일본식 미인으로 마음속은 다시 못볼 황금향이란 평까지 듣지만 정○○이란 곰보 랑군과 봉천까지 줄달음을 한 건 한 뒤론 애금(愛金) 병몽(倂夢)에 정신이 착란하단다.

이번에는 부장(副將) 격으로 김옥주(金玉珠), 김명옥(金明玉)이가 나온다. 춘성에 명옥이요 원신에 옥주, 다같이 다정다한하고 능가능무(能歌能舞)하는 기생들이지만 옥주는 실속 채우기로만 놀면서 애인 없음을 못내 한(恨)하고, 명옥이는 마음이 좋아서 팔방미인 격으로 허영에 떠서만 논다.

미인이 나온다, 황금선(黃錦仙), 이금화(李錦花)! 금선 아씨는 요사이 어떤 문인이 화중화란 이름까지 지어 주었다는데 실로 그의 일로일소(一怒一笑)에는 모든 남자의 애를 태우게까지 미묘한데다가 걸음까지 어여뻐서 보보생향(步步生香)이라 하며 한시도 짓는 체하고 묵화도 치는 체한다. 또 부모 섬기기를 극진히 하는 까닭에 원산에서 효녀란 이름이 높다. 요사이 ○○ 문인과 신비 속에서 가끔 눈을 준다. 금화는 아름답기는 하다. 그러나 보는 사람들이 얄밉다고 한다. 그의 뒤에는 김○○ 청년 재산가가 있단다. 여하튼지 금선, 금화는 원산 화류 총중에는 홍매황국(紅梅黃菊) 같은 미인들이다.

신유행 패가 나온다. 애교 많은 서향파(徐香波), 퉁섭바위 박경희(朴瓊姬), 신식 단가 왜 단가로 신유행 고금아(高襟兒)들에게 사랑을 받는데 경희 뒤에는 원산에 신인물 한○○ 군이 서 있단다. 잘들 빨아 먹어라, 원산 바다에 북어도 다 네 차지요 소금도 다 네 차지다.

—『개벽』 54, 1924년 12월

여름 삼방도 또한 절승

현상윤(玄相允)

30일 월요일

　주을(朱乙) 여관에서 전주 유기현(柳琪賢) 군을 만나니 역시 북선(北鮮) 여행을 하다가 회로에 들렀노라고 한다. 동행하기로 하였다. 여관을 떠나 역으로 가는 승합 자동차를 타니 차중에는 노서아 사람 3인이 탔는데 그 중에는 여자가 둘이 있다. 차창 밖에는 남자 한 사람이 서 있다. 아마 송별을 하는 모양이다. 차가 방금 출발하려고 할 때에 밖에 어떤 남자가 돌연히 차 안으로 머리를 들이밀고 입을 모아가지고 무엇을 구하는 듯 기다리는 듯하였다. 그러노라니까 차 안에서 자기네들끼리 무슨 담화를 하고 있던 여자 한 사람이 그 남자를 향하여 무엇을 던져주는 것 같이 자기의 주먹을 내어 맡긴다. 그런즉 그 남자가 그 주먹에 키스를 한다. 그리고서는 그 남자가 창문을 닫는다. 서양 사람들이 송영에 서로 키스한다는 것을 말로만 듣던 나에게는 기이한 느낌이 없지 않았다.

　전번 왕로(往路)에는 강우로 인하여 잘 보지 못하던 연로(沿路) 풍물을 이번 회로에는 잘 보면서 함흥에 오니 날이 어두워진다. 원산에 오니

비가 또 내린다. 유 군은 경성으로 직행하고 나는 원산에 내렸다.

31일 화요일

원산 송도원에는 중앙고보 수영대(水泳隊)가 캠핑을 하고 있으므로 여관에서 조반을 마친 후에 나는 곧 송도원으로 향하였다. 택시가 천막촌에 닿으니 '중앙고보 수영대'라고 쓴 천막들이 호기롭게 송림 사이에 나열하여 있다. 막문(幕門)을 여니 인솔하시는 박창하(朴昌夏), 한진희(韓軫熙) 양 선생을 위시하여 사십여 명 대원들이 반갑게 맞아준다.

원래 원산은 해수욕장으로 유명한데 남편 갈마반도의 외측인 명사십리에는 서양 선교사들의 해수욕장이 있고 북편 송도원에는 일반용의 해수욕장이 있다. 규모나 욕객의 수로 보아 송도원은 전조선을 통하여 제일 되는 해수욕장이다.

임간(林間)에는 개인과 단체의 대소 천막이 촌락을 이루어 있으며 건평 10평 내외의 미려한 세 놓는 별장들이 다수히 산재해 있다. 매년 7, 8월 경이 되면 경성 등지에서 혹은 개인으로 혹은 가족동반으로 혹은 단체로 이곳을 향하여 해수욕 오는 사람들이 무려 사오백, 칠팔백 명이 된다고 한다. 그러기에 삼중정(三中井) 같은 큰 백화점에서도 출강소를 두었으며, 음식점, 사진옥, 여관, 식료품점, 잡화상들이 나열하여 있고 정구장, 당구장, 아동 골프장 등의 설비가 있다.

주간이면 남녀 욕객들이 마치 물오리 떼 모양으로 물속과 백사장에서 옥실복실 하고 야간이면 별장마다 천막마다 각종의 악기 소리가 한참 들을 만하다고 한다. 더구나 달이나 뜨면 위에는 명월이요 아래는 창파(滄波)이어서 그 연광(烟光)과 풍경은 무어라고 형언할 수 없으리만큼 좋다고 한다.

그런데 금년은 연일 음천(陰天)이 되어 욕객도 많이 오지 아니하고 온 사람들도 별로 수영을 하여보지 못하였다고 한다.

원산 송도원 해수욕장 함경남도 원산 송도원(松濤園) 해수욕장과 별장 풍경. (출처: 서울역사박물관 / 帝國大觀社, 『躍進朝鮮大觀』, 1938)

　박, 한 양 선생의 인도로 숲 사이의 산보 도로를 통과하여 수영용으로 설치하여 둔 잔교 위에 걸음을 옮기니 멀리 운제(雲際)에 갈마, 호도, 두 반도가 마치 무엇을 포옹하려는 형상으로 남북에 대향(對向)하여 있는데 그 안은 한 평평한 벽해가 너울거리고 있다. 이날 아침도 비가 오던 끝이라 비록 청천(晴天)과 같이 명랑한 기분은 없으나 하늘에 가득한 운연(雲煙)이 회백색으로 상하 사방을 휩싸고 있는 것은 도리어 일종의 별취미가 있다.

　발 앞에는 그리 높지도 않고 노하지도 아니한 물결이 백사의 해변을 힘없이 부딪히는 것이며 건너편의 명사십리에는 조고막조고막한 서양 사람의 뱅갈로들이 안개에 졸고 있는 것이며 멀리 영흥만 쪽에는 두셋의 포범(布帆)이 수평선 위에서 감실거리는 것이 모두 다 그림 속 같다. 잠깐 서있기만 하여도 흉회(胸懷)가 열리는 듯하다. 일음(一吟)을 시험하니 앞에는 벽파요 뒤에는 창송(蒼松)이로다. 벽파와 창송이 한 곳에 이어져 있으니 가운데 서있는 내 마음도 동일색(同一色) 푸른 듯하다.

대원 일동과 사진을 박은 후에 오후 세 시에 서로 작별하고 역으로 나와 다시 경성으로 오는 차중의 승객이 되었다.

삼방협(三防峽)은 언제 보아도 좋다. 가을 단풍 시절이 좋다고 하지만 여름의 삼방도 역시 절승이다. 좌우에 중첩하여 깎은 듯이 솟아있는 봉만(峯巒)에는 이름 모를 넝쿨과 관목이 우거지게 덮여있고 그 위에는 비단결 같은 운연(雲煙)이 마음대로 비등하며 간간히 녹음 사이로 백운 같은 폭포가 달리는 것이라든지 발밑으로 계곡을 흘러가는 청류(淸流)는 남빛같이 푸른 것이 본색이나 연속하여 암석에 부딪히는 까닭으로 한 조각 흰 명주로 변하는 것이라든지가 어느 것이나 화경(畫境) 아닌 것이 없다.

기차가 천류(川流)를 연하여 가는 관계로 물이 직류면 차도 직행하고 물이 회전하면 차도 회전하여 혹서 혹남(或西或南)하면서 물이 하자는 대로 차도 방향을 변하게 된다. 그동안에 좌우로 송영하는 절벽과 봉만은 여러 가지 형상으로 신기를 서로 다투는 듯하다. 그러므로 승객의 눈에는 협중(峽中)의 풍물이 기차의 진행을 따라서 마치 수병(水屛)을 펴 보는 감이 있다.

내려서 폭포를 찾고 약수를 찾을 마음도 없음이 아니나 예정한 시간이 있어서 차로만 지나게 된 것은 자못 유감이다.

—「동아일보」, 1934년 8월 22일

해당화 필 때, 명사십리에서

초사(草士)

피었다 피었다
해당화 피었다
명사십리 저 너른 벌에
피밭 같은 꽃이 잘도 피었다
함경도라 큰 아기네
명태 바루 나갈 때

꽃 한 아름 뜯어다
한 바다에 뿌린다
한 바다에 뿌린 꽃이
파도 위에 어찌 피리
젊은 사공 저 셋째야
날 본 듯이 주워 가소

지금 저 모랫벌에서 핏빛 같은 해당화 꽃 따는 함경도 색시를 여러

분은 보십니까. 어찌하여 그는 내가 곁에 가는 줄도 모르게 꽃따기에만 넋을 잃고 있습니까.

아마 오늘 아침 내가 해안을 산보하다가 고깃배와 닿는 갈마나루 갈마에서 만나던 그 여인네가 저 색시인 듯 그렇다면 꽃 따는 이유를 나는 알겠습니다. 아까 저 색시는 분명히 싸리로 만든 바구니를 안고 바위구비에서 미역을 줍고 있었습니다. 그럴 때에 먼 바다로 고깃배 한 척이 들어 왔습니다. 그 배에서 골보 질끈 동인 콧날이 태백산맥같이 꼿꼿이 선 젊은 사공 하나가 뛰어내리자 저 색시는 얼굴을 붉히고 바위 그늘로 이내 몸을 감췄고 사나이는 색시를 보았는지 말았는지 휘파람 획획 불며 아침밥 연기에 싸여 오르는 솔밭 어촌으로 성큼성큼 기어가더이다.

사내는 아마 석양녘에 먼 바다에 그물치기로 또 나오겠지요. 색시는 차마 말붙일 기회라곤 없어서 혼자서 애태우다가 주웠던 미역을 도로 바닷물에 처넣고 그 길로 이 해당화 밭에 와서 꽃 따는 것이 아니오리까. 이 꽃 따서 배 떠날 임시에 바닷가에 띄우고 그 젊은 사공이 행여 주워 주기를 기다리는 것이 아니오리까. 주워는 아니 준대도 그가 젓는 놀대 끝에 다쳐 보기라도 원하는 것이 아니오리까.

그 마음은 순박하고도 몹시 애처롭습니다. 사랑을 찾는 젊은 색시의 가슴이 저렇게 그칠 줄 모르게 외롭게 외롭게 자꾸 타다가 그 사공이 본 체 만 체 한다면 얼마나 외로우리까. 그가 놀대 젓고 가버린 바다를 어떻게나 원망하며 해당화 꽃인들 어떻게나 한숨으로 대할 것입니까. 아마 한숨뿐 아니고 일 년 열두 달 비 오거나 바람 불거나 이 꽃밭에 나앉아 먼 만경창파를 흘겨보다 가는 아침에 해당화 한 떨기를 짓밟고 저녁에 또 한 떨기를 꺾어 버리어 나중에는 그리 좋던 꽃밭을 맹숭맹숭한 백사 벌로 만들지 아니하리라고 누가 하오리까.

그의 심정을 나는 잘 압니다. 내게도 그렇게 슬픈 기억이 있지 않습니까. 아무리 하하하 하고 크게 웃자 하여도 어느 한 구석인가 늘 빈 웃음이 흘러나오는 그런 모퉁이 있고 모든 일에 돌격을 준비하다가도 그만 주저앉게 되는 한 가닥의 슬픔이 있지 않습니까.

그가 따던 꽃이 어느 옛날 내가 따던 꽃이 아니라 하오리까. 아니라면 그는 남도의 해당화를 땄고 나는 북도의 도라지꽃을 딴 구별뿐이 있을 것이와다.

나는 그의 곁에 갔습니다. 가서 꽃 한 가지 꺾어 그가 바다에 뿌리려는 꽃다발 속에 끼워 주기를 청하였습니다. 그도 외로운 사랑에 울고 있고 내 또한 그러한 시절이 있었다 할진대 우리는 실로 동포요 형제요 동지요 또한 오빠와 누이 사이가 아니오리까.

그럴 때에 그 색시는 비로소 외간남자가 곁에 온 것을 처음 알았던 듯 입을 공과 같이 둥글게 벌리고 눈을 영채 있게 떠서 분명히 놀라는 표정을 보이더니 가볍게,

"아이 숭해라."

원산 송도원 해수욕장 함경남도 원산 송정리에 있는 송도원 해수욕장의 전경이다. (출처: 서울역사박물관 / 朝鮮總督府, 『朝鮮』, 1925)

한마디를 남기고 치맛자락에 담았던 꽃을 와락 흐트러트리더니 세 발 네 발 저리로 뛰어 달아나더이다. 나는,

"아뿔싸."

하면서도 그의 뒷모양을 바라보았습니다. 까맣고 긴 머리 태가 우불구불 치맛자락 위로 물결 저으며 흘렀고 버선도 아니 신은 하얀 두 발 뿌리가 백사 벌을 밟기에 사박사박 하는 소리를 남겨줄 뿐.

한참 닫던 그는 우뚝 서더니 빙그르르 돌아서 이쪽을 보더이다. 그는 '카추샤'와 같이 버들잎같이 가늘게 흐른 고개를 왼쪽으로 조그만치 기울이고 가련하게도 섰더이다그려.

나는 그제야 그가 광주리를 잊고 저러는구나 하여서 얼른 해당화 담긴 광주리를 치켜들었나이다. 그때 그의 입에서 미소가 흘렀는지는 채 보지 못하였습니다만 고개를 가볍게 아래위로 마치 시계태엽이 소리 없이 진동하더니 흔드는 것을 분명히 보았습니다.

나는 얼른 그 자리를 피하여 바닷가로 가서 물결에 오금을 적시다가 얼른 돌아다보니 그 색시는 제비 날음 해 와서 그 바구니를 얼른 안고는 그제는 뒤도 돌아보지 않고 아까 가던 방향으로 뛰어가더이다. 그렇게 보니 그런지 그의 다홍치마에는 물결이 뛴 자국이 있습디다. 아침 바위구비에서 미역 주울 때 젊은 사공을 정신없이 바라보느라고 파도 치는 줄도 몰랐던 게지요.

나는 그 사내의 이름을 셋째라고 지어보고 그러고 혼자서 이런 노래를 부르면서 명사십리 해안을 자꾸 걸어가나이다. 어느 한때 실신한 내 추억의 그림자를 발견하고 적막해 하면서.

나는 동경유학시대에 니체를 알고 그의 사상에 온몸이 불덩이 되는 때가 있었습니다. 더구나 그가 청년시대에 이태리로 가느라고 알프스 산을 넘다가 억만 년 억십만 년을 두고 쌓이고 쌓인 흰 눈이 적막강산을 덮고 그러고는 하늘도 땅도 죽은 듯이 조용해진 것을 볼 때 천지

만유의 끝없는 적멸에 이 유명한 독일 염세철학자는 자살하려고 얼마나 눈밭 속을 헤매어 다녔던 것입니까.

자살하고 싶은 충동! 이것은 내 가슴 속 깊이 깊이 저 먼 한 구석에 감추어진 불멸의 감정이로소이다. 이것을 『니체』가 끌어내고 그의 심지에 불을 달아 주었던 것이로소이다. 이 때문에 요요기(代代木)의 솔밭 속을 얼마나 헤매었던가. 그러다가 북해도 수도원으로 달려 일생을 막달라 마리아나 부르며 수도승이 되려고 야반 삼경에 서양인 선교사의 문을 남 몰래 몇 번이나 두드렸사오리까. 진재 통에 모든 재산과 정신이 잿가루 된 속에서 실낱 같은 찢어진 생명을 주워 가지고 조선에 도로 나온 뒤로도 나는 어떻게나 정답게 무인지경의 금강산 속 암자를 그리어 보았던 것입니까.

그러나 내게 딸린 모든 현실은 내 생명 속에서 몇 알갱이 쌀을 더 요구하고 몇 자 몇 치의 옷감을 더 구하고 있었습니다. 그래서 나는 아침부터 밤까지 황소와 같이 돌아다니고 일하는 사람이 되었습니다. 이것을 내 주위 사람들은 용감하다고도 하고 좋은 경향이라고도 합니다.

이대로 가면 확실히 내 자신도 광명을 발견할 것 같은 유혹을 느낍니다. 어둠 속에서 빛! 그 빛이 이제 조금만 내 앞을 가린 이 벽을 파내면 비춰질 것 같습니다.

이 빛을 얻는 날이면 나는 생의 절정에서 네 활개 치며 크게 크게 그렇지요. 한 두루마리의 울음도 부족하고 심산벽곡 곰의 울음도 부족하고 하늘의 천둥도 부족하게 그렇게 크게 크게 웃고 지낼 것이요 그 빛을 발견하지 못하면 나는 다시 옛날의 염세사상에 잡혀 수도원으로 닫든지 양양한 푸른 물결 속 구곡험로의 바위 속에 이 육신을 버릴 것이 아니오리까. 어느 한때는 확실히 인세의 모든 생물들이 몸부림치는 그 바닷속과 산속이나 수도원이 모두 제가 항상 가고 싶어 그리운 고향 같은 느낌을 주던 때가 있었으니까요.

나는 지금 내 자신이 크나큰 위기에 앉혀져 있는 것을 느낍니다. 빛과 어둠! 빛과 어둠!

빛을 발견하기 위해서는 내 자신이 악마가 되어야 옳겠지요. 그러나 약한 내 성질에 그러할 용기와 결심이 있사오리까. 칠팔 년을 악마가 되려고 되려고 노력하다가 실패하고 만 내 성격이 어느 날 굳세어질 것이오리까.

나는 근래에 조용한 곳을 혼자 거닐기를 즐겨하고 또 혼자 거닐 때마다 늘 내 앞에 가로놓인 빛과 어둠을 생각하기에 여념이 없어집니다.

지금도 그 색시가 해당화 광주리를 가지고 달아난 뒤 외로이 바다 물결과 벗하여 끝없는 명사십리의 막바지를 걸어가는 내 가슴 속에는 이 생각에 가득하여 어쩔 줄을 모릅니다.

저기 백구가 납니다. 백구를 보아도 나와 비교하게 되고 저리 멀리 쪽 하니 물러서 있는 섬들을 보아도 내 마음은 고요해지지 못합니다.

모랫벌 위에 가로 비낀 고개 숙인 내 그림자를 볼 때마다 내 가슴은 아파지나 그러나 이 아픔을 구할 길이란 없는 듯 합니다. 가도 가도 작고 가도 없는 듯합니다. 정녕코 없을 것이리까.

어허야, 가자, 가자

갈 데 없어도 가야지요

걸어 온 곳 모두 적막하니

갈 데 없어도 가야지요

어허야, 가자, 가자

산 넘으면 바다 있겠지

바다 넘으면 또 산 있겠지

산과 바다로 일생 벗 삼으면 어떠리

어허야, 가자, 가자

갑은 물 흘러가면

또 새 물이 갑겠지요

이 몸이 간들 뒤에 올 이 없으리

그러나 명사십리는 유쾌합니다. 저 푸른 바다를 보십시오. 저 활기 있게 너울너울 쳐들어 오는 물결들을 보십시오. 저 파도 속에는 미주(美洲)의 형제들이 태평양 안에 앉아 고국이 그리워 편지 띄우던 그 물결인들 없으리까. 새 세상 건설에 돌격에 또 돌격하는 연해주의 콤소몰 피오넬들의 정열의 눈물인 듯 없으리까. 또 물결을 차고 오는 동서남북의 바람 속에는 제주도 해녀의 시원시원한 민요 가락과 건기스럽게 노래 부르며 산과 산을 넘어 다니는 반도 각처의 중학생들 노래 소리도 들려오는 듯합니다.

여기에는 오직 개방이 있습니다. 오직 기쁨과 자유만이 있습니다. 이 섬에 앉으려면 앉고 저 바위 위에 앉으려면 앉는 갈매기 떼와 같은 그렇게 거리낌 없는 자유가 있을 뿐입니다. 나도 밀폐된 이 인생에서 뛰어 나와야 하겠습니다.

옳지 옳지 어서 밀실에서 나와서 저 모랫벌에 서서 바다 바람에 잉잉 우는 전봇대 보고도 "내 매부를 잡아라.", "여운형이고 김찬이고 잡아라." 하는 암호 전보가 흐르는 전봇대거니 하던 어제 날까지의 우울스러운 생각을 다 씻어 버리고 "김 모의 따님과 이 모의 아들이 결혼하게 되니 반갑습니다." 하는 축전 보내는 전봇대거니 생각해야 하겠습니다.

저 검은 땅 저것이 모두 빼앗기기를 기다리는 땅이구나 하던 슬픈 생각을 쫓아 버리고 우리의 노력으로 더욱 더욱 옥토 양전을 만들자고 생각해야 하겠습니다.

솔밭 속에 비스듬히 내민 저 솔가지를 보고도 허리끈으로 매어 저 위에 걸치고 액사(縊死)하자면 부러지지 않을까 하던 생각을 져버리고 저

나무 위에 그네를 매고 추천을 뛰어도 든든할 것 같다 하게 생각하여야 하겠습니다. 이러한 생각을 하면서 나는 먼 바다를 향해 크게 숨을 쉬어 봅니다. 목이 쉬도록 높게 군대의 호령도 불러 보고 그저 워이 워이 하고 선소리도 쳐봅니다. 그러니까 정말 원산 앞바다와 같이 내 가슴은 넓어지고 해당화 꽃밭같이 아름다운 풍경과 향기가 전신을 싸고 도는 것 같습니다. 결국 나는 수도원으로도 가지 말고 죽지도 말고 이 대지 위에서 유쾌하게 살아야 하겠다는 생각이 도는 듯 합니다. 그것이 옳지 않으리까. 옳다고 생각하여야 하겠지요.

一「삼천리」 3권 9호, 1931년 9월

해수욕장서 만난 그 처자

이헌구(李軒求)

해수욕장에서 만난 그 여자의 이야기를 써달라는 편집자의 소청이다. 해수욕이라기보다도 여름의 한철을 도시에서 해방되기 위하여 목적도 없이 큰 기대도 없이 어디 나가보는 것이 상례였다. 어느 해인가 (3, 4년 전이다) 나보다 먼저 송전으로 피서 간 R형에게서 날마다 엽서가 왔다. 인제 해수욕하기에 꼭 알맞다는 둥, 바다가 멀리 푸르고 맑다는 둥, 그보다도 와있을 방 하나를 얻어 놓고 오늘 막 새로이 도벽(塗壁)까지 하였다는 유혹이 상당히 경험적이요 계획적으로 나에게 강렬히 작용되었다.

이리하여 R형보다 한 열흘 가량 늦게 이른 아침 T형과 함께 송전 역에 내리었다. 피곤하나마 조반을 마치고 우선 바다 구경부터 나섰다. 하늘은 말쑥이 개였으나 바닷물은 좀 차갑다.

이날 나는 R형의 소개로 지금 R형의 아내가 된 S양과 S양의 올케 되는 여사를 만났다. M양은 한 번 서울서 인사만 한 일이 있었다. 그러나 친히 가까이 이야기 할 기회는 없었다. 상당한 거리를 두고 남자와 여자, 실로 몇 사람 안 되는 해수욕객이 넓은 바다 어구에서 촐랑대고 있다.

바다! 이 자유로운 무한대 앞에서 사람은 가장 쉽게 친화될 수 있는 것 같다. 그들은 모든 좁디좁고 구차스러운 도시인간으로서 또는 전래인습에 젖은 편협스러운 견해에서 한결 활발스럽게 자연스럽게 해방된 듯싶다. 아래윗집 사이에도 말 한마디 건네는 것은 고사하고 어떤 사람이 무얼 하고 사는지를 넘겨다보고 아는 체도 않는 그 얄미운 분위기에서 살던 그들이 이러한 자연풍경 앞에서는 일부러 서로 찾고 찾을 뿐만 아니라 찾아서 서로 친화한다. 이것을 자연의 친화력이라고나 할까.

해수욕장에서도 친하거니와 비 오는 날이면 한 방안에서 단조로운 그 하루를 유쾌하게 보내기 위하여 격의없는 친밀의 교의가 두터워진다. 더군다나 송전과 같이 피서의 정적(靜的) 소촌(小村)에 있어서는 더욱 그렇다. 만일 이것이 원산 송도원이라거나 서해의 몽금포와 같은 한 여름의 향락지대라면 도저히 이상과 같은 아름답고 소박한 풍경은 찾을 길 없을 것이오. 그는 오히려 무모요 어리석음일 것이다.

몽금포 해수욕장 황해남도 몽금포(夢金浦) 해수욕장의 전경. (출처: 서울역사박물관 / 帝國大觀社, 「躍進朝鮮大觀」, 1938)

이러한 한정한 송전이길래 우리는 날마다 헤아릴 수 있는 손님의 그 날 정경을 넉넉히 알아낼 수가 있다. 따라서 여기 새로운 손님이 나타난다면 곧 그를 알아내게 된다.

더욱 그것이 여성이라면 특히 주목되었을 것이다. 우리는 한 남자와 두 여성이 여기 와서 며칠 유숙하는 것도 보았고 더욱 이 동리의 공주라고 우리가 칭호해 준 원산 R여고 졸업한 아가씨 6인 자매는 그 집이 바로 우리가 유숙한 집 맞은편에 있는 관계로 조석으로 그들을 대할 수 있었다. 그러나 말 한마디 건네어 보지 못하고 말았다. 그보다도 그러한 특별한 필요를 느끼지 않았다.

날이 차츰 싸늘해지고 바닷물이 차질 때면 사장(沙場) 텐트 속에 나와 앉아 바느질하는 Y씨 따님들의 청초한 모양을 시름없이 바라보고는 나 혼자 모래 탑을 쌓아놓고 그를 금사탑이라고 목패를 세우기도 했다.

이렇게 한편으로는 가장 친근할 수 있으면서도 다른 한편으로는 심순(心純)하게 바다를 싸고도는 그날그날의 정경을 관망함으로써도 충족하는 마음의 정밀을 가질 수 있었다. 그러길래 그 전날 왔다가 폭풍우에 쫓기어 그 익일 밤차로 상경하는 6인 낭자군을 인사도 없이 온리(穩利)롭게 송별하는 미덕도 가져보는 것이었다.

요청의 중심점과는 전연 거리가 먼 심경 잡기가 되고 말았다. 응당 있어야 할 로맨스가 여기서는 맑은 물과 같이 평형 되고 있다. 돌을 던지면 커다란 파문도 일어나련만 얼마를 지나면 수면은 다시 고요해진다. 다시 한 번 가는 해수욕장의 은총을 받을 수 있다면 나는 새로이 붓끝을 가다듬어 새로운 명문 하나를 초할 것이다.

바다에! 다시 그대와 새로운 로맨스를 약속하자.

—「삼천리」 8권 8호, 1936년 8월

명사십리의 정혼精魂

송금숙(宋錦淑)

지금 내가 쓰려는 '그'는 벌써 어느 곳에서 재미있는 살림을 하며 아들딸 많이 낳고 살 줄 믿는다. 십 년이란 오랜 세월을 지난 오늘에도, 나에게는 어제일같이 그의 환영이 때때로 나의 가슴을 뛰게 하고 나의 머릿속 전체를 차지하고 있다.

내가 스무 살 적이다. 그때 나는 경성 가까운 어느 시골 보통학교에서 교편을 잡았던 때이니 꼭 십 년이나 되었다. 나는 어린애들과 싸우느라고 심신이 퍽 피로하여 그해 여름방학에는 기어이 원산 해수욕장으로 피서 겸 정양의 길을 떠났다. 고달픈 몸을 경원선에 던지기는 그해 팔 월초 2일이었다고 기억한다. 밤차를 타고 간지라, 원산에 도착되기는 3일 오전 7시 30분이었다. 차에서 내려 바로 미리 부탁하였던 여사(명심관)로 가서 행장을 풀다 그날 오후에서야 송도원 해수욕장에 나는 나타났었다.

동해 맑은 물, 굽이쳐 몰며 오는 바닷물 저 천애일방(天涯一方)에서 끊임없이 닥쳐오는 장엄한 파도의 웅장한 것은 나로 하여금 해양의 신비를 느끼게 하였다. 삼삼오오 떼를 지어 청춘의 끓는 피를 동해 맑은 물

원산 송정리 해수욕장 (출처: 서울역사박물관 / 南満洲鉄道株式会社京城管理局, 『朝鮮鐵道旅行案内』, 1924)

에나 식혀 보려는 듯이 뛰노는 젊은 남녀학생들과 뒤섞여 한참 맑은 하늘 아래에 나부껴 있는 백파(白波)에 몸을 잠그고 떠있을 때이다.

한 마장이나 멀리 떨어져 있는 해중에서 나 있는 곳을 바라고 일직선으로 헤여 오는 한 개의 남자가 내 시야를 점령하지 않는가. 두 팔로 벽파(碧波)를 힘 있게 끌어당기며 뒤발로 창랑(蒼浪)을 박차고 전진하는 그 수영의 장쾌한 포즈도 포즈려니와 팔 월 태양에 약간 검어지기는 하였으나 옥 같은 얼굴빛과 휘젓는 백설 같은 팔다리 빛은, 흰 물결과 어우러져 싸우는 듯 내 눈에는 어느 것이 물빛이고, 어느 것이 그의 살빛임을 분간하여 내기에는 색맹이 아닌 나이건만 퍽 힘들었던 것이다.

나는 여기에 황홀하였다, 부끄러운 일이지만. 씩씩하고, 어딘지 범할 수 없는 남자 중의 남자다운 그 기상에 내가 완전히 기압(氣壓)을 당한 것이다.

그가 나에게 주는 사모의 마음은 애틋한 전율이 아니라 장엄하고 묵직한 위압의 사모이었다. 그를 첫눈에 보고, '이 같은 마음자리'를 갖게 되는 자신을 야릇하게 생각하였지만 나로서도 어쩔 수 없다. 좌우간 나는 그의 일동일정을 살피느라고 해수욕은 그야말로 염불에는 마음 없고 잿밥에만 정신이 키운다는 격이 되고 말았다.

그는 내 앞에까지 한달음에 헤여 오더니 쓱 방향을 돌려 다시 한 마장이나 더 헤여 가더니 그는 무엇을 생각하였는지 툭툭 털고 송림 속으로 자취를 감춘다. 나도 알 수 없는 힘에 끌려 바다에서 몸을 빼어 탈의장으로 가서 옷을 갈아입고 서서히 그가 간 곳으로 발을 옮겨갔다.

그는 모 전문학교 정복을 입고 소나무 뿌리를 의지하여 비스듬히 기대고 눈을 감고 대리석 초상같이 앉아서 무엇을 생각하지 않던가? 갸름한 얼굴 수려한 미목, 균형 잡힌 높직한 코, 정열적이면서도 곱게 담은 입, 씩씩하고 맑은 이마, 그는 남자 중의 남자요, 미남중의 미남이었다.

나는 이 미지의 남자, 그에게 대하여 어떤 야릇한 심정을 억제할 길이 없어 그날 밤을 뜬 눈으로 새고 그 이튿날 다시 송도원에 갔으나 그는 온종일 만나지 못했다. 나는 무엇을 잃은 사람만이 가질 수 있는 실망과 안타까움을 품고, 여사로 돌아와 공연히 그를 그리워하는 마음으로 역시 그 날을 지내고 3일이 되던 날 그곳 동무 S양과 명사십리를 갔었다.

우리들이 서양 사람들의 별장지를 지나서 해수욕장에 다다랐을 때, 그는 바로 어떤 서양인 집 살롱에 서서 굽이쳐 흐르는 동해 물결을 바라보고 섰지 않는가? 나는 나도 모르게 얼굴을 붉히며 반갑고 그리던 나머지 눈물이 금방 쏟아질 것 같았으나, 그는 매정하게도 우리들의 존재 같은 것은 잊은 듯이 한 곳만 바라다보고 섰지 않던가?

수일 동안 그를 찾는 줄 모르게 찾아 다녔으나 영영 그 미지의 남자는 만날 길이 없어, 실망과 비탄으로 서울로 돌아오고 말았다. 이것이 십 년 전 나의 기억이다. 지금도 길에 가다가 그와 비슷한 남자를 보면 나의 가슴은 공연히 뛰고 신경은 날카로워지다가도, 그가 아님을 발견할 때는 저으기 실망을 느낀다.

　나는 그의 환영을 내 가슴 속에 고이고이 간직한 채로 출가하여야 할 처지이었다. 현재 나의 남편을 그로 바꾸어 보기를 몇 번이나 하였던가? 나는 나의 남편에게는 죄 되는 줄을 알면서도 때때로 그의 환영을 내 눈 앞에 내세우곤 하였다. 십 년이 지난 오늘에도 뚜렷한 그의 그리운 환영은 쇠잔할 줄을 모른다.

—『삼천리』 8권 8호, 1936년 8월

여름의 환락경,
해수욕장의 '에로그로'

이동원(李東元)

여름이 되면 원산 해수욕장에를 가는 사치가 생겼다. 여름이면 해수욕장에 간다니까 "야! 이놈 하이컬러로구나. 첨단적인 걸."하는 사람이 있기 쉽겠기로 하이컬러 아닌 것을 좀 변명하려 한다. 무론 진품 하이컬러일지라도 공산하자는 사람은 없겠으니까 그다지 기를 써가면서 변명할 필요도 없기는 하겠지만 해수욕장이라면 부르주아들의 유흥 시장 에로 100퍼센트의 곳이니 아니 가면 모르거니와 간다고 하는 이상에는 흰 양복 흰 모자 흰 구두에다가 말쑥하게 차리고 거기에 으레 부속물인 —실례라면 용서하시오— 첨단적 신여성을 데리고 혹은 모시고 가는 것이려니와 그런 사치를 팔자에 못 타고 튀어나온 나라 때 묻은 헌 양복 등에 붙이고 다 낡은 겨울 모자 뒤집어쓰고 모래밭으로 노숙하려 가는 것이다. 그 비용이 얼마나 될 것인가 기차 삼등 왕복과 열흘 동안 노숙비를 다 치면 일금 십 원이라. 이것도 많아서 일 년을 벼르는 것이고 갔다가 돌아오는 길에는 공연한 산재를 하였다고 남 모르는 가슴을 않는다. 십 원! 이것이 대금은 대금이지만 부르주아들은 카페에 가서 술 먹고 나아올 때에 여급에게 거저 주는 팁이라고 하는 명사가 붙는 이름 없는 돈이다. 이만한 것이 그렇게 귀한 신세로 해수욕장에는 주제넘게 하고 스스로의 꾸지람이 툭 나오고 하나님 맙소사 돈이 좀…… 하는 탄식도 되어 본다.

그러나 일 년 동안 저금하여 가지고라도 십 원만 가지고 한번 가서 노숙을 하여 보라! 도회에서 자동차 먼지나 얻어먹고 가솔린 냄새나 맡다가 퍼런 하늘이 퍼런 물과 희롱하고 걸핏하면 노래에 나아오는 명사십리 해당화가 백설 같은 모래에 묻혔다 나타났다 하고 솔밭에서 선선한 바람 불어 올 적에 솔잎에서 실거문고 소리 들리고 먼 수풀에서 매미가 여름을 노래하고 볼 수 있는 한정의 바다 끝을 바라보면 하늘과 수평선 닿은 곳에서 물결이 잔춤을 추고 서늘한 맛이 한없이 온몸에 서릴 때에는 한 백 원도 아깝지 않다. 그러나 다만 한 가지 어려운 것은 육체미 백 퍼센트라고 하는 여성 해수욕꾼들이 이따금 둘씩 셋씩 누구의 속을 태워보려고 그러는지 해수욕복이 찢어질 젖가슴과 엉덩이를 흔들면서 슬슬 앞으로 지나갈 때면 현기증이 나기도 하고 조금만 더 의지가 약하든지 수양이 부족하였다가는 순사한테 잡혀 갈 행동만 참을 수 있으면 지상낙원이라고 하겠다. 여하간 나는 이렇게 권하고 싶

원산 해수욕장 함경남도 원산(元山) 해수욕장의 풍경을 담은 사진. (출처: 서울역사박물관 / 朝鮮鐵道局, 「朝鮮鐵道旅行案內」, 1915)

다. 차 타고 갈 자본이 없으면 걸어갈 힘은 있을 터이니 걸어서라도 한 번 가보라고.

딴소리가 나아오기 시작하여서 하고 싶은 말은 아직도 머리도 못 들었지만 돈 많은 사람들이 피서하는 광경을 구경하면 돈 없는 집에 태어난 팔자를 잘 드는 칼로 썩 베어 버리고도 싶고 너무 팔자 좋아 보이는 사람을 따귀라도 한 대 힘껏 붙여 보고 싶은 때가 많지만 참아야 된다.

나는 해수욕장에만 가면 열흘이고 스무날이고 잠을 잘 못 잔다. 그것은 물론 낮에 본 여러 가지 흥분도 있겠지만 그보다 더 큰 흥분은 기분 개방의 흥분이다. 좁은 방에 일 년 들이자다가 갑자기 넓은 대지 위에 더구나 소리치는 바다 옆에 내어 놓이니 농중조(籠中鳥)가 놓여난 이상일 것이다.

야영 천막 속에 턱 드러누우면 구석구석으로 별도 보이고 무슨 벌레도 이 구석 저 구석에서 실실 울고 물결소리도 쏴쏴하고 솔가지에서 바람소리도 슬슬 들리고 모든 것이 살았다. 그렇게 산 속에서 잠이 오지를 않아서 애를 쓰다가 자정이 넘고 한 시 두 시나 되었을 때라야 간신히 잠이 들어서 얼마를 자노라면 그놈의 석유 발동선 콩콩 소리는 의레 네 시가 좀 넘으면 들린다. 가뜩이나 깊이 들지 못한 잠이라 그 콩콩 소리에는 아니 깨는 장비가 없다. 그러면 드러누워 있으려니 밑바닥도 축축하고 으스스 춥기도 하여 노숙 자리를 차버리고 일어나서 솔밭으로 가거나 해안으로 가거나 산보를 갈 수밖에 없다.

여기에서 산보 가는 곳은 두 군데인데 다른 사람은 모르거니와 내게는 하나는 찬이슬을 마음껏 밟으며 골프장 잔디밭을 돌아서 공동묘지까지 가는 것과 또 하나는 해안을 따라서 원산 편으로 가든지 거슬러서 문산 편으로 올라가는 것이다.

그런데 이 두 가지 산보에는 일리일해(一利一害)가 각기 있다. 찬이슬 밟으며 잔디밭으로 다니는 것은 나무를 바라보며 산을 바라보는 맛과 이슬에 젖은 풀과 꽃구경과 산뜻산뜻한 것이 좋지만 그러다가 뱀 밟을 염려가 없지 않고 이따금 개구리가 까닭없이 놀라 뛰어 달아나며 오줌을 내깔기는 것이 그다지 재미있지 못하고 또 해안은 시원한 맛과 짠 냄새나는 공기 마시는 것과 혀 밑에 웃는 물결 구경이 좋지만 고기 죽은 것이 떠와서 해안에 붙는 것과 이따금 나무토막이라도 무시무시하게 보이는 것이 재미가 없다.

여하간 문산 다니는 석유 발동선 콩콩 소리에 잠깬 나는 어디든지 발길 가는 대로 산보를 떠나지 않을 수가 없었다.

한 번은 평소 때보다 좀 덥다고 생각하던 밤을 지낸 아침이었다. 골프장으로 산보의 길을 취할 마음이 생겨서 어두컴컴한 풀밭을 밟으며 좁은 길을 걸어갔다. 노숙하는 곳에서 천천히 걸어가면 십 분이나 가야 골프장에 가겠지만 이 골프장에까지 가는 길에 재미있는 곳이 있다. 그것은 주식회사 해수욕장 직영으로 솔밭 속에 방갈로식 세 놓는 별장이 있는데 경성서 남촌 부르주아가 많이 가는, 물론 진품 부르주아는 별장을 지었지만 아직 짓지 않은 사람들은 한 번씩 다녀오는 법인 것 같은데 이것이 도회 같으면 남자는 동리로 첫새벽에 어슬렁어슬렁 다니는 것이 수상한 손님이라 하겠지만 이곳은 해수욕장이니만치 해방적 기분이 농후한 까닭이라 좀 어슬렁거려도 그다지 유치장에 갈 경우는 아닌 것을 이용하여 잠자는 별장 앞으로 엽기의 눈을 들으면서 지나가 본다. 집이 방갈로식이니까 평옥으로 지어 놓았고 해방적 기분을 존중히 여기는 만치 문단속도 하지 않고 그냥 열어젖힌 채 잠을 잔다. 그래서 첫새벽 이상스러운 산보객에게는 그다지 보기 쉽지 않은 광경도 눈에 뜨인다. 엷은 모기장 속에 털 난 다리들과 흰 다리들도 보이기가 일쑤고 하이컬러 한 남자의 머리와 속발한 여자의 두 머리가 가지런히 보이기도 하고 이것을 말로 하면 그다지 신기치는 않은 것 같겠지만 무엇이 보이나 하고 기웃거리며 다니는 사람에게는 상당한 만족의 재료가 되어서 저 모기장 속에서 무슨 동작이나 일어나지 않나 하고 지나가던 발을 잠깐 멈추고 기미를 엿보는 수도 없지 않다. 이런 엽기심을 끌고 골프장을 다다라서 잔디 풀 많은 곳으로만 따라서 반 순쯤 하고는 북쪽 솔밭 속으로 들어가기를 시작하였는데 아침 햇발이 벌써 갈마반도 산을 넘어서 골프장 이슬을 빛낼 때이다. 그 솔밭 초입에 혹시나 골프공이 하나 떨어져 있지 않을까 하고 땅을 내려다보며 핑퐁 공 만한 것이 무어 조각돌이라도 있으면 단장 끝으로 건드려본다. 그렇게 가기를 발길 가는 대로 얼마를 갔는데 사오 간 밖에 이상한 것이 보이자 발이 멎고 딱 버티어 섰다. 그것은 유카타 입은 삼십 내외 된 남자 하나와 원피스 잠옷 같은 양복을 입은 이십이삼 세나 된 여자 하나인데 그들이 무엇을 하였는지는 모르지만 서로 맨땅에 마주 앉았는데 옷에 이슬 맞은 폭이 나온 지 벌써 오래 되어 보이고 여자의 얼굴은 이상히 흥분의 빛이 보이는데 그는 해수욕장에서 몇 번 보던 여자인데…… 골프공을 찾다가 뜻밖에 사람들을 찾은 나는 놀라는 모양으로 뻗쳐 섰고 발견된 그 두 사람은 부끄러운 듯이 괴심스러운 듯이 둘이 약속한 것 같이 시선이 땅에 붙어서 떨어지지 않는다. 누구냐고, 무엇하느냐고, 언제 왔느냐고, 왜 왔느냐고 불어볼 수도 없고 속히 그 자리에서 물러가는 것이 좋을 줄을 알고 오던 길을 도로 찾아 발길을 돌리면서 그들이 조선 사람은 아니고 정사를 하러 그곳에 왔을까, 무슨 계획을 말하려고 왔을까, 꿀 같은 밀회를 하러 왔을까…… 하루는 바람도 그다지 불지 않고 더운 날인데 야영에서 점심을 먹고 바다를 바라보며 숭늉을 마시고 앉아서 인제부터 물에 들어갈 생각을 하노라니 이삼 미터 되는 거리의 바다 위에 무엇이 희끄무레한 것이 떠온다. 근해에는 그런 것이 떠지기가 일쑤니까 무엇인지 엽기심도 일으키지 않고 심상하게 보면서 다만 차차 가까이 올수록 조금씩 크게 보이는 것이 다소간 시선이 떠나가지 않은 이유다. 얼마를 바라보노라니 사람의 머리가 꺼먼 것이 보이고 차차로는 손들이 반쯤 위로 뻗친 것이 보인다. 나는 직각적으로 수영 잘하는 사람이 먼 데까지 나아갔다가(浮身) 우키미(동작하지 않고 물 위에 반드시 드러누워 있는 것)을 하여 가지고 해안으로 바람에 밀려 들어오나 보다 했는데 차차 가까워 오니까 해수욕꾼이 남자, 여자, 어른, 아이가 그 떠들어오는 방향을 따라 올라온다. 그러기에 정녕코 우키미 구경이 분명할 줄만 알고 나아가서 구경할까 하는 때에 바람에 휘 날아오는 냄새가 보통 맡아보지 못하는 이상한 것이다. "응, 송장"하고 벌떡 일어나서 더운 모래를 밟으며 나아가 보니 사람들은 모두 코를 불어 쥐고 모여드는데 여자들은 한 번 보고는 모두 달아난다. 가까이 가서 보니 어부의 송장인데 삼사십 내외 사람이다. 피부는 물에 씻기여 전신에 혈맥 줄이 손가락같이 더 검게 보이고 나체에다가 적삼하나만 걸치고 연한 살은 고기가 뜯어먹었고 모습은 알아볼 수 없이 되었으며 면부(面部)에는 더욱 무서운 상처가 있었다. 이 송장이 떠 들어왔다는 소문이 나니까 고기 잡으러 나아갔다가 풍랑에 돌아오지 못한 사람의 가족은 수십 명이 와서 보았으나 필경은 임자 없는 송장이 되고 말았다. 그런데 그 송장이 그냥 해수욕장 가까이 놓여서 들어내 놓은 것이 재미가 없던지 순사가 청국 돗자리조각 웬만치 큰 것을 덮어 놓았다가 해질녘 송장은 가져가고 그 돗자리는 그냥 거기에 내버려졌는데 바로 그 이튿날 해수욕꾼 중에 젊은 일본 사람 내외가 좀 조용한 곳을 찾노라고 거기 와서 그 돗자리 위에 정답게 앉아서 여자가 파라솔을 받아서 두 사람을 끌어트려 놓고 맛있는 과자를 두 사이에 놓고 의좋게 먹으며 이야기하였다.

—『별건곤』 53, 1932년 7월

서울 용산부터 갈마 원산까지
한반도의 남서와 북동을 잇는 경원선의 추억과 역사를 찾아

방민호(서울대 국어국문학과 교수)

1. 생각의 시작

오래 전부터 해보고 싶은 일이었다. 경원선, 서울에서 원산까지 가는 기차선로를 가지고 어떻게든 뭔가 해보자는 것이다. 언제, 어디서 시작됐던가? 하면 아마도 청계천 헌책방에 옛날 지도 사러 다니면서부터였던 것 같다.

청계천변 헌책방에서 좋은 헌 책 구하기는 하늘에서 별 따기가 되었지만 그래도 거기서 일제 강점기 때 지도를 몇 점 구할 수 있었다. 그때 경원선, 경의선에 생각이 미쳤다. 일제 때 만든 지도들은 해방 이전, 우리가 아직 분단되지 않고 살아가던 시대의 삶을 아주 구체적으로 상상해 볼 수 있게 한 것이다. 그 시대의 사람들은 일제의 가혹한 폭력적 지배 아래 살아가야 했다. 그러나 그네들은 명사십리로, 석왕사로, 삼방 폭포로 여름을 보내러 떠날 수 있었다. 또한 그들은 평양, 정주, 신의주 거쳐 만주, 시베리아로 떠나볼 수 있지 않았던가. 이곳 남쪽과 지금은 가지 못하는 북녘 땅을 이어주던 두 개의 선로 경원선과 경의선은 우리로 하여금 잃어버린 역사를 되짚을 수 있게 하고, 남과 북이 이 한반도

라는 하나의 세계의 떼어낼 수 없는 일부임을 확인시켜 준다.

경원선, 경의선을 가지고 뭐든 해보자는 이 생각은 최근 들어 급진전된 데이터베이스 구축에 크게 힘입을 수 있었다. 한국처럼 자료들의 데이터베이스화가 활발한 나라도 없다. 국문학 하는 사람들, 특히 현대문학 연구하는 사람들은 옛날처럼 일제 때 잡지나 단행본 영인한 것을 수십만 원씩 주고 살 필요가 없다. 국사편찬위원회, 국가전자도서관, 한국역사정보통합시스템 같은 곳은 해마다 많은 양의 자료를 인터넷상에 보태어 가고 있고 또 일반에 공개하여 활용할 수 있게 한다. 그래, 일삼아 한 근대문학 자료 조사는 경원선, 경의선 책을 상상을 넘어 실제 일로 생각하게 했다. 혼자만 보기에는 아까운 자료들, 감칠맛 나는 산문들, 기사들이었다. 이들을 경원선, 경의선 두 선로에 실어 현대어로 바꾸어 옮겨보자는 것이었다.

2. 오래된 산문을 재미있게 엮어 보자

그리하여 경원선을 가지고 만든 이 산문집은 그 첫 번째 책이다. 다음 번은 경의선 책, 더 잘 만들 수 있을 것 같다.

그런데, 필자는 처음부터 이 책을 재밌게 만들고 싶었다. 산문, 그것도 일제 강점기 때 산문이 재밌으면 얼마나 재밌으랴, 하고 생각할 법도 하다. 그래도 책을 펴내 본 여러 경험에 비추어 책은 역시 재밌어야 한다는 생각을 지울 수 없었다. 또 필자에게는 거금 십오 년 전 『모던 수필』을 펴냈던 생생한 기억이 있었다. 비록 일제강점기 책일망정 그 산문들 앞에 '모던'이라고 말 한마디를 붙이자 모든 것이 다르게 보였던 것이다. 아마도 그것은 '모던'이라는 '고풍스러운' 말이 오래된 산문들에 새로운 생기를 불어넣어 주었기 때문일 것이다. 어떤 작은 발상, 아이디어라도 오래된 것들에 새로운 힘을 불어넣어 줄 수 있다는 것. 경원선 산문집은 그렇다면 어떻게 새로운 재미를 얻을 수 있을까?

아무래도 지도의 힘을 빌려야 할 것 같고, 또 이 책의 큰 주제를 이루는 경의선의 35개(1941년 기준) 각 역들의 순서 그대로를 살려야 할 것 같았다. 오랜 동안 서가 한 구석에 처박혀 있다시피 구박을 받아 온 옛날 지도를 꺼내어 보면서 한 가지 새삼스럽게 느낀 것은 경원선이 서쪽에서 동쪽으로만 가는 선로가 아니요, 남쪽에서 북쪽으로도 가는 길이라는 점이었다. 경성 용산에서 갈마 원산으로 가는 경원선 철로 길은 그러니까 남서쪽에서 북동쪽으로 가는 철로, 한반도를 횡단만 하지 않고 종으로도 연결하는 철로라는 것이다.

이 서른두 개의 역들은 역사가 저마다 꼭 같지 않았다. 어떤 역은 중요성을 인정받아 처음부터 계획표 안에 있었으나 또 어떤 역은 점차 이런저런 필요에 따라 간이역으로 놓아졌다. 그만큼 어떤 역들은 크고 작은 화제들에 둘러싸여 있고, 다른 어떤 역들은 '역사' 사고 같은 흔한 비극만을 몇 개 가지고 있을 따름이다. 이 크고 작은 역들 가운데 필자는 특히 용산, 청량리, 철원, 평강, 삼방, 석왕사, 검불랑, 원산 같은 역들에 큰 관심을 갖는다.

경성 역과 용산 역은 오늘도 그 역할이 과연 중핵적이요, 청량리 역도 무시 못할 중앙선, 강릉선의 기점이다. 철원과 평강은 저 후삼국 시대의 '괴걸' 궁예의 사연이 깊이 스며든 역사의 공간이자 분단 한반도의 비극을 끌어안고 있기도 하다. 삼방과 석왕사와 검불랑은 관광 쪽에서 보면 천하의 절승이요 문학 쪽으로 보면 곡절 많은 이광수의 문학의 배경 공간이기도 하다. 마지막으로 원산은 최인훈, 이호철 두 현대 거장을 낳은 곳이자 관북 지방으로 통하는 지리적, 군사적, 역사 문화적 요충지다.

자연스레, 이 산문선의 차례는 경원선을 서울(경성)부터 원산까지 한 역 한 역 짚어가는 순서를 취하게 되었고, 이 선로를 모티프 삼아 책의 모양을 삼게 되었다. 또 주로 『동아일보』, 『조선일보』, 『매일신보』 등 데

이터베이스의 힘을 빌릴 수 있는 당시 신문의 기사들로써 혹여 산문들 만으로 충당하기 어려운 책의 재미를 보충하고자 했다. 산문들 역시 데이터베이스를 통해 수집, 선별했으니, 『개벽』, 『별건곤』, 『삼천리』 등 일제 강점기에 오래 간행된 잡지들을 활용했다.

무엇보다 이 데이터베이스가 완전한 글과 문장을 선사한 것은 아니라는 점을 밝혀 둘 필요가 있을 것 같다. 사진 형식으로 올려진 자료는 옮겨 입력해야 했고, 원문 자료를 옮길 수 있도록 해준 경우에도 한자들과 오탈자를 처리하고 현대어로 바꾸는 데 적지 않은 노력을 기울여야 했다. 많은 양의 자료들을 선별하고 한문투, 문어투의 문장들을 현대식 문장으로 다듬는 일이 쉽지만은 않았으며, 인원과 시간이 아쉬운 대목이었다 할 수 있다.

3. 경원선은 언제 어떻게 건설되었나?

경원선을 가리켜 용산에서 원산까지를 가리킨다고 말하는 자료들이 많은데, 필자가 살펴본 바로는 경원선 건설 당시의 아주 일찍부터 용산역은 경성 역에 연결되어 경성 역발 열차가 운행되었던 것으로 보인다.

예를 들어 다음과 같은 자료, 여기에는 경성역사가 건설되기 전 이광수의 『무정』(1917)에서처럼 남대문정거장으로 불리던 시절에도 원산행 열차가 이곳에서 출발하고 있음을 알 수 있게 해주는 정보가 들어 있다.

14일 오후 6시 발 열차를 탑승하고 철원으로 향하고자 남대문 정거장에 이른즉 미리 동행을 약속한 춘천 지국장 김경진 군은 이미 역두에서 내가 내도(來到)하기를 기다리더라. 때는 정확히 5시 30분으로 발차까지 30분의 여유가 있던 바 대합실에 들어가 휴식할 새, 공복을 하소연함이 심한지라 오늘은 점심을 먹지 아니한 위에 무문회(無文會)의 간사 노릇 하기를 위하여 귀가할 여가도 없이 곧바로 왔음에 생각이 이른즉 그렇지 아니한가(不其然乎). 이에 삼십 분을 이용하여 정차장 끽다점(喫茶店)에서 양식 2,3품(品)을 취하고자 들어간즉 보이 왈 "시간이 절박하여 조달치 못하나 샌드위치 같으면 된다." 하는 고로 부득이 샌드위치를 주문하고 김 군과 더불어 홍차 한 잔씩을 마시는데 오분령(五分鈴)이 발차를 재촉하는 고로 계산한즉 샌드위치 세 개와 홍차 두 잔에 그 가격이 1원 40전이러라. 무심히 지급하고 승차 후 생각한즉 그 가격이 아주 높아 샌드위치 한 개는 25전이나 30전으로 기억하는데, 30전으로 해도 세 개에 90전이니 그런즉 홍차 두 잔 가격이 50전은 너무 높도다. 질문코저 하나 시간이 절박함을 어찌하리오. 이는 필시 보이의 오산인 듯하다.

—괴옹(槐翁), 「철원행」, 「매일신보」, 1916년 10월 20일

이를 감안하면서 『한국민족문화대백과사전』에 소개된 경원선 건설사를 인용해 보면 다음과 같다. 이 내용은 다른 어떤 곳에서 보는 것보다 일목요연해 보인다.

경인선과 함께 국토를 가로질러 수도 서울과 동·서해를 잇는 간선 철도로, 함경선과 이어져 두만강 연안에 이르고, 국경을 지나면 대륙 철도에 접속되어 산업·군사상 막중한 위치를 점한다. 서울과 당시 동해안 제일의 항구였던 원산을 연결하는 경원선의 중요성은 경의선이나 경목선(京木線)에 비하여 결코 작지 않았다.

따라서, 그 부설권을 획득하기 위한 제국주의 열강의 외교전 역시 매우 치열하였다. 1896년 9월 30일, 프랑스의 피브릴르 (Fives Lile) 회사가 주한 프랑스 대사를 통하여 경원선과 경목선 부설권

을 청구하였으나, 우리 조정은 이를 거절하였다.

1898년 8월 1일 독일 총영사 크린(Krien, F.)이 한국 외부대신에게 경원선 부설권을 그들이 세운 회사 세창양행(世昌洋行)에 준허하도록 요구하였으나 역시 거절되었다. 독일 측은 경인선과 경의선의 부설권이 이미 미국과 프랑스에 허가된 사실을 들어 같은 요구를 몇 차례 거듭하다가, 마지막에는 철도 부설 자금의 공급권이라도 얻어내려 하였으나, 끝내 받아들여지지 않았다.

이미 경인선과 경부선의 부설권을 획득하여 공사에 들어간 일본도 경원선 부설권을 놓치지 않으려 들었다. 경원선 부설권이 일단 다른 경쟁국에 넘어갔을 경우, 그것이 그들의 대한(對韓) 정책에 미칠 영향을 우려한 일본은 기회를 엿보다가 1899년 6월 17일 대리공사 하야시(林權助)로 하여금 한국 정부에 경원선 부설권을 요구하게 하였다. 그러나 이 역시 즉각 거부되었다.

이러한 일련의 줄기찬 외교적 압력에 대하여 우리나라 정부가 일관하여 내세운 원칙은 '철도와 광산 경영은 일체 이를 외국인에게 불허한다'는 것이었다. 1899년 6월 17일 정부는 경원선의 부설을 박기종(朴琪淙) 등의 국내 철도 회사에 허가하고, 그 달 24일 이를 관보로 공포하였다. 9월 13일 궁내부 내장원(內藏院)에 서북철도국을 설치하여 경의선과 경원선의 건설을 관장하도록 함으로써 철도 직영 방침을 더욱 분명히 하였다.

국내 철도 회사는 1899년 7월 21일 동소문 밖 삼선동(三仙洞)을 기점으로 하여 원산가도를 따라 의정부를 거쳐 양주군 비우점(碑隅點)에 이르는 약 40km 구간에 대하여 선로 측량을 시작하였다. 그러나 자금 사정으로 얼마 되지 않아 중단되고 말았다.

그러던 중 일본은 경의 철도 자금대부 약관의 부수 약관에 들어 있던 '경원철도부설을 위하여 기채(起債)할 경우, 일본과 먼저 협의 한다.'는 의무 조항을 교묘히 악용, 경원선에 대한 출자 권리를 내세우고, 한편으로 경원 군용철도론을 내세웠다. 1904년 6월 29일부터 시작하여 서울~원산 사이 철도 부설 노선 답사를 한국 정부의 제지 없이 마친 일본은 그 해 8월 27일 경원선을 군용 철도로 부설하기로 결정하여 발표하였다.

그리고 주한공사를 통하여 '일본의 경원선 부설과 경쟁 또는 병행하여 다른 철도를 부설하지 말 것'과 '토지 수용 등 필요한 편의를 제공할 것'을 강요하였다. 이리하여 경원선 부설은 경의선과 마찬가지로 일본 군국주의의 마수에 식민지 경영 수단으로 빼앗기고 만 것이다.

1910년 4월 용산 쪽에서부터 선로 측량이 시작되어 그 해 10월 15일 용산에서 기공식이 거행되었다. 이듬해 3월 다시 원산 쪽에서 측량을 시작, 10월에 기공하였다. 1911년 10월 15일 용산~의정부 구간 31.2km가 처음 개통되었고, 1914년 8월 14일 세포~고산 구간 26.1km가 개통됨으로써 222.7km의 전 노선이 완공되었다.

1904, 1905년 러일전쟁 무렵에 건설하게 된 용산 방면 약 6.4km와 원산 방면 약 12.9km의 노선을 제외하면 모두 새로 건설된 것이었다. 그리하여 1914년 9월 16일 원산에서 경원선 전통식(全通式)이 거행되었다.

이러한 경원선 '개척사'는 한국 근대 철도사에 아로새겨진 자주권 상실의 아픔을 명료하게 드러낸다. 일제 강점기는 우리 손으로 자주적 근대화를 이루려는 노력이 일제에 의해 좌절, 왜곡되는 과정에 다름 아니었다. 산문들을 소개하는 이 글에서 자세히 논의할 필요는 없겠으나 분명히 해 둘 필요는 있다.

그러나 경원선이라는 선로의 이면에는 조선 수부인 서울에서 함경도로 가는 전통적인 길이었던 경흥로(慶興路)와 그 지선인 삼방로(三防路)의 존재가 가로놓여 있었다. 이에 대해서는 몇몇 논문들이 잘 논의하고 있는 바, 이 가운데 하나의 예를 들면 다음과 같다.

> 이 지선은 삼방곡(三防谷)을 지난다고 하여 '삼방로'라고도 불리는데, 삼방로를 이용한 누원~용지원의 거리는 총 400리로, 간선인 경흥로에서의 누원~용지원 구간의 430리보다 30리가 단축되는 경로였다. 게다가 경흥로는 철령을 경유하는 험난한 구간이 있는 반면, 삼방로는 『도로고(道路考)』에서 "此徑路也 不踰鐵嶺"이라고 설명되어 있듯, 철령보다는 비교적 평탄한 추가령 구조곡을 경유하여 오고 가기가 수월하였다. 서울에서 동북지역으로 가는 경로 중 추가령 구조곡을 통해서 가는 길이 가장 낮은 지대를 경유하는 것이었다.
>
> —김경은, 「동북으로 가는 길의 역사적 전개」, 『대동문화연구』 106, 2019, 134쪽.

같은 맥락에서 경원선의 건설 과정을 함께 설명하면서 이를 경흥로 및 삼방로에 연결 지어 요약한 글도 눈에 뜨인다.

> 1905년 8월에 군용철도로 용산에서 착공된 경원선 철도는 같은 해 11월 원산에서도 공사가 시작되었지만, 한강의 대홍수와 외국인 소유토지의 매수 곤란 등으로 불과 8.1마일(13km)의 노반공사를 마치고 중단되었다. 다시 공시가 시작된 것은 1910년 9월의 일이었다. 이후 1911년 10월 15일에 용산~청량리 구간(7.8마일, 12.5km)과 청량리~의정부 구간(11.6마일, 18.7km)이 우선 개통됨에 따라 창동 역도 영업을 시작하였다. 이 구간에는 용산을 기점으로 한강 강안을 따라 왕십리 역(6.4마일, 10.2km), 청량리 역(7.8마일, 12.5km)이

신설되었고, 휘경원과 우이천을 지나 창동 역(13.5마일, 21.7km)이 설치되었다. 의정부 역(19.4마일 31.2km)은 누원, 장수원 등의 마을과 회룡천을 건너 세워졌으며, 동두천, 연천, 철원, 고산, 원산에 이르는 경원선 철도의 전 구간이 1914년 8월에 완성되었다. 이때 경원선 철도는 경흥로의 삼방로를 활용하여 건설되었다. 이는 기존의 험준한 철령 길보다 추가령구조곡 내의 저평(低平)한 지세를 이용하는 것이 공사비용이나 기간을 단축하는 데 훨씬 유리하고 실제 거리도 가까웠기 때문이다.

—최인영, 「일제 강점기 경원선 철도의 창동역 벚꽃놀이와 하이킹의 창구」, 『도시연구』, 21, 2019, 44~45쪽.

4. 이 책에 실린 산문들과 기사들

이 산문선을 위해서 필자는 꽤 오랜 시간을 들여 자료들을 찾아내고 들여다봐야 했다. 이 과정에서 경원선의 서른두 개 역들에 대해 보다 잘 알려주고 그러면서 문장미도 좋은 것들을 찾아내고자 했다.

이 과정에서 산문, 더 나아가 이 책의 특성상 기행문이 되기 쉬운 성격의 산문이란 결코 쉽게 쓸 수 없는 것임을 실감할 수 있었다. 무엇보다 본래 문사로서 이름이 높다고 해서 산문도 잘 쓰는 것은 아니라는 것이니, 역사소설가로 문명 높은 월탄 박종화의 「청산백운첩」이라는 글은 그 하나의 예였다. 이 글은 분량에도 불구하고 문체미를 선사해야 할 산문으로서는 '결격'인 한자어투, 선입견이나 편견, 성의가 덜 들어간 표현 같은 것들로 인해 고심 끝에 집어넣지 못하고 말았다.

처음부터 일목요연한 계획을 가지고 출발하기 어려운 산문선 작업이었던 만큼 이에 따라 여러 시행착오를 겪었다. 작가들의 이름을 믿고 입력해 넣은 것이 불발에 그치기도 했지만 당대에 전혀 이름이 알려지지 않았고 지금도 그가 누군지 알 수 없는 사람이 좋은 글을 남겨놓은 경우도 많다.

이러한 예로서 가장 좋은 것은 이 산문집에 '석왕사 가는 길'이라는 제목으로 실어 놓은 'C. K. 생'이라는 무명 여성의 「삼방 유협(幽峽)」(『동아일보』 1936.1.24.)이다. 이 글은 삼방에서 석왕사를 지나 원산에 이르는 여정을 섬세하고도 아름다운 필치로 기록해 놓은 것으로 남편에 많이 의지하는 여성으로서의 한계를 보여주면서도 기행 산문의 가치를 여실히 맛볼 수 있게 한다. 또 '월강(月江)'이라는 필명으로 「경성 철원 간 기관차 동승기」(『동아일보』 1932.10.28.~30)를 쓴 이도 열차 출발의 전후 사정을 생생한 기록으로 남겨 놓은 경우라 할 것이다.

이름이 우리에게 아주 익숙한 필자들도 좋은 산문들을 남겨 놓았으니, 염상섭의 「남궁벽 군의 죽음을 앞에 놓고」(『개벽』 18, 1921.12), 임화의 「경궤연선」(『동아일보』 1938.4.13,16,17.), 채만식의 「청량리의 가을」(『동광』 38, 1932.10), 이기영의 「태평양과 삼방 유협」(『동아일보』 1934.7.20.), 한용운의 「명사십리」(『삼천리』 1933.9) 같은 예들을 살펴볼 수 있다.

한편으로, 이 산문선에서 아주 두드러지는 특징 가운데 하나로서 소춘(小春) 김기전, 춘파(春坡) 박달성, 청오(靑吾) 차상찬 등 천도교 잡지 『개벽』을 중심으로 활동했던 열정 가득한 민족애의 소유자들이 자신들의 발로 몸소 국토를 답사하며 쓴 글들을 꼽을 수 있다. 지리와 역사와 종교, 문화에 깊은 이해를 갖고 있었던 이들의 산문들이 자칫 가벼움에 흐르기 쉬운 이 산문집의 균형을 잡아주고 있음을 밝혀두고 싶다. 필자가 생각하기에 『개벽』은 일제 강점기에 명멸해 간 모든 잡지들 중 가장 중요하고도 훌륭한 잡지로서 한국 근대 문화, 문학, 종교의 산실이었으며 위에서 언급한 이들은 야뢰(夜雷) 이돈화와 함께 천도교 동학이 낳은 가장 우수한 활동가들이었다고 할 수 있다.

경원선은 또한 이광수 문학의 답사 길이기도 하다는 사실을 짚어 놓기로 한다. 이광수가 방인근과 함께 잡지 『조선문단』을 기획한 곳이 바로 석왕사요, 이 산문집에도 석왕사 산문이 들어 있으며, 그의 장편소설『흙』의 마지막을 장식하고 있는 곳이 또한 경원선의 가파른 고장 검불랑이다. 한 설명에 따르면 이 검불랑(劍拂浪)은 철원, 평강의 용암 대지에서 흘러내린 검붉은 모래가 있어서 붙여진 것이라고 하는데(배우리, 「색깔과 지명」, http://blog.daum.net/js8888/8857286), 이광수는『흙』의 개척의 정신을 마지막으로 장식할 공간으로 이곳을 택한 것이라 할 수 있다. 그는 철원 역에서 갈라지는 지선으로 1926년에 부설된 금강산선의 경험을 활용하여『재생』이나『애욕의 피안』같은 작품을 남기기도 하였으니, 과연 경원선의 작가였다 할 만하다.

마지막으로 이 산문선에는 주로『동아』,『조선』,『매일』등에서 뽑은 신문 기사들이 '팁'으로 실려 있다. 이는 역마다 좋은 산문을 고르기 어려웠던 데서 온 고육지책이지만 그보다 일제 강점기의 삶 그 자체를 이 기사들을 통하여 구체적으로 실감할 수 있으리라는 기대로부터 배치된 것이다. 철로에 머리를 베고 누워 자다 역사(轢死)를 당하기도 하고 사랑하는 사람들이 함께 기차 앞에 뛰어 들기도 한 사연들, 일제 강점의 폭력과 그로 인한 민심 이반이 드러나는 장면들, 그리고 우스꽝스럽기도 하고 안쓰럽기도 한 사연들이 이 크고 작은 기사들에 잘 담겨 있음을 살펴 주기 바란다.

마지막으로 이 산문들을 찾고 고르고 다듬는 데 함께 애써 준 김민지 선생, 섬세한 교정에 힘을 기울인 편집자 난류, 그리고 책의 전체 모양을 끝까지 책임져 준 신영미 님께 고마운 마음을 전한다. 그리고 이 책은 서울대학교 통일평화연구원의 지원을 통해서 준비될 수 있었음을 밝힌다. 이 책에 실린 글들의 저작자나 사진 출처, 그리고 정보 등에 불민한 점이 있다면 모두 부족한 필자의 탓이다. 바로잡을 기회를 주실 것을 요청드린다.